베드 프렌드 1

อย่าเล่นกับอน (Bed Friend)

Published originally under the title of Bed Friend อย่าเล่นกับอน
Author: littlebbear96
The Thai edition was originally published by Satapornbooks Co., Ltd.
Korean Edition copyright © 2024 A2Z ENTERTAINMENT Co., Ltd
All rights reserved

littlebbear96 지음
오롯 옮김
Bed Friend
베드 프렌드 1
อย่าเล่นกับอนล
taiBL

| 일러두기 |

* 외국 인명, 지명 등은 관용적인 표기를 따랐다.

* 관용구, 속어 등은 이야기의 분위기와 캐릭터의 성격에 따라 그대로 살리거나 국내 정서에 맞게 의역했다.

* 본문의 주는 옮긴이 주다.

차례

서로 다른 두 사람을 응원하는 마음으로

『미들맨즈 러브(The Middleman's Love)』의 캐릭터를 만들 때, 사람들에게 더 자세히 보여 주고 싶다고 생각한 두 명의 중요한 캐릭터가 있었습니다. 시간이 지날수록 그런 생각은 더 강해졌죠. 그래서 『미들맨즈 러브』 원고 작업 중, 고민을 거듭한 끝에 『베드 프렌드(Bed Friend)』의 줄거리를 짜기 시작했습니다.

'킹'과 '으아'는 완벽하게 정반대의 성격을 가진 제이드의 절친한 친구입니다. 한 명은 누구에게도 진지하지 않은 바람둥이처럼 보이는 친구이고, 다른 한 명은 인생의 모든 것에 진지하고 차가워 보이는 친구죠. 그런 그들의 마음속에는 결코 예상할 수 없는, 그들이 지켜 온 가치관과 상반되는 수백만 가지의 욕망이 숨겨져 있다는 것을 누가 알았을까요? 두 사람은 서로 어색한 관계였지만, 어느 날 한 사건으로 그들의 관계가 전환점을 맞이합니다.

이 소설은 저의 이전 소설과는 매우 다릅니다. 등장인물들의 감정이 매우 복잡하죠. 그리고 로맨틱 드라마 장르로, 제가 평소에 써 왔던 편안하고 일상적인 분위기의 소설과는 또 다른 장르입니다. 처음 글을 쓰기 시작했을 때는 잘 안될까 봐 걱정이 많았습니다. 하지만 마지막 날 원고를 완성하고 작품을 다시 읽었을 때는 오히려 만족감을 느꼈어요.

이 소설은 딥 퍼블리싱에서 출간한 저의 두 번째 소설입니다. 이 부족한 작가에게 기회를 주신 출판사에 감사의 말씀을 전하고 싶습니다. 편집자 여러분과 조언해 주신 모든 분께도 감사드립니다. 이번에도 제 소설의 표지와 삽화를 그려 주신 쿵(@Shimotsuki04) 작가님께도 감사드립니다. 무엇보다도 항상 저를 응원해 주시는 사랑스러운 독자 여러분 고맙습니다. 이 책을 읽으면서 여러분들은 아논을 경멸하기도 하고, 또 그에게 공감하기도 할 것입니다. 등장인물들의 감정을 상하게 한 작가의 따귀를 때리고 싶어질 수도 있습니다. (하하!) 마지막으로, 이 소설을 읽다 보면 가볍게 웃고, 울고, 코피가 날 정도로 얼굴이 붉어질지도 모릅니다! 그러니 휴지를 준비해 다음 페이지로 넘어가세요!

littlebbear96

01
끌리지 않는

난생처음 만난 누군가를 두고 '진심으로 짜증 난다'고 생각한 적 있는가.

8년 전, 나는 한 사람을 보자마자 그런 경험을 했다. 그리고 그 생각은 지금까지 단 한 번도 변한 적이 없다. 그뿐인가. 그 감정은 날이 갈수록 악화하고만 있다.

"으아."

월요일 아침 8시, 사무실이 있는 15층으로 올라가기 위해 엘리베이터를 기다리는 동안 내 직속 상사이자 임시 IT 부서 서장인 바스 선배가 나타났다. 나는 옅게 미소를 띠고 예의 바르게 두 손을 모아서 태국식으로 인사했다.

"좋은 아침이에요, 바스 선배."

"안녕. 오늘 일찍 왔네."

"네."

나는 짧게 대답했다. 보통 매일 이 시간쯤 회사에 도착했기 때문에 딱히 평소보다 이른 시간이 아니었지만, 아무 말도 하지 않았다. 바스 선배가 이 어색한 침묵을 메우기 위해 하는 말이라는 것을 알기 때문이다. 게다가 나는 사람들과 길게 대화하는 것을 어려워해서 그냥 상대의 말을 받아 주는 게 편하기도 했다.

"오늘 새로운 인턴이 올 거야. 아침에 매니저님이 우리 부서에 들러서 데려다주실 거고. 그래서 내가 지난 금요일에 오늘만큼은 지각하지 말고 꼭 일찍 오라고 했는데, 다들 와 있을지 모르겠다."

바스 선배는 계속 말을 이었지만, 내 눈은 회색 슬랙스 위에 검은색 셔츠를 입고 건물 안으로 걸어 들어오고 있는 키가 큰 남자에게 고정되어 있었다.

곧장 회사 건물 1층 카페로 들어가는 남자를 보며 나도 모르게 눈살을 찌푸렸다. 그는 카운터에 기대서서 젊은 여성 바리스타에게 커피를 주문했다. 내가 있는 곳에서는 그의 얼굴을 전혀 볼 수 없었지만, 그가 어떤 얼굴을 하고 있을지는 이미 알고 있기 때문에 굳이 볼 필요도 없었다.

몇 년을 봐 왔지만, 그에게서 찾을 수 있는 것은 딱 하나, 경박하기 짝이 없는 얼굴뿐이다.

"적어도 한 명은 왔네요."

눈짓으로 카페를 가리키자, 바스 선배는 내 시선을 따라가

더니 안도의 한숨을 쉬었다.

"아, 왔네. 다행이다. 제일 걱정했거든."

바스 선배는 고개를 저으며 체념 조로 덧붙였다.

"너도 알겠지만, 킹은 월요일마다 늦잖아."

나는 킹이 커피를 주문하는 모습을 계속 지켜보다가 엘리베이터 문이 열리고 나서야 고개를 돌렸다. 그리고 바스 선배와 함께 엘리베이터를 타고 사무실로 향했다.

내 이름은 아논. 별명은 '으아'이고, 몇 달 후면 스물일곱 살이 된다. 방콕 시내에 있는 사기업에서 그래픽 디자이너로 일하고 있으며, 한 달 전에 애인과 헤어졌고, 현재는 싱글이다.

참고로 그 전 남자 친구와는 반년 전에 헤어졌고, 그 전 전 남자 친구와 헤어진 지는 1년쯤 됐다.

사람들은 대부분 나를 잘생긴 축으로 분류한다. 고등학교 시절부터 나의 대인관계 능력은 한결같이 평균 이하였음에도 불구하고 사람들은 항상 나에게 다가왔다. 나는 누군가가 내 삶에 들어오는 것을 별로 좋아하지 않았지만, 사람들은 끊임없이 내 인생에 끼어들었다. 그들은 직접 접근하기도 하고, 지인을 통해 선물을 전하기도 했다. 물론 나는 '날 원한다면 누군가를 통해서가 아니라 직접 움직일 용기 정도는 있어야지'라고 생각했기에 후자의 사람들은 전혀 신경 쓰지 않았다.

그리고 직접 나에게 관심을 표현한 사람이라고 한들, 내가 모두를 진지하게 상대해 주는 건 아니었다. 나는 연애를 할지 말지 결정하기 전까지 상당한 시간을 들여 상대를 파악하기 때문이다. 하지만 그렇게 오랜 시간을 들여 고민한 끝에 만남을 결정한 사람과의 연애도 반년 이상 지속된 적이 없다. 이걸 보고 내가 쉽게 싫증을 낸다고들 하지만, 사실 그 '남자'들과 헤어지게 된 데는 다른 이유가 있다.

그렇다. 나는 남자에게 매력을 느끼는 남자, 소위 '게이'이다.

2020년, 동성애는 더 이상 이 사회에서 이상한 일이 아니다. 나는 내내 남학교에 다녔고, 중학생 때 처음으로 내가 여자에게 매력을 느끼지 않는다는 것을 깨달았다. 지금까지 만난 사람들은 모두 남자였고, 지난 10년간 많은 남자를 사귀어 왔다. 내가 손바닥 뒤집듯 남자 친구를 바꾸는 것에 대해 사람들이 어떻게 생각할지는 모르겠지만, 그것이 나에게도 자랑스러운 일은 아니었다.

"좋은 아침이야, 으아."

사원증을 태깅하고 사무실 문을 열자, 영업부의 퐁 선배가 다정하게 인사를 건넸다.

"좋은 아침이에요, 퐁 선배."

정말로 이 사람을 피하고 싶었지만, 어쩔 수 없이 공손하게 인사했다. 퐁 선배는 다른 사람을 통해 나에게 음료나 간식을 선물하는 것으로 호감을 표현하는 사람 중 한 명이다. 하지만 나에게는 아주 중요한 연애 원칙이 있는데 바로, 절대 같은 회사 동료와는 만나지 않는다는 것이다. 언젠가 헤어지게 됐을 때 사무실에서 어색하고 불편한 상황을 겪고 싶지 않았으니까. 그리고 무엇보다 내가 퐁 선배를 연애 상대로 생각하지 않는 가장 큰 이유는 그에게는 이미 다른 사람이 있다는 것이다.

그는 이미 파트너가 있는데도 대담하게 나에게 추파를 던지고 있었고, 나는 이런 사람을 진심으로 혐오했다.

"너한테 전해 달라고 아까 제이드 편에 음료 보냈는데. 맛있게 먹어, 으아."

퐁 선배가 몹시 애틋한 얼굴로 나를 바라보며 말했다.

나는 마지못해 고개를 끄덕이고 서둘러 IT 부서 사무실로 도망쳤다. 그리고 내 자리에 도착해 책상 위에 놓인 레몬 아이스티 한 잔을 발견하고는 옆 책상에 앉아 있는 호리호리한 남자에게 물었다.

"이건 뭐야?"

"퐁 선배가 너한테 주래."

제이드니팟, 같은 부서 동료이자 대학 시절 룸메이트였던 나의 가장 친한 친구 제이드가 레몬 아이스티를 보며 대답했다.

"도로 가져가."

나는 조금도 주저하지 않고 그에게 음료 컵을 밀었다. 그는 눈을 반짝이면서도 포기하지 않고 재차 권했다.

"야, 왜 그래. 선배가 널 위해 특별히 사 준 거야. 한 모금이라도 마셔 봐."

"난 모르는 사람의 물건은 받지 않아."

나는 컴퓨터를 켜면서 단호하게 대답했고, 제이드는 그제야 음료를 가져가 마셨다.

제이드는 내가 자신 있게 '베스트 프렌드'라고 부를 수 있는 유일한 사람이다. 우리는 대학교 면접시험 날에 처음 만났다. 그는 피부가 밝은 편이고 키는 나보다 2~3센티미터 정도 작으며, 눈매가 기다란 전형적인 중국계 태국인의 외모를 지녔다. 그의 얼굴에서 가장 눈에 띄는 특징이라고 하면, 그가 먹는 것을 얼마나 좋아하는지 짐작할 수 있는 희고 통통한 볼일 것이다.

또한 재밌고, 외향적이며, 사려 깊은 성격의 제이드는 내성적이고 신경질적이며, 다른 사람들이 나를 어떻게 생각할지 따위는 전혀 신경 쓰지 않는 나와 정반대였다. 하지만 우린 가장 친한 친구가 되었고, 그 탓에 주변에 선배나 후배 또는 친구들이 그의 성정을 이용해 나에게 뭔가를 전하려 하는 경우가 많았다.

나는 제이드에게 그런 것들을 받아 오지 말라고 여러 번 말했지만, 그는 자신이 그들의 요청을 거절하면 그들과의 관계에 문제가 생길까 봐 걱정된다고 했다. 그들은 언제든 도움이 필요할 수도 있는 동료이자 언제 어떻게 엮이게 될지 모르는 지인들이었기 때문에, 마음에 들지는 않지만 결국 제이드는 내 전용 배달 기사가 되어야 했다.

"너 정말 그렇게 계속 무시할 거야? 그 선배 벌써 두 달 넘게 너한테 들이대고 있잖아."

제이드는 턱을 괴고 나를 보며 물었다.

나는 속으로 작게 비웃었다. 나를 좋아한다고 하면서 직접 나서지 않는 태도가 별로였다. 특히 내 친구를 배달 기사처럼 부리는 게 너무 싫다.

"난 회사 사람이랑은 교제하고 싶지 않아. 상황만 복잡해지잖아."

"아! 킹과 똑같은 인생 모토구나. 너희 둘은….."

"아침부터 누가 내 얘기를 해?"

허스키한 목소리가 끼어들었다. 동시에 내 얼굴에 불만스러움이 떠올랐다.

이 악마에 대해 말하자면….

이 커다란 남자는 바로 10분 전에 회사 카페의 젊은 여성 바리스타에게 추파를 던지던 사람으로, 제이드와 유치원 때부터 친구인 '킹'이다. 그는 나와 같은 부서에서 일하는 프로그래머이고, 객관적으로는 멋진 남자라고 할 수 있다. 눈꼬리로 갈수록 가늘어지는 그의 날카로운 눈매는 웃지 않고 있을 때의 인상을 사나워 보이게 만들어 맹렬한 수컷의 아우라를 풍긴다. 운동으로 다져진 넓은 어깨를 소유한 그는 나보다 10센티미터쯤 더 크고, 회사에 있는 모든 여성이 이상형으로 꼽을 정도로 핫하다. 물론, 오로지 외모만을 따졌을 때나 그럴 뿐이다.

그는 다혈질에 입이 험하고, 아주 경박하다. 행동거지가 너무나 가벼워서, 거의 매주 다른 여자와 데이트하곤 했다.

자신의 책상으로 걸어가며 짙은 사파이어빛 눈으로 나를 보던 그가 입꼬리를 끌어 올렸다. 아주 사람의 신경을 거슬리게 만드는 미소였다.

내 가장 친한 친구의 친구인 이 남자와는 이미 처음 만난 순간부터 절대 좋은 사이가 될 수 없을 것이라고 생각했다.

"네 건 책상 위에 있어, 킹."

제이드가 킹의 책상 위에 놓인 선물 상자를 가리키며 말했다.

킹 역시 제이드를 통해 늘 회사 여성들로부터 많은 선물을 받아 왔다. 차이점은 그런 선물을 모두 거절하는 나와 달리, 그는 주는 족족 다 받는다는 것이다. 나처럼 같은 회사 사람과는 교제하지 않겠다고 말하면서도 말이다.

"누가 준 거야?"

"회계팀 신입사원 민트."

"아, 볼이 장밋빛인 그 여자애? 꽤 귀엽던데."

그는 같은 회사에서는 누구와도 사귀지 않는다고 말하면서도, 누군가 선물을 주면 다 받는 것도 모자라 관심이 있는 것처럼 굴기까지 한다.

'바람둥이' 또는 '선수'라는 말 외에는 그를 달리 설명할 수 없다.

"맛은 좋은데, 너무 달아. 나머진 너 먹어."

그는 회계팀 여자에게서 받은 브라우니를 두세 입 베어 물고는 나머지 브라우니가 담긴 상자를 제이드 책상 위에 올려놓으며 말했다.

"으아, 좀 먹을래?"

나의 가장 친한 친구는 너무나 관대하다. 배달 기사 일당으로 그가 남긴 브라우니를 기분 좋게 받고는 심지어 그 브라우니를 나에게 권하기까지 한다.

나는 혀가 마비될 정도로 심각하게 달아 보이는 브라우니를 잠시 바라보다가 컴퓨터 화면으로 시선을 돌리며 대답했다.

"너나 먹어."

"그 말 취소하기 없기!"

제이드는 활짝 웃으며 브라우니를 누구와도 나누고 싶지 않은 어린아이처럼, 내가 마음을 바꿔 브라우니를 달라고 하기라도 할까 봐 재빨리 서랍 속에 상자를 집어넣었다. 난 그런 제이드가 좀 웃기다.

그는 참 태평하다. 무엇이든 그다지 심각하게 생각하는 법이 없고, 유일한 관심사는 음식뿐이다. 이런 제이드는 너무나 무해해서 종종 그를 이용하려고 드는 사람들이 있다.

예를 들면 우리의 몽콘 선배가 바로 그런 사람이다. 그는 우리 회사 사장님의 사촌으로 좀처럼 책임을 지는 법이 없고, 늘 자기 일을 제이드에게 떠맡기고는 사라진다. 그래서 IT 부서의 그래픽팀에 실제로 일을 하는 사람은 나와 제이드뿐이다. 나는 항상 그런 선배에게서 제이드를 구해 주고 싶었지만, 결국 내가 할 수 있는 건 가끔 제이드를 위해 함께 야근하는 것 정도였다.

때때로 우리보다 유리한 위치에 있는 특권층의 사람들이 우리를 이용하는 것을 묵인하고 감내해야 하는 것은 고통스러운 일이다. 아무리 업무 능력이 뛰어날지라도 사장의 친인척과 문제가 생기면 조직 안에서 어려운 위치에 놓일 수도 있다.

사회생활이라는 것이 이렇게 잔인하다.

"오는 길에 바스 선배를 만났는데, 새로운 인턴이 왔다던데."

나는 브라우니를 우물거리고 있는 제이드에게 말했고, 그는 곧바로 한숨을 푹 쉬었다. 나는 그가 왜 그렇게 피곤하다는 표정을 짓는지 이해한다. 인턴을 받는 건 도박 같은 일이기 때문이다. 어떤 해에는 운이 좋아서 업무 부담을 덜어 줄 좋은 인턴이 오기도 하지만, 또 어떤 해에는 부담을 더 가중하는 인턴이 오기도 한다.

"작년엔 내가 사수였으니까, 이제 네 차례야."

제이드가 재빨리 나를 돌아보며 말했다.

"그래."

나는 쉽게 동의했다. 그의 말대로 제이드는 작년에 인턴 교육을 맡았으니, 올해는 내가 하는 것이 옳았다. 게다가 바스 선배가 보내 준 인턴 프로필의 학점과 포트폴리오를 보면 올해는 행운이 깃든 해가 될 수도 있을 것 같았다.

"평소에도 이러면 안 돼?"

눈을 가늘게 뜬 제이드의 반응이 재미있어서 나도 모르게 미소를 지었다. 그의 질문에 대답하려는데 뒤쪽 책상에서 누군가의 목소리가 끼어들었다.

"으아는 이미 인턴 프로필을 봤거든. 아주 우수한 학생이던데, 그 인턴이 아예 여기 남기를 바랄걸?"

"닥쳐."

이번에도 킹이었다. 내가 쏘아붙이자, 그는 나를 똑바로 쳐다보며 눈썹을 치켜올리고 조롱하는 듯한 미소를 지었다. 나는 심호흡을 하며 짜증을 억누르고 다시 내 책상으로 몸을 돌렸다. 내 옆에 앉아 있는 제이드는 어색한 미소를 지으며 눈만 굴렸다.

나는 제이드와 대학 시절부터 친구였고, 킹은 제이드와 유치원 시절부터 친구였다. 그래서 제이드는 늘 우리의 중간 위치에 놓여 있었다. 킹과 나의 사이가 좋지 않아서 그가 속상해한다는 것은 알지만, 그래도 어쩔 수 없다. 나는 킹을 좋아하지 않고, 심지어 킹은 내 신경을 건드리는 일을 결코 멈추지 않는다. 처음 만난 순간부터 그랬고, 수년이 지났지만 그런 태도는 조금도 변하지 않았다.

만약 우리가 처음 만난 것이 그런 끔찍한 상황이 아니었다면, 아마 내가 이렇게까지 그를 싫어하지는 않았을지도 모른다.

나는 대학교 2학년 때 킹을 처음 만났다. 장소는 클럽이었다.

열아홉 살이었던 나는 그날, 대학교 1학년 때부터 사귀었던 남자 친구가 회계학부 최고 인기녀와 바람을 피웠다는 사실을 알게 됐다. 난 내 남자 친구를 믿었고, 다른 어떤 관계보다도 많은 것을 바쳤기에 그 일은 내게 너무나 큰 충격이자 상처로 다가왔다. 그가 내가 이전에 만났던 남자들처럼 나를 배신할 것이라고는 조금도 예상하지 못했던 탓이다. 나는 슬프고 아픈 마음을 술로 달래려고 했다.

그래서 혼자 클럽에 갔고, 나 자신의 어리석음을 비웃으며 끊임없이 술을 들이켰다. 가끔 함께 술을 마시자며 찾아오는 사람이 있었지만, 그 누구와도 이야기할 기분이 아니었다.

그러던 중, 눈부시게 화려한 조명과 시끄러운 음악 속에서 누군가의 시선을 느꼈다. 처음에는 별 관심이 없었지만, 꽤 오랜 시간 나를 향해 있는 시선에 뒤돌아 그 사람을 마주 봤다.

내 또래로 보이는 그는 스타일이 좋고 잘생긴 남자였다. 내가 쳐다보자 그의 입술이 작게 호를 그렸고, 날카로운 눈이 번뜩였다. 날 향한 그의 시선에는 원초적인 메시지가 담겨 있었다. 나는 그런 종류의 시선이 어떤 의도인지 파악하지 못할 정도로 순진하지 않았다. 나는 그 의도를 받아들이는 것으로 내 비참한 연애를 한껏 조롱하고 싶었다.

아마 그가 아름다운 여자를 안고 있는 모습을 보지 못했다면, 정말로 그랬을 것이다.

한동안 그들을 관찰하던 나는 잠시 후 그 여자가 그의 팔을 붙잡고 키스하는 모습을 보며 또 비웃었다.

그리고 고개를 돌렸다. 그가 나에게 보인 관심이 싫어졌다.

그는 이미 상대가 있었지만, 눈으로는 다른 사람을 보고 있었다.

얼마나 역겨운 일인지.

나는 더 이상 그에게 관심을 보이지 않고 계속 술을 마셨다. 잠시 후 화장실에 갔을 때는 취기가 올라 비틀거렸지만 혼자 몸을 가눌 수는 있었다.

그리고 화장실에서 돌아오는 길. 순간 균형을 잃고 넘어지려는 나를 누군가의 손이 붙잡아 지탱했다.

"조심해."

낮고 허스키한 목소리였다.

고개를 들어 나를 도와준 사람을 바라보았다. 그가 아까 나를 뚫어져라 쳐다보던 그 남자라는 것을 알고는 미간을 잔뜩 찌푸렸다.

"고맙습니다."

비록 그가 마음에 들지는 않았지만, 도와준 것에 감사를 표하지 않을 수는 없었다. 이내 그의 손아귀에서 팔을 빼내려고 했지만, 나보다 덩치가 훨씬 큰 그의 커다란 손은 오히려 내 팔을 단단하게 붙잡고 나를 끌어당겼다. 입가에 작게 미소를 띤 그의 얼굴은 몹시 매력적인 동시에 위험해 보였다.

"걸을 수 있어? 테이블로 데려다줘?"

즉시 그의 손을 거세게 뿌리쳤다. 어지러웠지만, 불쾌함을 가득 담아 그를 노려봤다.

"건드리지 마."

단호하게 소리치고 밖으로 향했다. 술이 더 필요했다.

남자 친구가 바람을 피워서 헤어졌는데, 배신당해 고통스러운 마음을 달래기 위해 찾은 클럽에서조차 바람둥이를 만났다.

내 인생은 얼마나 더 끔찍해지려는 걸까.

이후 나는 그 사람을 다시는 볼 일이 없을 거라고 생각했다. 하지만 두 달 후, 제이드가 기숙사 건물 앞에 누군가와 함께 서 있는 것을 본 나는 그가 그날 밤 클럽에서 본 남자라는 것을 알아차리고 조금 놀랐다. 제이드는 그를 유치원 때부터 알고 지낸 가장 친한 친구라고 소개했다. 나를 향한 그의 시선이 그도 나를 기억하고 있음을 암시하고 있었다.

"만나서 반가워."

당시 나는 조용히 인사를 받고는 제이드가 친구와 계속 이야기를 하도록 내버려두고 먼저 방으로 올라갔다.

미소 띤 얼굴 위 날카로운 눈빛이 그날 밤과 똑같았고, 여느 바람둥이들처럼 반짝이는 얼굴에 화가 났다.

나에게 킹을 향한 편견이 있다는 것은 인정한다. 나는 바람둥이를 아주 싫어하니까. 내 아버지는 정부를 두었고, 그 때문에 어머니와 싸우고 이혼했으며, 내 전 남자 친구들도 나 몰래 바람을 피워 헤어졌다.

어쨌든 그는 내 가장 친한 친구의 친구일 뿐, 같은 대학에 다니는 것도 아니고, 자주 만날 일도 없으니 크게 생각할 필요가 없었다.

하지만 그건 졸업 후 킹과 같은 회사에서 함께 일하게 될 거라고는 결코 예상하지 못했을 때의 얘기였다.

제이드의 권유로 이 회사에 지원했는데, 그는 킹도 여기서 일한다는 것은 말하지 않았다. 몇 년 만에 그를 다시 만났다는 사실에 놀란 것도 잠시, 그와 잘 맞지 않을 것 같다는 생각에는 변함이 없었으므로 나는 최대한 그와 엮이지 않으려고 노력했다. 킹은 나와 생각이 다른 것 같았다. 그는 내가 그의 옆에 있고 싶지 않다는 뜻을 분명히 할수록 매일같이 나를 화나게 하는 데 공을 들였다.

처음에는 나도 제이드를 생각해서 짜증을 내지 않으려고 애썼다. 킹과 싸워서 제이드를 속상하게 하고 싶지 않았기 때문이다. 하지만 킹은 전혀 협조하지 않았고, 되레 내가 화를 내는 모습을 보며 승리감에 도취한 것처럼 좋아했다. 시간이 갈수록 그는 점점 더 나를 화나게 하는 데 집착했고, 나도 더 이상 그가 나를 괴롭히는 것을 가만히 내버려두지 않았다.

이 회사에 입사한 지 거의 3년이 다 되었지만, 킹과 나의 관계는 쭉 이런 식이었다. 그가 내 신경을 긁는 일을 멈추지 않는 한, 이런 상태는 영원히 지속될 것이 틀림없다.

업무를 시작한 지 30분이 지난 아침 9시. 매니저와 바스 선배가 새로운 인턴을 데리고 사무실로 들어왔다. 나는 사무실 앞쪽에 서 있는 내 부사수가 될 새 인턴을 살폈다. 교복을 입고 있는 키가 큰 청년은 자신을 '마이'라고 소개했다. 그는 마치 유서 깊은 귀족 가문의 자제처럼 공손하고 정중한 눈빛을 하고 있었고, 사무실에 있는 뭇 여성들의 탄성을 자아낼 정도로 잘생긴 외모 또한 지녔다. 하지만 내 관심을 사로잡은 것은 그의 시선이 우리 쪽을 향해 있다는 것이었다.

나는 그 시선을 따라 내 옆에 앉아 있는 제이드를 힐끗 쳐다보고, 다시 사무실 앞에 있는 새 인턴을 보았다. 직감적으로, 그가 내 친구에게 관심이 있다는 것을 알 수 있었다.

"좋아, 잘 돌봐 주도록 해요. 이번 인턴 교육 담당은 누구 죠?"

매니저의 물음에 손을 들려는 찰나, 갑자기 굵은 목소리가 대답을 가로챘다.

"올해는 제이드니팟입니다."

나는 나 대신 매니저에게 대답한 사람에게로 시선을 돌렸다. 킹은 충격을 받은 듯한 제이드를 향해 눈썹을 찡긋거렸고, 나에게는 미소를 지어 보였다.

또 무슨 짓을 하려는 거야?

하지만 나는 특별히 토를 달지 않았다. 매니저가 아직 사무실에 있었기 때문에 그가 떠나기를 기다릴 셈이었다.

매니저가 인턴 소개를 마치자, 바스 선배가 마이를 데리고 다가왔다. 가까이에서 본 그 청년의 눈빛에는 내 친구를 향한 호기심이 가득했고, 나는 이 어린 친구가 내 친구에게 호감이 있다고 확신했다.

"너무 긴장하지 마. 음…. 그리고 난 네 사수가 아니야. 방금은 내 친구가 장난을 친 거고, 네 진짜 사수는…."

"그냥 네가 맡아. 매니저한테도 이미 말했잖아."

당황한 제이드는 말을 잇지 못하고 눈만 깜빡였다.

내 친구는 너무 순진해서 다른 사람들이 다른 꿍꿍이를 가지고 접근할까 봐 늘 걱정스러웠지만, 고민 끝에 나는 마이를 제이드 곁에 두기로 했다. 제이드를 향한 그의 관심이 정말로 순수하게 느껴지기도 했고, 제이드는 싱글이기도 하니까 너무

나쁘게만 생각할 필요는 없을 것 같았다. 일단 가까이에 두고 천천히 지켜보면 될 것이다.

"데려가, 제이드. 네 일을 도와줄 사람이 생기는 거야."

그때 내 원수도 한마디 거들었다.

나는 눈살을 조금 찌푸렸고, 동시에 마이를 다시 한번 살폈다. 킹이 그를 제이드에게 붙이려는 것을 보니 갑자기 걱정이 됐다. 마이의 눈빛은 진심인 것 같았지만, 아직은 신뢰할 수 없었다. 겉모습만으로 사람을 판단할 수는 없고, 특히 킹이 왜 이일에 발 벗고 나서는지 속내가 의심스러웠기 때문이다.

하루 종일 마이를 지켜본 결과 그가 제이드와 가까워지려고 부단히 애를 쓰는 것을 알 수 있었다. 거기에 제이드를 콘도까지 태워다 주겠다고 했을 때는 더 분명해졌다.

"제 콘도도 랏크라방에 있어요. 전 차가 있어서, 같은 지역에 사니까 태워다 드릴 수 있어요."

"아, 아니, 아니야. 그럴 필요 없어. 그럼 내가 너무 민폐잖아."

"괜찮아요. 어차피 가는 길이니까, 집에 데려다드릴게요."

"하지만, 그건…."

"그냥 같이 가, 제이드. 너 지상철 티켓이 네 지갑에 돈을 빨아들인다고 불평했잖아. 여기 있네. 그 불평을 잠재울 방법이."

킹이 또다시 마이를 도왔고, 망설이던 제이드는 결국 마이의 차를 타고 집으로 돌아가기로 했다.

나는 제이드와 마이에게 작별 인사를 하고, 나와 어울리지 않는 커다란 사람과 함께 건물 주차장으로 향했다. 흥얼거리는 그를 볼수록 마음이 점점 더 불편해진 나는 결국 앞서가는 그를 따라가 진지하게 물었다.

"뭐 하는 거야?"

내 은색 도요타 야리스 옆에 주차된 자신의 차에 다가서서 잠금을 해제하던 킹이 나를 돌아보고는 짐짓 순진한 표정을 지으며 대답했다.

"차 문 열고 있잖아. 왜?"

하, 진짜 짜증 나는 자식!

나는 심호흡을 하며 그의 무의미한 대답을 삼켜 내고 되물었다.

"매니저한테 제이드가 교육 담당이라고 말했잖아. 콘도까지 같이 가라고 설득하기까지 하고. 무슨 꿍꿍이야?"

그는 내 쪽으로 걸어오면서 교활하게 웃었다.

"왜? 마이한테 관심 있어?"

"짜증 나게 굴지 말고 대답이나 해. 무슨 생각이냐고."

나는 다시 한번 다그쳐 물었다.

"진정하시죠, 아논 씨. 자꾸 그렇게 짜증 내면 빨리 늙는다?"

"킹!"

그는 내가 화를 내는 모습에 만족스럽게 웃었다.

"으아, 너 화내는 거 웃겨. 하하하."

그는 커다란 손을 들어 내 어깨를 두드렸고, 나는 그의 손을 뿌리쳤다. 그는 다시 내 어깨를 잡고 등이 차에 닿을 정도로 밀었다. 그리고 가까이 다가와 양팔 안에 나를 가두었다.

"화내지 마."

그는 웃는 얼굴로 내게 더 가까이 다가왔다.

나는 눈을 크게 치켜뜨고 그를 노려보았다.

"쉬이…. 가까이 다가갈 수가 없잖아. 넌 너무 방어적이야."

내가 그를 밀어내려고 애쓰는 동안 그가 낮은 목소리로 말했다.

주차장은 꽤 어두웠지만, 누군가 우리를 보고 이상한 소문을 퍼뜨리기라도 할까 봐 불안했다. 물론 이 남자와 가까이 있는 것 자체가 무엇보다 싫었다.

"비켜!"

차갑게 말하며 그의 어깨를 밀었지만, 그는 조금도 움직이지 않았고, 심지어 코끝이 내 귓가에 닿을 정도로 더 가까이 다가왔다.

"마이가 제이드한테 관심이 있는 것 같길래 좀 도와준 거야. 그게 다야."

짜증 나는 목소리가 내 귓가에 조용히 속삭였고, 이어진 말은 더 충격적이었다.

"하지만 그게 주된 이유는 아니야."

"…."

"마이는 꽤 잘생겼잖아? 그래서 네 곁에 두는 게 싫었어."

장난기가 깃든 반짝이는 검은 눈이 내 눈을 응시하다가 내 입술로 시선을 옮겼다. 나는 입술을 꼭 물었다.

"질투 나거든."

이 순간, 만약 그의 얼굴을 마주한 사람이 여자였다면 부끄러워서 몹시 당황했을 것이다. 하지만 그를 오랜 시간 봐 온 나는 전혀 그렇지 않다. 나는 이 남자가 별다른 이유 없이 이런 행동을 한다는 것을 잘 알고 있다.

"짜증 나는 새끼!"

나는 온 힘을 다해 그의 어깨를 밀치고 차 문을 열었다. 비틀거리며 물러난 킹이 금세 균형을 잡고는 내 차 옆에 서서 웃었다. 그 모습을 마지막으로 나는 서둘러 차에 시동을 걸고 주차장을 빠져나왔다.

그를 좋아하려야 할 수가 없는 이런 뒤틀린 관계 속에서도 우리는 자연스럽게 서로의 성격과 습관을 알게 됐다. 킹은 자신의 매력을 발산하기 위해 무슨 말을 어떻게 해야 하는지 정확하게 알고 있는 바람둥이다. 그리고 그는 내가 바람둥이를 얼마나 싫어하는지 잘 알고 있기 때문에 내 신경을 건드리려고 이런 짓을 반복한다.

물론 나는 한 번도 그의 말을 진심으로 받아들인 적이 없다. 그리고 킹도 이런 나를 좋아하지 않는다.

그는 이런 식으로 행동만 할 뿐, 누군가를 진심으로 좋아한 적도 없다. 나도 오래 지속되는 관계를 맺어 본 적이 없기는 마찬가지지만, 그래도 지금까지 사귀었던 사람들과는 늘 진지하게 만났다. 하지만 킹은 그냥 시시덕거리길 좋아할 뿐이고 누구에게도 진지하지는 않았다. 그저 데이트 상대가 지루해지면 내 전 남자 친구들이 그랬던 것처럼, 상대를 버리는 바람둥이다.

나도 모르게 운전대를 너무 세게 쥐는 바람에 손가락 마디가 하얗게 두드러졌다. 백미러를 통해 킹의 검은색 혼다 시빅이 내 뒤를 따라오는 것이 보였다. 그는 정지 신호에 내 옆으로 차를 세웠고, 잠시 후 콘솔 위에 놓인 내 휴대폰에 알림이 울렸다.

'얼굴 빨개진 거 들킬까 봐 도망친 거지, 아논?'

젠장!

나는 휴대폰을 던져두고 옆에 있는 차를 노려봤다. 그 차의 창문은 검은색 필름으로 덮여 있어 내부가 잘 보이지 않았지만, 그 짜증을 돋우는 웃음기 어린 얼굴은 보이지 않아도 눈에 선했다.

이토록 날 화나게 만드는 남자와 사이좋게 지낸다니.

어림도 없지!

02
약점이라 불리는 것

어렸을 때부터 나는 늘 혼자였다.

나는 경찰관 아버지와 회사원 어머니를 둔 평범한 중산층 가정의 외동아들이었다. 뭐, 정말로 평범한 가족이었다면, 분명 하나뿐인 자식으로서 부모님의 사랑을 독차지했을 것이고, 또래 아이들처럼 행복했을 것이다. 하지만 열 살도 되지 않았던 어린 시절, 나는 매일같이 소리를 지르며 욕설을 퍼붓고 싸우는 부모님의 모습을 보며 공포에 몸을 떨었다.

어린아이가 어른들의 사정을 완전히 이해할 수 있을 리 없었겠지만, 그럼에도 나는 몇 가지 문제를 포착했다. 그중에서도 가장 중요한 것은 아빠가 다른 여자를 만나며 엄마를 속여왔다는 것이다. 엄마는 그 사실을 알고 격노했지만 싸움의 끝에는 항상 울고 있는 엄마가 있었다. 나는 학교에 가 있는 시간을 제외하고는 거의 하루도 빠짐없이 부모님이 싸우는 모습을 봐야 했고, 그것이 반년 정도 지속된 끝에 결국 부모님은 이혼했다.

사실 엄마가 아빠의 불륜 사실을 알게 되었을 때 두 사람은 바로 이혼을 생각했지만, 내가 걸림돌이 됐다. 나는 누군가의 보살핌이 필요한 나이였고, 내가 누구를 따라가야 할지에 대해 의견이 맞지 않았다. 부모님은 서로 나를 데려가지 않기 위해 애썼고, 마침내 아빠는 자유를, 엄마는 나를 떠안는 짐을 졌다.

엄마가 나를 데리고 아빠 집에서 나오던 날, 아빠는 유난히 기뻐 보였고 나를 쳐다보지도 않았다. 그 이후로 나는 아빠를 다시 볼 수 없었다. 나를 다시 볼 일이 없었으니 아빠도 몹시 행복했을 것이라고 생각한다.

엄마와 나는 도시 중심부의 작은 아파트에서 새로운 삶을 시작했다. 아빠가 우리에게 생활비를 보내지 않았기 때문에 혼자서 모든 경제적인 부담을 떠안아야 했던 엄마는 나를 키우며 생계를 유지하느라 몹시 힘들어했다. 그래서인지 종종 나에게 소리를 지르며 불만을 터뜨렸고, 그럴 때마다 나는 그냥 조용히 그녀가 쏟아 내는 화를 받아 내기만 했다. 엄마도 나를 싫어하게 될까 봐 두려워서 감히 아무 말도 할 수 없었다.

당시 나는 열 살도 되지 않은 어린아이였고, 버림받는 것이 가장 무서웠다. 그래서 착한 아이가 되려고 노력했고, 엄마가 나를 자랑스럽게 여길 수 있게 공부도 열심히 했다. 나에게는 이제 엄마밖에 없었기 때문에 그녀가 아빠처럼 나를 버리는 일이 일어나지 않기만을 간절히 바라고 또 바랐다.

엄마와 단둘이 지낸 지 1년 정도 지난 어느 날, 퇴근한 엄마가 한 번도 본 적 없는 남자와 함께 집으로 돌아왔다. 그 남자는 자기를 '아버지'라고 부르라고 말했고, 엄마는 그 남자와 재혼하겠다고 했다.

엄마는 이혼 후 1년 만에 재혼해 새로운 삶을 시작했다. 나는 도시 중심부에 있는 엄마 함께 살던 아파트에서 교외에 있는 의붓아버지의 3층짜리 집으로 이사했다. 처음에는 엄마가 행복해지면 이전과 달리 나에게 다정하게 대해 줄 것이라고 기대해서 기뻤다. 하지만 그건 바보같이 순진한 생각이었다.

이후 엄마는 다시는 나를 혼내지 않았다. 아니, 나에게 아예 관심이 없었다. 그것은 엄마가 의붓아버지의 아이를 낳았을 때 더 확실해졌다. 당시 나는 8학년이었기 때문에 엄마에게 내가 어떤 존재인지를 분명하게 인지할 수 있었다.

지우고 싶은 과거의 상흔이자 기생충. 딱 그 정도였다.

엄마는 내가 집에 얼마나 늦게 왔는지, 어디로 갔는지, 누구와 있었는지 전혀 신경 쓰지 않았다. 오직 새 남편과 딸에게만 관심을 기울였다. 물론 내 이부동생은 너무나 사랑스러웠지만, 나는 막 남자 중학교에 입학해 내가 여자에게 관심이 없다는 사실을 깨닫기 시작하던 때였다.

"누구야?!"

어느 날, 내가 남자 친구의 오토바이를 타고 집에 도착하자 엄마가 소리를 질렀다.

"친구예요."

나는 잠시 머뭇거리다가 대답했다.

"어떤 친구가 그렇게 손을 잡고 있어, 내가 바보인 줄 알아?!"

엄마는 내 말을 조금도 믿지 않았다. 내가 봐도 우리의 사이가 친구처럼 보이지 않았기 때문에 엄마를 비난할 수는 없었다.

"난 너한테 이런 호모 새끼가 되라고 가르친 적 없어! 넌 남자야, 세상에 넘치는 게 여자라고! 네 아버지와 내가 얼마나 수치스러워할지 생각해 보긴 한 거야?! 정신 나간 짓 그만하고 당장 헤어져!"

엄마가 나에게 그렇게 화를 내는 것이 처음은 아니었다. 하지만 엄마가 재혼한 후로 나에게 관심을 보인 것은 처음이었다. 나는 공허함을 느끼며 가만히 그 자리에 서 있었다.

엄마는 자기 아들이 남자를 좋아한다는 사실을 받아들이지 못했다. 매일 욕설을 퍼붓고 남자 친구와 헤어지라고 강요했다. 열네 살이 되어 사춘기에 들어선 나는 완전히 반항적인 아이였고, 누가 말린다고 해서 내 마음이 시키는 일을 멈출 수도 없었기 때문에 억지로 변하려고 하지 않았다.

엄마와의 관계는 그때부터 완전히 틀어졌다.

엄마가 자신이 낳은 아이에게 그다지 못되게 굴지 않았다는 것은 어쨌든 운이 좋은 일이었다. 엄마는 여전히 내 학비를 내주었지만, 내 기분이 어떤지 물어볼 만큼 관심을 두지는 않았다. 얌전히 행동하고 의붓아버지께 폐를 끼치지 말라고 퉁명스럽게 잔소리를 듣는 것 외에는 어떤 보살핌도 받지 못했다. 그러는 동안 오히려 나를 보살펴 준 것은 의붓아버지였다. 그는 내가 나이를 먹어 갈수록 더 많은 관심을 보였다.

점점 더…. 너무… 지나친 관심을….

빵빵!

뒤따라오는 차에서 경적을 울리는 바람에 사념에서 벗어났다. 어느새 녹색으로 바뀐 신호등을 보고 액셀을 밟아 다시 차를 몰았고, 얼마 지나지 않아 목적지인 건물로 들어섰다.

사톤에 있는 한 콘도의 출입구에 키 카드를 대자 삐 소리가 나며 문이 열렸다. 안에 들어서자마자 전등 스위치를 눌러 3년 넘게 살아온 36제곱미터의 방을 밝혔다. 나는 거실 티 테이블 위에 차 키와 휴대폰을 올려놓고 소파에 몸을 던졌다. 그리고 방 안의 적막 속에 눈을 감았다.

나에게 침묵은 아주 익숙한 것이다. 언제나 나를 편안하고 차분하게 해 준다. 에어컨에서 불어오는 시원한 바람에 몸을 맡긴 채 눈을 감고 있으려니 하루 종일 쌓인 피로가 차츰 가라앉았다.

잠시 후, 다시 눈을 뜨고 휴대폰을 집어 들었다. 잠금을 풀자마자 화면에 표시된 다섯 통의 부재중 전화를 보고 눈가에

경련이 일었다.

'엄마'

다른 사람들은 아무렇지 않게 상대방에게 전화를 걸겠지만, 나는 한참을 가만히 쳐다만 보고 있었다. 라인 앱을 켜자 예상대로 엄마가 보낸 메시지가 팝업되어 나타났다.

'뭐 하길래 전화를 안 받아?'

'안 받는 건 네 자유인데, 일단 3,000바트 송금해. 돈 없어.'

'집에 좀 와. 네 아버지가 매일 너에 대해 묻잖아, 짜증 나게!'

억지로 입꼬리를 비틀어 올렸다. 그리고 그녀의 요구대로 돈을 이체하기 위해 미끄러지듯 손가락을 움직였고, 인터넷 뱅킹 앱에 접속해 송금을 마친 뒤 휴대폰을 꺼 버렸다. 화면이 검게 변한 휴대폰을 다시 테이블 위에 올려놓으며 속으로 조용히 비웃었다.

대학에 입학하면서 바로 집을 나왔다. 방학이 되면 룸메이트인 제이드는 집으로 돌아갔지만, 나는 기숙사 생활비를 마련하기 위해 아르바이트를 했다. 집에 있는 누군가는 내가 돌아오길 바랐지만, 나는 거의 집에 돌아가지 않았고, 꼭 필요한 일이 아니라면 단 몇 시간도 그곳에 머무르지 않았다.

혼자였지만, 나를 남보다도 못한 존재로 여기는 그 집에 있는 것보다 나았다.

나는 한숨을 쉬며 소파에서 일어났다. 그리고 하루 종일 입고 있던 셔츠의 단추를 풀며 옷장에 있는 수건을 집어 들고 화장실로 들어갔다.

눈을 감고 샤워기에서 나오는 시원한 물줄기에 몸을 내맡겼다. 머리부터 발끝까지 흘러내리는 물을 따라 나를 괴롭게 만드는 모든 것들이 씻기길, 이 모든 피로가 풀리길 바랐다.

아주 잠시뿐일지라도….

내 일에 관해 이야기하자면, 그다지 흥미로운 일은 아니다. 나는 중소 사기업의 고만고만한 직원이고, 급여는 콘도미니엄의 월 할부금을 문제없이 지불할 수 있을 정도로 적당하다. 내 차는, 비록 엉망이 된 연애였지만 유명한 사업가의 아들이었던 과거의 남자 친구가 사 준 것이다. 그는 다른 여자와 바람 피운 사실을 들킨 후, 순순히 잘못을 인정했고 조금은 죄책감을 느꼈는지 그 은색 도요타 야리스를 돌려 달라고 요구하지 않았다. 일말의 죄책감조차 돈으로 지워 버린 것이다.

아마 대부분의 직장인들이 가장 바라는 것은 야근 없이 정시에 퇴근해 개인의 자유 시간을 보장받는 일일 것이다. 하지만 그렇다고 맡은 업무의 책임을 저버릴 순 없다. 내 경우에도 제시간에 업무를 마치는 날이 있고, 기한을 맞추기 위해 야근을 해야 하는 날도 있다. 지금 회사 웹사이트에 게시할 홍보 배너를 프로그래머들에게 보내 주기 위해 잔업을 하고 있는 것처럼 말이다. 처음에는 집에 가서 작업을 이어 하려고 했지만, 바스 선배가 제이드에게 몽콘 선배가 끝내지 못한 일을 급하게 맡기는 것을 보고 마음을 바꿔 사무실에서 그와 함께 일을 했다.

평소 제이드는 내가 잔업을 해야 할 때마다 할 일이 없어도 항상 나와 함께 남아 있었다. 집에 가라고 해도 떠나려 하지 않았는데, 내가 외로울까 봐 걱정하는 것 같았다. 그게 사실이 아닐지라도 누군가가 나를 돌봐 준다는 느낌을 받는 것은 기분이 좋았다.

"마이, 정말 남을 거야?"

회사 웹사이트에 발생한 버그를 잡기 위해 야근을 하고 있던 내 원수가 말했다. 그의 목소리는 작업을 하고 있던 내 주의를 산만하게 만들었다.

"네."

우리 부서의 새로운 인턴이 미소를 머금고 대답했다.

사규에는 직원들에게 초과근무 수당을 지급하는 항목이 없었는데 그것은 인턴에게도 마찬가지였다. 나는 어떤 인턴도 초과근무를 원치 않을 것이라고 생각했고, 마이도 그다지 일을 하고 싶은 것으로 보이지는 않았다. 그는 단지 내 친구 곁에 있고 싶어 할 뿐이었다.

나는 그의 마음을 이해할 수 있었다. 좋아하는 사람과 가까워질 기회를 원하는 것은 당연했다.

"멋진 녀석이네. 혹시 코딩하는 법 알아? 버그 수정하는 거 도와줄 수 있어?"

"아… 코딩은 전혀 몰라서…. 죄송합니다."

"조용히 네 일이나 해. 내 인턴 건드리지 말고."

제이드가 나서서 일갈했다. 나도 다시 일에 집중하려고 했지만, 누군가 또 방해를 했다.

"입이 있는데 어떻게 말을 안 해? 신께서 우리에게 입을 만들어 주신 건 말을 하라는 뜻이지, 누구처럼 하루 종일 다물고만 있으라는 뜻이 아냐."

"내가 조용히 있는 게 너랑 무슨 상관인데?"

나는 그를 돌아보며 차갑게 쏘아붙였고, 그 짜증 나는 미소를 볼수록 가슴이 답답해져서 서둘러 고개를 돌렸다. 자리에 앉아 있기만 하는데도 말 몇 마디로 내 신경을 긁는데 내가 어떻게 화를 내지 않을 수 있을까?

이후로는 킹에게 관심을 주지 않고 일을 계속했다. 시간이 흘러 오후 7시 30분이 되었고, 어깨를 가볍게 두드리는 손길에 돌아보니 내 컴퓨터 화면을 보고 있는 제이드가 있었다.

"얼마나 남았어? 도와줄까?"

"네 일은 끝냈어?"

나는 업무용 작업 툴이 아닌 데스크탑 초기 화면으로 전환된 그의 컴퓨터 화면을 힐끗 보며 물었다.

제이드는 고개를 끄덕이며 대답했다.

"응. 넌 어때? 다 해 가?"

"거의. 조금만 더 하면 돼. 넌 얼른 가."

"정말이야?"

나는 그의 얼굴에서 머뭇거림을 읽었고, 이어서 뒤쪽을 살짝 돌아보는 그의 행동을 통해 그가 무슨 생각을 하는지 알 수 있었다. 그는 나를 킹과 단둘이 남겨 두는 것을 걱정하고 있었다. 우리가 서로를 죽이기라도 할까 봐 무서워하고 있는 것 같기도 했다.

"넌 집에 가. 그래야 마이도 집에 가지. 난 30분이면 끝나."

제이드는 한숨을 쉬더니 몸을 돌려 가방을 챙겼다.

"나 갈게. 내일 봐. 얼른 끝내고 운전 조심해서 가."

나와 뒤쪽 책상에 앉은 사람을 번갈아 보던 제이드가 마지못해 작별 인사를 하고 사무실을 떠났다. 마이는 나와 킹에게 손을 모아 공손하게 인사한 뒤 내 친구를 따라갔다.

그 두 사람이 떠나자마자 침묵이 사무실을 뒤덮었고, 동시에 황량하고 적막한 분위기가 킹과 나를 에워쌌다.

"너랑 나만 남았네."

킹의 목소리가 한동안 지속되던 침묵을 깨뜨렸다. 나는 그와 말씨름하느라 산소를 낭비하고 싶지 않았기 때문에 무시하고 계속 일을 했다.

"으아."

"…."

"아논 씨."

"…."

"뭐야, 나랑 아예 말도 안 해? 까탈스럽긴."

사무실 뒤쪽에 있던 사람은 쉽게 말을 멈추지 않았다. 하지만 그를 상대하려 드는 순간 자정이 되어도 일을 마치지 못할 것임을 알고 있기 때문에 끝까지 내버려두었다. 킹은 두세 번 더 나를 불렀고, 내가 이야기할 생각이 전혀 없다는 것을 깨달았는지 단념하고 다시 일을 했다.

꽤 오랜 시간 동안 마우스의 딸깍 소리와 키보드 소리만 넓은 방 안에 울려 퍼졌다. 나는 완전히 나만의 세계에 빠져들어 내 일에만 집중했고, 벽에 걸린 시계가 오후 8시를 가리킬 즈음 '저장' 버튼을 눌러 작업을 마쳤다. 그리고 메일로 프로그래머 쪽에 보냈다.

"다 했어?"

이메일을 작성하고 '보내기'를 누르자 아직 남아 있던 유일한 프로그래머가 곧장 나에게 물었다.

"메일 봤을 거 아냐."

나는 컴퓨터를 끄고 자리에서 일어나면서 대꾸했다.

"이제 집에 가? 난 아직 안 끝났는데, 좀 있어라. 같이 있고 싶어."

킹이 걸어와 가방에 소지품을 넣느라 바쁜 내 팔을 잡고 말했다.

"난 다 했어. 놔."

나는 다른 손을 들어 그의 손을 풀어냈다.

"나랑 친하게 지내는 게 그렇게 싫어?"

그는 내 짜증스러운 태도에 눈을 치켜떴다.

나는 다른 사람이 나를 만지는 것을 좋아하지 않는다. 심지어 그는 내 남자 친구도 아니고, 제이드처럼 내가 전적으로 신뢰하는 사람도 아니다. 당연하게도 싫어하는 사람이 만지는 것은 더 싫다.

"킹!"

나는 다시 내 팔을 붙잡은 커다란 손을 바라보며 불쾌한 표정을 지었다.

"왜?"

킹은 신경질적인 내 몸짓에는 전혀 주의를 기울이지 않았다. 내가 짜증을 낼수록 내 팔을 더욱 꽉 붙잡았고, 그것도 모자라 나를 가까이 끌어당겨 더욱 신경을 긁어 댔다.

"뫄!"

"싫어. 왜? 나랑 가까워지면 나한테 반할까 봐 무서워?"

그는 히죽거리며 얼굴을 내 쪽으로 더 가까이 들이밀었다. 그의 몸에서 풍기는 시원한 민트 향이 코를 찔렀다.

"감정을 주체하지 못하게 될까 봐 무서운 거지? 인제 그만 인정해."

"그럴 수도. 내가 너한테 느끼는 감정은 그 누구에게도 느껴 본 적이 없으니까."

나는 내게 더 가까이 다가온 키 큰 남자를 노려보며 대답했다. 우리는 불과 몇 인치 떨어진 거리에서 시선을 주고받았다.

"어떤 감정?"

"난 누굴 너만큼 경멸해 본 적이 없어."

나는 온 힘을 다해 그의 손을 풀었고, 그를 밀어낸 뒤 빠르게 가방을 챙겼다. 그가 웃는 소리가 들렸지만, 더 이상 관심을 주지 않았다. 그리고 서둘러 차 키와 가방을 챙겨 사무실을 나오려는데….

팟!

천장의 모든 전등이 동시에 꺼졌다. 낮게 윙윙거리는 에어컨 소리도 사라졌다. 불이 환하게 켜져 있던 사무실은 칠흑 같은 어둠에 잠겼고 그 어떤 소리도 들리지 않았다.

"뭐야, 정전? 빌어먹을."

킹의 욕지거리가 낮게 울렸다. 나는 내 주변에 짙게 깔린 어둠에 점점 타는 듯이 목이 마르기 시작했다. 이 건물에서는 때때로 정전이 발생했고, 그래서 백업 전원 시설을 갖추고 있었지만 마침 오늘, 고장으로 기술자를 기다려야 한다는 소리를 들었다.

왜 하필 오늘?!

손바닥에 땀이 흥건했고, 이마에도 송골송골 땀이 맺혔다. 숨이 차올랐고, 동시에 머릿속에서 어떤 기억들이 섬광처럼 마구 스쳐 지나갔다. 그로 인해 내 몸은 주체할 수 없을 정도로 떨리기 시작했다.

"젠장, 회사에 진짜 귀신이라도 있나? 으아, 정말 나 혼자 두고 갈 거야?"

"…."

"으아?"

대답이 없자 낮은 목소리가 내 이름을 한 번 더 불렀다.

나는 여전히 대답하지 않았다. 아니, 하지 못했다. 그러자 그가 자리에 박힌 듯 서서 떨고 있는 나를 향해 움직였다. 킹이 원래 있던 곳에서 몸을 옮기자 용케 꺼지지 않은 그의 모니터 화면 불빛이 보였다.

몇 분 전만 해도 나는 그를 밀어내고 있었지만, 이제는 그를 향해 움직이고 있다. 아니, 아직 빛을 내고 있는 저 컴퓨터 화면을 향해 가고 있었다.

"으아, 뭐라고 말 좀 해 봐."

킹이 다시 나를 불렀다.

그리고 따뜻한 손이 내 손을 붙잡았다. 나는 호흡을 가다듬으며 나도 모르게 그의 손을 더 꽉 붙잡고 마음속 공포를 달랬다.

너무 어두워서 잘 보이지 않았지만, 아직 조그만 빛이 남아 있다.

완전한 어둠은 아니야…. 난 혼자가 아니야…. 그때와는 달라….

팟!

그때 강렬한 빛이 순간적으로 내 시야를 멀게 만들었다. 동시에 에어컨이 작동하며 윙윙거리는 소리가 났다. 갑작스럽게 쏟아진 밝은 빛에 적응하기 위해 천천히 눈을 깜빡였다. 정전이 지나갔고, 주변에 모든 것이 다시 밝아졌다. 나는 입술을 꼭 물고 천천히 숨을 내쉬었다.

끝났어. 이제 무서워할 필요 없어….

"괜찮아, 으아? 안색이 너무 창백해."

그의 날카로운 눈이 내 얼굴에 고정되어 있었다. 정신을 차린 나는 그를 붙잡고 있던 손을 황급히 떼어 내고, 바닥을 내려다보며 그의 시선을 피했다.

"괜찮아."

"너 말도 없고, 내 손만 붙들고 있길래 귀신 무서워서 기절한 줄 알았잖아."

그의 말투는 다시 장난기 가득한 어조로 변했다.

킹은 환하게 웃으며 내 목에 팔을 둘렀고, 나는 그를 독기 서린 눈초리로 노려봤다.

"진짜 나랑 안 있어 줄 거야? 방금 봤잖아. 다시 정전 나서 귀신이라도 나타나면? 내가 무서워 죽기라도 하면, 너 죄책감으로 괴롭지 않겠어?"

그의 얼굴이 너무나 천진난만해서 나도 모르게 넘어갈 뻔했다.

"내가 왜? 너도 귀신이나 마찬가지야."

"산 사람 보고 말이 심하네."

"왜? 너도 귀신이잖아."

"무슨 귀신?"

"바다귀신.*"

나는 그렇게 말하고는 뒤도 돌아보지 않고 사무실을 빠져나왔다. 뒤에서 웃는 소리가 들렸고, 나는 아직도 두근거리는

---

* 태국 민속에 나오는 바다귀신(피탈레)은 뇌우 시 전기 방전에 의한 빛의 현상인 엘모의 불을 포함해 다양한 방식으로 모습을 드러내며, 아름다운 인어나 여인의 모습으로 종종 선원들의 목숨을 앗아 간다고 한다. 또한, 여성에게 추근대는 바람둥이 같은 남성들을 가리키는 은어로 사용되기도 한다.

가슴 위에 손을 얹었다. 10분도 안 되는 시간 동안 킹이 나를 몇 번이나 만졌는지 알 수 없다. 이러니 내가 어떻게 그를 바다귀신이라고 부르지 않을 수 있을까.

조금 전의 정전으로 엘리베이터를 이용하기가 싫어진 나는 주차장까지 비상구 계단으로 걸어 내려갔다. 퇴근 시간이 한참 지난 때여서 도로에는 차가 많지 않았고, 덕분에 프롬퐁에서 사톤까지 이동하는 데 30분밖에 걸리지 않았다.

나는 집에 돌아오자마자 하루 종일 쌓인 피로를 씻어 내기 위해 바로 샤워를 했다. 잠옷으로 갈아입고 침실로 들어가자 휴대폰에 계속 메시지 알림이 울리고 있었다.

이번에는 엄마가 아닌 한 달 전 헤어진 전 남자 친구, 폭이었다. 그는 나와 다시 만나고 싶어 했다.

나는 그의 메시지에 응답하지 않고 휴대폰을 껐다.

이런 일을 겪는 것이 처음은 아니었다. 종종 전 남자 친구가 바람을 피우고 헤어진 후에야 나 없이는 살 수 없다며 다시 만나자고 매달려 왔지만, 나는 같은 남자에게 두 번 속는 바보가 되고 싶지 않다. 그래서 전 남자 친구와 다시 만난 적은 없다.

누군가 나에게 LGBTQIA+* 커뮤니티의 사랑은 너무 약하다고 말한 적이 있다. 남자들은 피상적인 재미를 찾거나 살면서 한 번쯤 새로운 것을 해 보고 싶다는 이유로 남자와 데이트

---

* 다양한 성적 지향과 성 정체성을 아우르는 말.

를 할 뿐이며, 결국은 괜찮은 여자를 만나 결혼해서 따뜻한 가정을 꾸리고 우리 같은 게이는 완전히 잊어버릴 것이라고 말이다. 물론 나 같은 사람과 진심으로 관계를 맺고 싶어 하는 남자를 찾기가 어렵긴 하지만, 그렇다고 아예 불가능하다고 생각하지는 않는다. 그리고 이 문제에 성별은 중요하지 않다. 이성 간의 관계에서조차 상대를 배신하는 경우를 여럿 보았기 때문이다. 결국 성별을 떠나서 한곳에 정착하지 못하고, 항상 더 많은 것을 원하는 사람들이 문제인 것이다.

또한 좋은 사람은 많지만, 내가 운이 좋지 않았을 수도 있다. 나는 아직까지도 아직 좋은 남자를 찾지 못했다.

매번 사랑에 온 마음을 쏟았지만, 그 대가가 배신과 지울 수 없는 상처로 돌아올 때마다 너무 아팠고, 너무 지쳤다. 이제는 이 모든 것에서 해방되고 싶었다. 그래서 어차피 처음부터 혼자였으니까 평생 혼자여도 괜찮을 거라고 스스로를 다독였지만, 결국엔 또다시 누군가가 내 곁에 있었으면 하고 바라곤 했다.

침대 옆 테이블 위에 놓인 디지털시계를 보니 오후 9시가 훌쩍 넘은 시간이었다. 나는 일찍 잠자리에 들기 위해 수면 램프를 켜고 침실 불을 껐다. 램프에서 나오는 희미한 주황색 불빛이 방 전체를 비추어 내 몸이 완전한 어둠에 덮이지 않도록 해 주었다. 나는 매일 밤 이렇게 불을 켜야 했고, 그러지 않으면 잠을 잘 수가 없다.

침대에 누워 이불을 가슴까지 끌어 올리자 몸을 덮은 이불의 온기와 방 안의 어슴푸레한 빛이 나를 위로해 주었다. 대학생 시절에는 이렇게 밤마다 불을 켜 놓고 자는 것을 처음 본 제이드가 어둠을 무서워하는 아이 같다며 놀리곤 했다. 그리고 나는 그 말에 아무 대꾸도 하지 않았다. 그 사실을 인정하고 싶지 않았기 때문이다.

지금까지 오랜 시간이 흘렀지만, 나는 항상 어둠이 가장 두려웠고, 그것이 나의 약점이라는 것을 알고 있었다.

03
통제 불능

내가 생각하는 이상적인 하루의 시작이라면 우선, 알람 소리를 듣고 너무 피곤해서 다시 잠들고 싶은 느낌 없이 곧장 일어나는 것이다. 그다음은 콘도에서 회사까지 심각한 교통체증을 겪지 않고 도착하는 것이고, 또 그다음은 회사 1층 카페에서 너무 긴 줄을 서지 않고 커피를 사는 것이다.

마지막으로, 그날 첫 번째 마주치는 사람이 특정 인물이 아닌 것까지.

"좋은 아침."

회사 건물에 막 들어선 순간, 낮고 허스키한 목소리가 나를 맞이했다. 짙은 회색 슬랙스 위에 연한 파란색 셔츠를 입은 킹이 건물로 들어오고 있었다.

나는 불만스러움에 조그맣게 혀를 차고는 걷는 속도를 높여 사람들이 줄을 서서 기다리고 있는 엘리베이터로 향했다.

이 수많은 사람 중에 하필 오늘 처음 보는 얼굴이 킹이라니. 오늘 내 운은 여기서 다한 것 같았다.

"왜 그렇게 빨리 가? 나 피해?"

킹은 나보다 다리가 길어서인지 금방 나를 따라잡았다. 나는 옆 사람에게 전혀 관심을 주지 않은 채 엘리베이터 앞에 서서 층수를 표시하는 디스플레이만 응시했다.

"대답도 안 해 주네. 냉정하기는."

"시끄러워. 아침부터 뭐라고 떠들고 있는 거야?"

나는 읊조리듯 낮게 말하고는 짜증스러운 눈으로 그를 바라보았다.

"친구한테 인사한 건데."

그는 태연하게 무시하듯 대답했다. 그러고는 내 어깨에 팔꿈치를 얹고 고개를 숙여 낮은 목소리로 속삭였다.

"지난밤을 함께 보낸 사이인데… 내가 어떻게 인사를 안해?"

그의 말은 어처구니없게도 너무나 은밀하게 들렸다. 나는 그를 쏘아보며 차갑게 물었다.

"무슨 소리야?"

"우리 같이 야근하다가 정전됐을 때…."

그는 말꼬리를 늘이며 나를 향해 눈썹을 치켜떴다.

"어? 지금 무슨 생각 했어?"

"아무 생각 안 했어!"

"아, 그래?"

킹은 그를 노려보는 내 시선은 아랑곳하지 않고 히죽거리며 내 쪽으로 더 가까이 고개를 숙였다. 그의 날카로운 눈매에는 즐거운 기색이 역력했다.

"아니면 나랑 다른 일이 해 보고 싶었어, 아논?"

"그만해, 충분히 짜증 나니까. 너랑은 그 어떤 일도 하고 싶지 않아."

나는 차갑게 대답하며 그의 무거운 팔꿈치를 밀어내고 멀어졌다.

"으아, 너 되게 나쁘다."

그가 상처받은 시늉을 했지만 나는 전혀 신경 쓰지 않았다. 나에게 킹은 그저 내 가장 친한 친구의 친구일 뿐이다. 내 가장 친한 친구의 친구가 반드시 나의 친구일 필요는 없다. 우리는 우연히 같은 회사에서 일할 뿐이고, 그다지 협조할 일도 없다. 그러니까 나는 지금까지 그래 왔던 것처럼 그와 어떤 관계도 맺고 싶지 않다.

객관적으로 봤을 때, 말버릇이 더러운 걸 제외하면 킹은 꽤 괜찮은 사람이다. 그는 어떤 일이든 진지하게 책임을 다했고, 너그럽게 다른 사람의 일을 잘 도왔다. 하지만 종종 의도적으로 사람을 아주 불쾌하게 만들었고, 나는 하루 종일 그런 식으로 내 신경을 긁어 대는 사람과 친구가 되고 싶지 않다.

"으아, 그날 밤에….'

"저….'

그때 감미로운 목소리가 울렸다.

뒤를 돌아보니 달콤한 색의 스커트 위에 블라우스를 받쳐 입은 예쁜 아가씨가 보였다. 투명한 볼에는 핑크빛 블러셔를 칠했는데, 너무 여러 번 발랐는지 색이 짙었다.

"좋은 아침이에요, 킹 선배. 으아 선배도요."

그녀는 두 손을 모아 킹과 나에게 인사했고, 나도 손을 들어 그녀의 인사에 답했다. 그런데 그녀가 신입사원이라는 것은 기억이 나지만, 부서나 이름은 기억이 나지 않아서 눈썹을 살짝 찌푸렸다.

"안녕, 민트."

옆에 있던 사람이 그녀의 이름을 말하자 나는 그제야 그녀가 회계팀 신입사원이라는 것을 떠올렸다.

"이제 왔어?"

킹이 다정하게 물었다.

"아뇨. 조금 전에 왔는데, 커피 사러 내려왔어요."

그녀는 내 옆에 있는 사람을 바라보며 수줍게 대답했다. 킹의 잘생긴 얼굴에 반한 수십 명의 소녀팬 중 하나인 것 같았다.

"지난주에 제이드 선배한테 브라우니 전해 달라고 했었는데, 드셔 보셨어요?"

그녀가 기대에 찬 얼굴로 물었다.

"당연하지. 맛있더라."

나는 그의 대답을 듣고 눈을 굴렸다.

"와, 다행이에요. 괜찮으시면 더 만들어 드릴 수 있어요."

그녀의 눈이 반짝거렸다.

"아, 아냐. 널 귀찮게 하고 싶진 않아."

킹은 상냥하게 웃었다.

나는 목구멍 깊숙이 하고 싶은 말을 삼켜 냈다.

브라우니가 맛있었다고? 한 입 먹고 너무 달다고 불평하면서 나머지는 다 제이드에게 줘 버리더니. 또 만들어 주겠다는 그녀의 말에는 애매하게 대답한다.

그는 같은 회사 사람과는 사귀지 않겠다고 말만 했을 뿐, 행동은 전혀 그렇지 않다. 내가 이런 그를 '바람둥이'라고 부르지 않는다면, 도대체 뭐라고 불러야 할까.

"야, 으아. 엘리베이터 왔는데 어디 가?"

내가 자리를 떠나자, 킹이 불렀지만 나는 그를 거들떠보지도 않고 카페로 향했다.

난 네가 아무한테나 집적거리는 소리 듣고 있고 싶지 않아. 짜증 난다고!

10분 뒤 아메리카노 한 잔을 들고 엘리베이터로 돌아오는데, 진즉 사무실로 올라갔어야 할 남자가 여전히 같은 자리에 서 있는 것이 보였다. 나는 순간 미간을 찌푸렸다. 내가 멈춰서자 킹이 내 쪽으로 걸어왔고, 멋대로 내 어깨에 팔을 얹었다.

"가자."

나는 그를 뿌리치고 멀어졌고, 그는 킥킥거리며 엘리베이터 문이 열릴 때까지 나를 그대로 두었다. 엘리베이터를 기다리는 줄 맨 앞에 서 있던 나는 엘리베이터 가장 안쪽에 자리 잡았고, 킹이 따라 들어와 바로 앞에 멈춰 서더니, 뒤를 돌아 등을 보였다. 그 바람에 나는 주춤거리며 물러서다가 거의 엘리베이터 벽과 한 몸이 될 뻔했다.

사람이 그렇게 많지도 않아서 나와 이렇게까지 밀착해 있을 필요가 없다. 그렇다면 이유는 딱 하나다.

이 남자가 또 내 신경을 긁으려는 것이다!

그의 등을 밀어냈지만, 그 넓은 등의 주인은 조금도 움직이지 않았다. 오히려 내 쪽으로 한 걸음 더 물러났고, 엘리베이터가 사무실이 있는 15층에 도착할 때까지 꿈쩍도 하지 않았다. 마침내 엘리베이터에서 나와 그를 노려보는데 그의 얼굴에는 즐거워하는 기색이 만연했다.

나한테 등을 그렇게 세게 얻어맞고는… 웃어?

너 마조히스트야?

나는 사원증을 태깅해 출근을 기록한 뒤, 여기저기 다른 부서의 동료들과 인사를 하며 사무실로 향하는 킹의 뒤를 따라 걸었다. 킹과 제이드는 둘 다 친화력이 좋다는 점이 비슷했다. 그래서 그들은 다른 사람과 쉽게 친해졌고, 아는 사람도 많았다. 반면에 나는 IT 부서 동료들 외에는 다른 부서 사람과 대화를 나눈 적이 거의 없다. 낯선 이들과 대화하는 것이 어렵기도 했고, 내 특유의 무심한 표정이 사람들 눈에는 꽤 우호적이지 않게 보였을 것이다.

이렇게 조용히 생활하는 것은 나름대로 이점이 있다. 아는 사람이 적을수록 복잡한 일이 생길 확률도 낮으니까.

사무실에 도착하니 내 책상 위에 주스 한 잔이 놓여 있었다. 나에게 접근하려는 누군가가 보낸 것이 틀림없었다. 나는 평소처럼 그 음료 컵을 손이 닿지 않는 곳으로 옮기고 컴퓨터를 켰다. 벽에 걸린 시계는 이제 일과를 시작할 시간이 거의 다 되었음을 알리고 있었는데 아직 흔적이 전혀 없는 제이드의 책상을 보고 깜짝 놀랐다.

제이드는 보통 나와 같은 시간에 사무실에 도착했다. 특히 최근에는 매일 마이의 차를 타고 출근해서 더 일찍 오기도 했는데 오늘은 아직 오지 않았다.

어디 아픈가…?

그에게 전화를 해 볼지 고민하던 찰나에 약간 헝클어진 머리에 몹시 지친 얼굴의 제이드가 사무실로 들어섰다.

"여어, 제이드. 네 운전기사가 자리를 비우자마자 지각하는 거야? 한심하네."

킹이 말했다.

"지상철이 또 연착됐다고!"

제이드는 책상 위에 가방을 내려놓으며 크게 한숨을 쉬었다. 나는 그의 얼굴에 흐르는 땀방울을 바라보며 갈증 해소에 도움이 되도록 치워 두었던 주스를 그쪽으로 밀어 주었다. 그는 곧장 주스를 벌컥벌컥 들이켜고 옷깃을 펄럭여 열기를 식혔다.

"제이드, 오늘 마이 안 와?"

IT 지원 부서의 선임 책임자인 파이 선배가 사무실 문을 바라보며 물었다.

"오늘 오전엔 학교 갔어요. 오후에는 사무실에 나올 거예요."

"오, 다행이다. 어디 아픈 줄 알았네. 그랬으면 오늘 우리 파티도 물 건너가는 거잖아."

파이 선배가 희망에 찬 말투로 말했다.

그녀의 말을 듣고 탁상 달력을 보니 오늘이 이번 달의 마지막 금요일이라는 걸 깨달았다.

매년 부서에 새로 인턴이 오면, 인턴십 시작과 끝에 환영회와 환송회를 열어 주는 것이 전통이었다. 우리는 보통 금요일에 회사 근처 식당에서 파티를 열고 다음 날 출근 걱정 없이 마음껏 즐겼다.

우리 부서 사람들은 파티를 할 때마다 항상 전력을 다해 신나게 놀았다. '열심히 일하고, 열심히 놀자'가 모토이기 때문이다. 음식과 음료를 주문하는 것을 보면 더욱 그랬다. 원하는 만큼 몇 번이고 추가 주문을 하는데, 특히 이번 파티는 지난번 파티 후 몇 달 만에 열리는 것이어서 아마 이번 달 월급의 상당 부분이 이 파티에 쓰일 것 같았다.

근무 시간의 반이 지나가고, 오후가 되자 오늘 파티의 주인공인 마이가 교복을 입고 공손하게 인사하며 사무실에 들어섰다. 손에는 크리스피 크림 도넛이 담긴 커다란 상자 두 개를 들고 있었다. 나는 제이드의 눈이 반짝이며 마이의 손에 있는 봉투를 따라가는 것을 알아차렸다. 제이드는 이 브랜드의 도넛을 가장 좋아하는데, 마이가 우연히 그 도넛을 사 왔다.

우연히? 아니, 마이는 제이드가 그 도넛을 좋아한다는 것을 알고 일부러 사 왔을지도 모른다.

"선배가 제일 좋아하는 거죠? 많이 드세요."

마이가 제이드에게 말하는 것을 듣고 나도 모르게 입꼬리가 올라갔다. 마이는 정말로 제이드를 위해 도넛을 사 오고 싶었고, 너무 티가 나지 않도록 우리에게 줄 도넛도 샀다는 것이 밝혀졌다.

다른 직원들은 자리에서 일어나 도넛 상자를 둘러쌌지만, 나는 급하게 처리해야 할 일에 휘말려 도넛을 먹으러 갈 여력이 없었다. 그때 누군가의 손이 나타나 도넛이 담긴 접시와 작은 포크를 내 책상 위에 올려놓았다. 고개를 들어 보니 마이가 나를 보고 가볍게 웃고 있다.

"도넛 드세요, 으아 선배."

"고마워."

나는 짧게 대답하고 바로 포크를 들어 도넛을 잘라 먹는 것으로 마이의 배려에 보답했다. 그러면서 눈으로는 입안 가득 도넛을 우물거리고 있는 제이드에게 곧장 걸어가는 마이를 좇았다.

오호라, 제이드에게 다가가기 위해 그의 친구부터 공략할 심산인가 보지?

꽤 앙큼한 녀석이네.

오늘은 이번 달의 마지막 금요일이고, 월급날이다. 할 일도 별로 없어서 정말 좋은 하루였지만, 거의 5분 간격으로 계속 오는 메시지 알림이 산통을 다 깨 버렸다.

'왜 내 메시지에 답 안 해 줘?'

'으아, 다시 전화해 줄래?'

'우리 대화 좀 하면 안 될까?'

'실수야. 내가 잘못했어. 나에게 다시 기회를 줄 수 있을까?'

'으아, 대답해 줘.'

나는 길게 한숨을 쉬며 휴대폰을 들고 라인 앱에 들어가 성가신 전 남자 친구의 채팅방 알림을 껐다. 그는 유명한 정치인의 아들로 몇 달 전, 지인의 결혼식에서 만난 사람이었다. 폭은 그날 내게 먼저 다가와 라인 아이디를 달라고 했다.

그의 흠잡을 곳 없이 정중하고 예의 바른 태도에 흔쾌히 라인 아이디를 알려 줬고, 두 달 정도 서로를 알아 간 후 그의 고백으로 사귀게 되었다. 처음에는 무척 다정했는데, 두 달쯤 지난 뒤 그가 여자 모델과 바람을 피웠다는 사실을 알게 됐고, 헤어졌다. 애초에 나한테 별로 진지하지 않았기 때문인지 헤어진 직후에는 별다른 연락이 없었는데 2주 전, 그가 느닷없이 다시 만나자는 연락을 해 왔다. 당연하게도 내가 거절하자 이렇게 끊임없이 전화와 메시지를 하며 괴롭히기 시작했다.

그의 전화번호와 라인 계정을 차단하려고 했지만, 그때마다 다른 SNS를 이용해 연락을 했고 심지어 내 친구들을 통해 차단을 해제하라고 강요하기까지 했다. 결국 다른 사람들까지 곤란하게 할 수 없어서 차단을 해제하고 이런 성가신 일을 감내하고 있다. 그와 만나는 동안 그를 내 콘도에 데려간 적이 없다는 것은 정말 다행이었다. 그랬다면 분명 내 콘도에도 찾아왔을 것이다.

추측하기로는 그가 바람을 피운 상대에게 버림을 받아서 나와 다시 만나려는 것 같았지만, 나는 그의 메시지가 잔뜩 쌓인 채팅방에 들어간 적조차 없다. 그저 하루빨리 그가 새로운 여자를 찾아 나를 괴롭히는 일을 멈추길 기다리고 있을 뿐이다.

근무 시간이 끝날 때까지 나는 정신없이 일만 했다. 마침내 퇴근 시간이 되자 소지품을 가방에 챙겨 넣었다. 그런 다음 차가 없는 부서 동료 세 명을 태워 마이의 환영회가 열리는 식당으로 갔다. 식당에 도착한 후 다른 사람들이 음식을 주문하는 동안 나는 휴대폰을 가지고 놀았다. 읽지 않은 메시지의 수가 1,000개에 달하는 폭의 채팅방을 보고 눈살이 찌푸려졌지만, '엄마'가 보낸 메시지를 발견하고는 한동안 멍해졌다.

잠시 후 채팅방을 눌러 메시지를 확인했고, 내 얼굴은 사정없이 구겨졌다.

'오늘 월급날이잖아. 좀 보내.'

'톤카오가 미술 수업을 듣고 싶다고 했거든.'

'3,000바트. 수업료 내야 해.'

또?

기분이 더러웠다. 나는 의붓아버지에게서 태어난 이부동생에게 어떤 편견도 없었다. 톤카오는 예의 바르고 명랑한 여고

생이자 착한 여동생이었다. 하지만 내가 이해할 수 없는 것은 의붓아버지의 경제력이 충분한데도 왜 엄마는 항상 나에게 톤 카오의 등록금이나 수업료를 달라고 요구하는가였다. 의붓아 버지에 비하면 나는 다달이 받는 월급으로 생계를 꾸리고 콘 도의 대출금도 갚아야 하는 평범한 월급쟁이였다.

'또 저예요? 톤카오의 수업료는 손 삼촌에게 물어보는 게 어때요?'

'매년 들어가는 톤카오의 등록금이 얼마라고 생각하는 거 야? 그게 그렇게 저렴한 줄 알아? 대학 입시 준비하려면 학원 비도 든다고. 네 아버지는 이미 내야 할 돈이 너무 많잖아. 그 냥 얌전히 부모 말에 순종할 수 없어?'

엄마의 답장에 웃음이 나왔다. 사실 그 정도 돈은 별로 문 제가 아니다. 당연히 여동생의 학비 정도야 줄 수 있다. 단지 나는 엄마에게 한 번도 그런 것을 받은 적이 없다는 사실에 화 가 날 뿐이었다.

엄마는 톤카오를 몹시 애지중지했고, 어떤 상황에서도 그 녀가 원하는 것을 항상 지지해 주었다. 하지만 내가 하고 싶어 했던 일은 한 번도 신경조차 쓴 적 없었다.

나도 그림 그리는 걸 좋아했다. 그래서 예술 공부를 하고 싶었지만, 엄마는 과학이나 수학 공부를 강요했다. 11학년 때 대학 입시를 준비하면서 건축 대학 입시용 드로잉 수업을 추 가로 듣고 싶었지만, 엄마는 돈 낭비라며 들은 척도 안 했다. 그런데 지금 내가 듣고 싶었던 그 수업을 톤카오가 들을 수 있도록 얌전히 도우라고 한 것이다.

내가 하면 돈 낭비고, 여동생이 하는 건 꼭 해야만 하는 일이다.

역시, 나는 엄마의 기생충일 뿐이다.

나는 휴대폰을 끄고, 방금 나온 맥주 한 잔을 집어 단숨에 들이켰다.

"진정해. 아직 아무것도 안 먹었잖아. 급하게 마시지 마."

제이드가 잔에 맥주를 더 따르려는 내 손을 잡아당기며 말렸다.

"마시고 싶어."

"빈속에 마시면 금방 취해. 이따가…."

"놔둬. 방해하면 또 그 독기 서린 눈을 부라릴걸?"

제이드와 마이 옆에 앉아 있던 킹이 끼어들었다.

"봤어? 지금 이 눈."

내가 그의 얼굴을 쳐다보자 덧붙여 히죽거리기까지 했다.

"입 다물어!"

나는 짜증스럽게 소리치고 잔에 담긴 맥주를 다시 목구멍으로 넘겼다. 제이드는 한숨을 쉬더니 내 손을 놓고 킹 쪽으로 돌아섰다.

"넌? 오늘 많이 마실 거야?"

"왜, 지난번처럼 나 집에 데려다줘야 할까 봐 무서워?"

"당연하지! 그때 너 똑바로 걷지도 못했잖아. 집에 혼자 가게 놔둬서 네가 차로 사람 치기라도 했으면 어쩔 뻔했어!"

"오늘은 별로 안 마실 거니까 걱정 마. 나중에 다른 곳으로 갈 거거든."

그가 제이드에게 눈썹을 치켜올리는 모습을 보니 다른 곳이라는 말이 무슨 뜻인지 알 수 있었다.

아마 다른 술집에 가거나 여자를 만나러 가겠지.

나는 대화에 끼지 않고 주변 동료들의 유쾌한 목소리를 배경 음악 삼아 조용히 술을 마셨다. 시간이 흐를수록 다들 더욱 흥에 겨워했고, 마이는 (제이드가 주도하는) 선배들의 요청으로 무대에서 노래를 부르게 됐다. 나는 그의 노래를 들으면서 옆에 있는 친구를 살폈다.

'너한테 말 안 해'라는 노래였는데, 가사를 듣는 것만으로도 마이가 누구에게 이 노래를 불러 주고 싶은지 알 수 있었다.

"노래 잘 못한다고 했잖아. 거짓말한 거야?"

키가 큰 인턴이 자리로 돌아오자 제이드가 물었다.

마이는 활짝 웃으며 반짝이는 눈으로 되물었다.

"마음에 들어요?"

"그럼, 물론이지. 천상의 목소리던걸. 너도 좋았지, 으아?"

제이드는 나를 쿡 찌르며 동의를 구했다.

"그래, 좋았어."

나는 짧게 대꾸했다. 제이드는 마치 내가 마이를 칭찬하기라도 한 것처럼 기뻐했다. 그는 예의 바르고 일도 잘하는 마이를 무척 좋게 생각하고 있지만, 여전히 마이가 보통 후배가 선배를 대하듯 자신을 대하지 않는다는 것은 전혀 모르는 것 같왔다.

내 친구는 이런 일에 좀 느리다.

모두가 노래하고 웃으며 즐겁게 놀고 있었다. 바스 선배와 파이 선배가 방 앞쪽 무대에서 신나게 춤을 췄고, 제이드는 환호했다. 그들은 교대로 나가서 노래하고 춤을 추며 신나는 시간을 보내고 있었지만, 나는 기분이 너무 좋지 않아서 이 파티를 즐길 수 없었다.

계속해서 호박색 음료를 한껏 들이켜 목구멍을 씻어 냈다. 아무리 생각해도 내 인생이 왜 이 모양인지 도무지 이해할 수가 없었다. 어릴 적부터 난 가족에게 받는 사랑이 무엇인지 느껴 본 적이 없었다. 그래서 늘 누군가에게 사랑받기만을 간절히 바랐다. 모든 연애에서 그것을 기대했고, 진실되고 견고한 사랑을 갈망했지만, 누군가가 나에게 영원히 지속되는 비참한 저주라도 내린 것처럼 거듭되는 실패만 남았다.

이 세상은 왜 나에게 이렇게나 못되게 구는 걸까.

"실연이라도 당한 사람처럼 술 마시고 있네. 무슨 일이야, 아논? 또 차였어?"

방 안의 어마어마한 소음을 뚫고 킹의 낮은 목소리가 들렸다. 그의 날카로운 눈이 우리 사이에 앉아 있는 마이의 큰 몸을 넘어 나를 꿰뚫었다.

"하루만."

"뭐?"

"제발, 딱 하루만 귀찮게 하지 말아 줘."

나는 그렇게 말하고는 고개를 돌려 다시 맥주를 들이켰다. 킹은 어깨를 으쓱하고는 시선을 돌려 마이와 계속 대화를 나눴다. 무슨 말을 하는지는 들을 수 없었지만, 들린다고 해도 너무 지쳐서 신경을 쓸 수 없는 상태였다.

내 몸에 스스로 끊임없이 술을 들이부은 결과, 마침내 머리가 빙빙 돌기 시작했다. 나는 제이드처럼 술을 많이 마셔도 전혀 취하지 않는 타입이 아니었기 때문에 이제는 완전히 한계였다. 평소에는 주량 이상으로 술을 마시지 않는 편이지만, 오늘 밤에는 폭과 엄마를 감당하기가 힘에 겨웠고, 그것을 어떻게 해소해야 할지 몰라서 술에 의지해 버렸다.

그나마 처음엔 맥주만 마셨지만, 이제는 여러 술을 섞어 마시기에 이르렀고, 이제는 나 자신을 멈출 수도, 멈추고 싶지도 않았다.

"너무 과음하는 것 같아."

언제 왔는지 모를 킹이 내 손에서 잔을 빼앗았다.

"내버려둬!"

얼굴을 찌푸리고 잔을 다시 가져와 술을 들이켰다. 그가 불만스럽게 뭐라고 말하는 것을 들었지만, 내 의식은 그 말을 이해할 만큼 또렷하지 않았다.

점점 시끄러운 소리가 아득해지고, 시야도 어두워졌다. 멀리서 제이드의 목소리가 들리는 것 같기도 했다. 그러다 택시 얘기를 들었고, 누군가가 나를 조심스럽게 안아 일으키는 느낌도 들었다. 그 사람의 몸에서 풍기는 알코올 냄새에 섞인 희미한 민트 향이 너무나 친숙해서 아무런 저항 없이 그 손길을 허락했다. 그 후 오랫동안 잠에 빠졌고, 차에서 내리면서 의식을 되찾았다.

너무 어지럽고, 눈꺼풀도 너무 무거워서 눈을 뜨기까지 꽤 오랜 시간이 걸렸다. 정신을 조금 차렸을 때는 어느 문 앞에 서 있었다. 문을 여는 소리가 들린 뒤 칠흑같이 어두운 방 안으로 들어섰다.

"누구야…?"

내 목에서 흘러나온 메마른 소리가 방 안의 침묵을 갈랐다. 주위가 너무 고요해서 나는 정신을 차리려고 조금 더 집중했다.

"깼어? 너 완전 만취했어, 알아?"

익숙한 목소리가 들렸고, 거의 동시에 어두운 방으로 끌려들어갔다. 가슴이 두근거리기 시작했다. 나는 본능에 가까운 두려움을 느끼며 그 사람의 셔츠를 꼭 움켜쥐었다.

"이 방에서 자. 난 소파에서 잘 테니까. 젠장, 허리가 벌써 뻐근해."

나를 안고 있는 사람의 낮은 목소리가 귓가에 울렸다. 그의 따뜻한 손이 셔츠를 움켜쥐고 있는 내 손을 풀어내는 동안 나는 나도 알 수 없는 말을 계속했다.

"으아, 좀 놔."

"어디 가려고…?"

너무 어두워서 아무것도 보이지 않았다. 에어컨 소리만 희미하게 들릴 뿐이었다. 곧 어둠에 삼켜지고 말 것만 같아서 너무 두려웠다.

"자러 갈 거야. 너도 자."

그는 성공적으로 내 손을 풀어내고 나를 뒤로 밀었다. 침대 위로 쓰러지는 순간 나는 온 힘을 다해 그를 끌어당겼고, 동시에 극심한 현기증이 일었다.

내 위로 쓰러진 사람의 무게가 버거웠다. 알아들을 수 없는 욕설이 희미하게 들렸는데도 그가 막 일어나려고 하자 나는 그를 더 꽉 붙잡았다.

"안 돼…!"

내 마음을 가득 채운 공포가 나를 지배했다. 상대방의 대답이 들리지 않자 나는 되는대로 손을 뻗어 끈질기게 그를 붙잡았다.

"가지 마… 무서워…."

"으아, 그만해."

화가 난 목소리였지만, 혼자 남겨지는 것만큼 무섭지는 않았다. 그의 목을 감싸안아 필사적으로 매달리며 같은 말을 반복해서 중얼거렸다.

나는 늘 어둠 속에 혼자 남겨졌다. 다시 그때처럼 어둠 속을 홀로 방황하고 싶지 않았다.

"안아 줘…."

간절히 애원하며 내 위에 있는 상대방의 온기를 향해 몸을 내밀었다.

"으아, 그만. 이거 봐!"

"싫어…! 안 돼…."

나는 온 힘을 다해 그를 붙잡았다.

이 순간, 혼자이고 싶지 않다. 그가 나와 있어 주길, 나를 안고, 위로해 주길 원한다.

"안아 줘…. 가지 마…."

대답 대신 거친 숨소리가 이어졌다. 곧 고개를 숙여 속삭이는 그의 숨결에서 알코올 냄새가 더욱 짙어졌다.

"지금 나 유혹하는 거야?"

억눌린 욕정이 느껴지는 상대의 목소리에 왠지 모르게 긴장이 됐다.

"나도 참는 데는 한계가 있어, 알지?"

"안아 줘… 제발."

조금의 틈도 없이 그를 꼭 껴안고 매달렸다. 이어서 내 뺨을 스치는 부드러운 감촉이 느껴졌다. 그것은 내 목 옆쪽으로 미끄러지듯 움직였고, 그 움직임을 따라 점차 아래가 뻣뻣해지고 뜨거워졌다. 이 긴장되고 불안한 감각을 지우기 위해 매트리스에 몸을 비비며 숨을 들이켰다.

그 순간 무언가 단단한 것이 아래에 닿았고, 나는 무의식적으로 엉덩이를 문질렀다.

"계속 이런 식으로 유혹하면, 진짜 가만 안 있을 거야."

그는 허스키한 목소리로 내 귓가에 낮게 읊조렸다. 나의 미약한 의식은 이것이 마지막 경고임을 알아차렸지만, 나는 그 경고를 완전히 무시하고 내 위에 있는 사람을 응시했다.

술은 내 원초적 본능을 일깨웠고, 나를 완전히 지배했다.

"가지 마. 안아 줘… 읏…!"

뜨거운 입술이 곧장 입술에 닿았다. 알코올 냄새와 함께 따뜻하고 축축한 무언가가 입속으로 미끄러져 들어왔고, 내 혀와 묵직하게 엉켜 들었다. 커다란 손이 내 온몸을 꽉 쥐고 애무하며 지나가는 곳마다 짙은 정욕을 남겼다. 그의 목에서 흘러나오는 낮은 신음이 내가 느끼는 열기를 더욱 뜨겁게 불태웠다.

결국 모든 것이 시작되었고 열기는 점점 더 강렬해졌다.

뜨거운 감촉이 아래로, 아래로 내려가며 몸이 자꾸만 움츠러들었고, 그가 내 것을 움켜쥐는 순간에는 눈앞에 불꽃이 튀고 신음이 터져 나왔다. 리드미컬한 손짓과 젖은 소리에 뒤섞인 그의 매력적인 신음이 귓가를 맴돌았다.

어둠 속에서 나는 끝없이 흥분했고, 그에게 열렬히 보답했다. 의식은 흐릿했지만 내가 느끼는 욕정은 너무나 선명했다.

더 이상 아무것도 생각하지 않고 그가 나를 껴안고 어루만져 주기만을 갈망했다. 남은 것은 끝을 모르고 치솟는 욕망뿐이었다. 나는 그것이 영원히 끝나지 않기를 바랐다.

그 뒤로 모든 일이 오랫동안 계속됐다. 내가 마지막으로 기억하는 것은 깊은 수면의 기운이 나를 덮치기 직전까지 하늘에 떠 있었다는 것이다.

04
실수

누구든 살면서 항상 꽃길만 걸을 수는 없다. 대개는 장애물이나 실수가 있고, 이를 만회하기 위해 시간을 아무리 되돌리고 싶어도 그럴 수 없는 게 인생이다.

그래서 평생 과거에 연연하지 않으려고 노력했고 이미 일어나 버린 나쁜 일이나 실수는 잊어버리려고 애썼다. 그것들을 일종의 인생 교훈이자 경험으로 여기려고 했지만 지금만큼은 간절하게 시간을 돌리고 싶다.

정말이지 이렇게나 진심으로 간절히 시간을 되돌리고 싶었던 적이 없다.

방 안을 비춘 눈부신 빛 한 줄기가 눈꺼풀을 꿰뚫었다. 잠에서 깨어난 나는 의식을 되찾자마자 찾아온 끔찍한 두통에 얼굴을 찌푸렸다. 이렇게 머리가 찢어질 듯한 고통의 원인이

전날 밤의 과음 때문이라는 사실을 깨닫기까지는 꽤 오랜 시간이 걸렸다.

길게 숨을 내쉬며 이불에 싸인 몸을 뒤척였다. 그 순간 척추를 따라 온몸을 날카롭게 관통하는 통증이 느껴졌다.

뭔가 잘못됐다. 술을 마시긴 했지만 이렇게 고강도의 운동을 한 것처럼 온몸에 근육통을 느끼는 것은 이상했다. 게다가 몸을 덮고 있는 이불의 차가운 감촉도 마치 옷을 입지 않은 맨몸 위에 덮은 것 같았다. 심지어 뒤도….

무언가가 안에 남아 있는 것처럼 불편하고, 축축하고, 아프다.

번쩍 눈을 떴다. 공포로 심장이 쿵쾅거렸다. 눈앞의 낯선 크림색 천장은 이곳이 내 침실이 아니라는 것을 분명히 자각하게 했다. 희미한 기억이 천천히 떠오르기 시작했고, 어렴풋이 떠오르는 그 일이 일어난 것이 아니기를 간절히 기도하며 옆쪽으로 천천히 고개를 돌렸다.

눈앞에 짙은 색의 넓은 등이 나타났다. 탄탄하게 근육이 잡힌 등에는 긁힌 자국이 몇 군데 있고, 아랫부분은 내 몸을 덮고 있는 것과 똑같은 이불로 덮여 있다. 소름 끼치게 익숙한 뒷모습에 나는 거의 기절할 뻔했다.

뜨거운 손길과 낮은 신음이 기억 속에서 섬광처럼 연속으로 번쩍였다. 지난밤에 무슨 일이 있었는지 깨달은 나는 이대로 죽고 싶었다.

어젯밤… 너무 취한 나는, 실수로, 녀석과 자 버렸다….

"으음…."

등을 돌리고 자고 있던 남자가 움직였고, 나는 벌떡 일어났다. 다리가 후들거릴 정도로 커다란 통증이 온몸을 뒤덮었지만 재빨리 침대 옆에 놓여 있던 내 옷을 낚아챘다. 내 셔츠 옆에 엉망으로 놓인 파란색 셔츠가 나를 더 미치게 했다.

미친! 왜 하필…!

방 안을 두리번거리던 나는 화장실로 보이는 문을 발견하고 황급히 그쪽으로 향했다. 그리고 곧장 화장실로 들어가 문을 닫고 거울에 비친 내 모습을 확인했다. 붉게 부어오른 입술에 피부 위, 특히 목덜미와 가슴을 뒤덮은 멍 자국을 본 나는 극심한 스트레스에 휩싸였다. 전날 밤에 일어난 일은 꿈이 아니었다.

술 때문에 대부분의 기억이 사라졌고, 그나마 기억나는 것도 너무 흐릿하고 불분명했다. 하지만 내가 전혀 거부하지 않았다는 것, 오히려 그의 손길을 원했고, 심지어 열렬히 반응했다는 것은 선명하게 기억하고 있다!

물론 섹스를 한 것이 처음은 아니었다. 다만 사랑하지 않는 사람과 한 것은 처음이었다.

악몽이기를 바랐지만, 신은 나에게 그런 관용을 베풀지 않았다.

아래에서 느껴지는 끈적거리는 느낌이 스트레스를 더했다. 나는 그 바람직하지 않은 것을 씻어 내기 위해 서둘러 샤워를 했고, 지친 몸 위에 술 냄새가 풍기는 옷을 덧입었다. 그리고 한참을 머뭇거리며 화장실 문을 바라보다 마침내 문을 열고 밖으로 나가 현실을 마주했다.

"으아."

방의 주인이 낮고 허스키한 목소리로 내 이름을 불렀다. 하반신에 수건을 둘러맨 근육질의 남자가 침대에 앉아 도무지 이해할 수 없는 눈빛으로 내 얼굴을 보고 있었다.

나는 고개를 돌렸다. 너무 화가 나서 그를 쳐다보고 싶지 않았다.

이후 상당한 시간 동안 침묵이 방 안을 메웠다.

"너… 어젯밤 일 얼마나 기억해?"

머지않아 킹이 그 침묵을 깨뜨렸다.

"거의 안 나. 기억하고 싶지도 않고."

나는 짧게 대답하고 방을 빠져나가려 했다. 그런데 킹이 재빨리 침대에서 일어나 내 손목을 잡았다.

"어디 가려고?"

"집."

"우리 차 식당에 있어. 내가….."

"귀찮게 하지 마!"

그의 손을 뿌리치고 침실을 빠져나왔다. 소파 위에 있는 내 가방을 챙겨 현관으로 향하는데 또다시 킹에게 가로막혔다.

"비켜!"

그는 미동도 하지 않고 나에게 물었다.

"나한테 화났어?"

그 질문에 나는 입꼬리를 비틀어 올렸다.

"네 생각은 어떤데?"

"왜 화를 내? 어젯밤에 우리 좋았잖아."

그의 입에서 섬뜩한 문장이 튀어나왔고, 나는 믿을 수 없다는 눈으로 그를 쳐다보았다.

"내가 안에 해서 그래? 그건 내가 미…."

"내가 왜 너한테 화가 났는지 정말로 몰라?!"

결국 소리를 질렀다. 너무 화가 나서 몸이 떨리고 감정을 주체할 수가 없었다.

킹은 눈살을 찌푸린 채 나를 가만히 보았다.

"그게 그렇게 큰일이야? 어제는 그냥 좀 취했던 거잖아."

"자고 일어났더니 사랑하지도 않는 사람하고 잤다는 걸 알게 됐는데, 웃기라도 해야 해? 난 아무하고나 막 잘 수 있는 너랑은 달라!"

목소리가 너무 떨려서 더 말을 잇지 못했다. 말을 하면 할수록 목구멍에 뭔가 단단한 것이 걸린 느낌이 들었다. 나는 그를 외면하고 심호흡하며 진정하려고 노력했다.

"널 비난할 수 없다는 거 알아. 나도 취했고, 너도 그랬으니까. 우리 둘 다 잘못한 거야."

"…."

"어쨌든 지난 일이니까 잊어 줘. 어차피 되돌릴 수도 없으니까. 다시는 이 일에 대해 얘기하지 마."

나는 그의 눈을 쳐다보지도 않은 채 대화를 끝내고 문 쪽으로 걸어갔다. 문을 여는 순간 들려온 방 주인의 말은 정말이지 기가 막혔다.

"너, 하룻밤 상대가 나여서 이렇게 화내는 거 아냐?"

"…."

"다른 사람이었으면 이 정도로 화 안 냈을 거 아냐. 하필 실수한 게 나여서 이러는 거 아니냐고."

"그래, 맞아."

나는 돌아서서 그를 똑바로 마주 보며 대답했다. 그리고 내 지난밤의 실수를 애석해하며 억지로 입꼬리를 비틀어 웃었다. 킹의 얼굴은 완전히 고요했다.

"알겠으면 이제 그 얘기는 그만둬."

"…."

"이 이상 날 더 불쌍하게 여기게 하지 말아 줘."

그 말을 끝으로 서둘러 방을 나왔다. 그의 다음 말을 듣고 싶지 않았다. 그저 가능한 한 빨리 그곳을 벗어나고 싶었고, 여기만 아니라면 어디라도 괜찮다는 생각뿐이었다.

몸에는 여전히 숙취가 남아 있었다. 극심한 스트레스로 인해 심장이 머리에 있는 것처럼 쿵쾅거렸다. 결국 나는 길가에 있는 하수구 옆에 주저앉아 배 속에 있는 모든 것을 게워 냈다.

늦은 아침의 찌는 듯한 열기 속에 뭔가가 뺨을 타고 흘러 내렸다. 눈가가 뜨거워지자 내가 울고 있다는 것을 분명히 알 수 있었지만, 나는 그것이 얼굴에서 스며 나온 땀방울이라고 스스로를 속였다.

이것이 악몽이라면 나는 곧 잠에서 깨어나 일상생활로 돌아갈 수 있을 것이다. 하지만 꿈이 아니었다. 이 끔찍한 기분에서 헤어날 가망이 아예 없다.

킹이 자제하지 못한 것에도 화가 났지만, 이 일의 원인이 바로 나였기에 나 자신에게 더욱 화가 났다. 술을 그렇게 많이 마시지만 않았다면, 그가 침실 밖으로 나가게 그냥 두었다면, 나와 있어 달라고 애원하지 않았다면… 이런 정신 나간 일은 일어나지 않았을 것이다. 킹에게만 책임을 돌릴 수는 없었다.

내가 어둠을 그렇게 두려워하지만 않았다면….

시야가 흐렸다. 눈을 감고 눈물을 쏟아 냈다. 너무 지쳐서 평소처럼 독한 마음을 먹을 수가 없었다. 내 인생은 너무나 비틀려 있고 반복되는 장애물과 실수로 가득 차 있었다. 어쩌면 이 세상에 태어난 것부터가 실수였는지도 모른다.

감정을 추스르기까지는 시간이 좀 걸렸다. 숙취를 달래기 위해 커피 한 잔을 샀고, 택시를 타고 전날 밤 파티가 있었던 식당으로 가서 차를 가지고 콘도로 돌아왔다. 너무 피곤했고 머리도, 몸도 아팠다. 오는 길에 편의점에 들러 콘도에서 먹을 음식을 사 왔지만, 식욕이 없어서 거의 먹지도 못했다.

식사 후엔 진통제를 먹고 침대에 몸을 뉘었고 금방 잠이 들었다.

다시 눈을 떴을 땐 바깥 하늘이 주황색으로 물들어 있어 곧 해가 질 시간임을 알았다. 나는 그대로 침대에 누워 어젯밤부터 꺼져 있던 휴대폰을 멍하니 바라보았다. 그리고 잠시 후 몸을 일으켜 테이블 위에 놓여 있는 휴대폰을 가지고 와 전원을 켰다. 톤카오의 수업료를 독촉하는 엄마와 여전히 나와 다시 만나려고 애쓰는 폭의 연락을 포함해 수많은 부재중 전화와 읽지 않은 메시지가 와 있었다.

그리고 킹에게서 온 부재중 전화와 메시지….

'전화 좀 받아. 얘기 좀 해.'

내 마음이 어떤지 확실히 정의하지 못한 채 그 메시지를 멍하니 보았다. 다시 잠들고 싶었고, 멀리 도망치고 싶었다. 그러나 그건 불가능했다. 결국은 현실을 받아들여야만 한다는 걸 알았다.

하지만 지금은 아니다.

다시 휴대폰을 끄고 원래 있던 자리에 내려놓았다. 무슨 일이 일어났는지 알고 싶지 않았고, 어떤 것도 받아들일 준비가 되어 있지 않았다. 그 문제를 직시할 수 있을 정도로 강해지기까지는 시간이 좀 더 필요했다.

주말은 그렇게 지나갔다. 월요일 아침의 알람이 울렸지만 여느 때처럼 서둘러 샤워를 하지도, 출근 준비도 하지 않고 가만히 누워 멍하니 천장을 바라보았다. 침대에서 일어나 샤워를 하러 가기까지는 10분 정도 더 시간이 걸렸고, 평소보다 느릿느릿 하루를 시작했다.

주말 내내 나는 휴대폰을 꺼 두고 바깥세상과 스스로를 단

절시켰다. 스트레스 해소에는 도움이 되지 않았지만, 일시적으로 현실에서 벗어나는 데에는 도움이 됐다. 그리고 차를 몰아 출근을 하면서 다시 휴대폰을 켰다. 어제 하루 종일 킹으로부터 쏟아진 연락을 확인하는데 휴대폰 진동이 울려서 깜짝 놀랐다. 휴대폰을 켠 지 2분도 되지 않았기 때문이다.

오늘 처음으로 나에게 연락을 한 사람의 이름을 보고 나도 모르게 입술을 짓이겼다. 킹은 지치지 않고 나와 대화를 시도했고, 나는 여전히 그와 이야기하고 싶지 않았다. 나는 계속 울리는 휴대폰을 내버려두고 액셀러레이터에서 발을 떼어 차를 더 천천히 몰았다. 매주 월요일 아침 교통체증이 유난히 심각하다는 것은 모두가 알고 있는 사실이었으니 내가 회사에 좀 늦게 나타난다고 이상하게 여길 사람은 없을 것이었다.

결국 나는 업무 시작 시간보다 15분 늦은 8시 45분에 사무실에 도착했다. 이곳에서 일하기 시작한 이래로 극심한 정체나 출근길에 차가 고장 나는 등의 사고가 발생하지 않는 한 회사에 지각한 적이 없었다. 그런데 오늘은 일부러 콘도에서부터 늦장을 부렸다. 업무 시작 전 여유 시간을 두고 싶지 않았기 때문이다.

나는 킹과 이야기할 틈을 만들고 싶지 않았다.

사원증을 태깅해 사무실로 들어갔고, 선배들에게 인사를 하며 내 자리로 향했다. 평소 내가 지나갈 때마다 달려들던 퐁 선배조차 먼발치에서 나를 보기만 할 뿐 나에게 말을 걸 엄두를 내지 못하고 있었기 때문에 내 표정이 그리 좋지 않다는 것을 알 수 있었다.

IT 부서 사무실에 들어섰을 때는 이미 모두가 자기 책상에서 일을 하고 있었다. 나는 곧장 내 책상으로 걸어갔고, 그와 동시에 내 뒤쪽 책상에 앉아 일하고 있던 사람이 의자를 돌려 나를 봤다. 나는 무심코 킹의 눈을 마주 보았고, 그 순간 보이지 않는 긴장감이 공기를 가득 채웠다.

그의 날카로운 눈이 고요하게 내 얼굴을 응시했다. 나를 놀리던 짓궂은 얼굴이 아닌, 몹시 진지한 얼굴이었다. 하지만 나는 그를 외면하고 내 책상에 앉았다.

"오늘 왜 늦었어?"

제이드가 조심스럽게 물었고, 나는 짧게 대답했다.

"늦잠 잤어."

"어디 아파?"

그는 눈을 몇 번 깜박인 뒤 걱정어린 질문을 던졌다.

나는 고개를 저으면서 컴퓨터를 켰다. 제이드는 내가 지금 대화할 기분이 아니라는 것을 이해한 것 같았다. 그는 돌아가 작업을 계속했고, 나는 긴 한숨을 내쉬었다.

인정하고 싶지 않았지만, 킹과 이런 일로 불편함을 느끼기보다는 사사건건 끊임없이 놀림을 받는 편이 나았다. 적어도 그 전까지는 그의 얼굴을 보고 이렇게까지 끔찍한 기분이 들지는 않았으니까.

우리 사이의 모든 것이 정말로 완전히 엉망이 됐다.

오전 내내 아무와도 말하지 않았다. 내 눈은 컴퓨터 화면에 고정되어 있었고, 동료들도 무언가 이상함을 감지한 듯 아무도 나에게 말을 걸지 않았다. 물론 나만 그랬던 것은 아니다. 그날 밤, 그 사건의 또 다른 당사자도 조용했다. 그는 평소처럼 큰 소리로 말하거나 누군가를 놀리지 않았다.

보통 점심시간이 되면 나는 아래층으로 내려가 제이드, 킹과 함께 점심을 먹었고, 요즘엔 마이도 함께였다. 하지만 오늘은 누구와도 얘기할 기분이 아니어서 제이드가 점심으로 뭘 먹고 싶은지 물었을 때 사무실로 배달해 먹겠다고 말했다. 결국 제이드는 사무실에서 나와 함께 음식을 주문했고, 마이는 킹과 점심을 먹도록 했다.

뒤쪽에서 시선이 느껴졌지만, 나는 그가 마이와 함께 사무실을 나갈 때까지 일에 집중하는 척했다.

너무 심란해서 미칠 것 같다. 이런 기분을 얼마나 오랫동안 견뎌야 하는 걸까.

10분 후, 주문한 음식이 사무실로 배달됐다. 나는 내 일본식 고등어 소금구이 도시락을 들고 사무실 뒤편에 있는 긴 테이블로 걸어가 제이드와 점심을 먹었다. 제이드가 나에게 말을 걸기 전까지 우리는 한동안 조용히 식사를 했다.

"으아, 정말 괜찮아?"

"왜?"

"너무 말이 없어서. 두통이라도 있어?"

제이드의 걱정스러운 눈빛을 보니 목에 뭔가 걸린 것 같은 느낌이 들었다.

"아니."

내 대답에 그는 한동안 침묵을 지키다가 다시 물었다.

"금요일에는 킹이 널 집에 데려다준다고 했는데, 어디에
내려 줬어? 킹이 네가 어디 사는지 알고 있었어?"

그 질문에 수저를 쥐고 있던 손이 얼어붙었다. 제이드는 내
얼굴을 빤히 보며 대답을 기다렸다. 나는 아무렇지 않은 척 평
정을 가장해 무심한 말투로 거짓말을 했다.

"응, 집에 잘 데려다줬어."

"다행이다. 막상 보내고 나서, 킹이 네 집을 알고는 있는지
궁금했거든."

나는 꽤 불편하게 침묵을 지키고 앉아 있었다.

제이드는 뭔가 이상함을 알아차린 듯 들고 있던 수저를 내
려놓고 나를 돌아보며 진지한 어조로 물었다.

"정말로, 괜찮은 거 맞아?"

그와 눈을 맞췄다. 너무 혼란스러웠다. 내 일부가 누군가에
게 모든 것을 털어놓고, 조언을 구하고, 위로를 받고 싶어 했
다. 그리고 제이드는 그렇게 할 수 있는 유일한 사람이었다. 내
인생에는 제이드 외에 의지할 사람이 없었다.

하지만 나의 또 다른 일부는….

"괜찮아."

"진짜?"

"응. 신경 써 줘서 고마워."

나는 억지로 미소를 지으며 그의 어깨를 가볍게 두드리고

자리에서 일어났다. 그리고 반도 먹지 못한 도시락을 탕비실 쓰레기통에 버렸다.

나를 좇는 제이드의 걱정스러운 눈빛을 보니, 그에게 거짓말을 해야 한다는 사실이 더 미안했다. 게다가 킹과 나는 둘 다 그의 친구였다. 우리는 이미 평소에도 우호적인 관계가 아니었고, 그것이 그를 자주 속상하게 만들었기 때문에 그에게 더 많은 걱정거리를 안기고 싶지 않았다.

어차피 이 사건은 기억에서 지워야 할 일이므로 누구에게도 알리지 않는 것이 최선이다.

오후에도 나는 책상에서 조용히 일을 했다. 킹도 나에게 말을 걸지 않았다. 그의 기분도 충분히 좋지 않아 보였고, 시간이 지날수록 더욱 나빠지는 것 같았다. 그의 후배가 제이드에게 찾아와 자신의 선배에게 무슨 문제가 있는지 물었지만, 제이드는 어색하게 웃고 머리를 흔들어 전혀 모른다는 신호를 보냈다. 그 이유를 알고 있는 유일한 사람이 나였지만, 나는 굳이 그것을 밝히고 싶지 않았다.

킹은 이 일에 대해 이야기를 하고 싶다고 말했지만, 내 입장에서는 내가 그의 콘도를 나온 순간 다 끝난 일이다.

"으아, 나도 이 파일 좀 복사해 줄 수 있어?"

내가 사무실 뒤편에 있는 복합기에서 문서를 복사하고 있는데 제이드가 다가와 종이 한 장을 내밀었다.

"몇 부?"

"열 부. 아, 그리고 브로슈어 작업은 끝났어?"

"아직."

나는 복합기에 종이를 넣으면서 대답했다.

"마이한테 좀 도우라고 할까? 마이는 이미 할 일을 끝냈거든. 시간이 있을 거야."

제이드는 나에게 더 가까이 다가와 말했다.

"아니, 이제 몇 페이지밖에 안 남았어."

내가 그의 제안을 거절하자, 제이드는 한동안 조용하다가 다시 말을 이었다.

"마이가 우릴 도와줘서 너무 좋아. 정말 도움이 많이 돼."

그는 느닷없이 마이 칭찬을 늘어놓더니, 나에게 물었다.

"마이를 어떻게 생각해?"

"일 잘해."

"그리고?"

"잘생겼고."

"와, 네가 누굴 칭찬하는 일은 거의 없는데!"

"나는 내가 본 그대로 말한 것뿐이야. 그리고 예의도 바르잖아."

나는 솔직하게 대답했다. 처음에는 마이가 내 친구에게 관심을 보이는 것에 대해 꽤 걱정했지만, 함께 시간을 보낸 지난 2주간 그의 행동을 지켜보면서 마이가 단지 예의 바르고 공손한 척을 하는 게 아니라는 것을 알았다. 그것은 그의 본모습이었다.

"맞아. 사람이 어떻게 그렇게 완벽할 수 있지? 마이의 애인이 되는 사람은 정말 행운아일 거야."

제이드는 내가 그의 인턴을 칭찬한 것이 정말 기쁜 것 같았다.

"그래. 운이 좋은 사람일 거야."

그 '운이 좋은 사람'은 바로 내 앞에 있는 사람일 수도 있고.

"만약에 마이 같은 남자 친구가 생긴다면 어떨 것 같아?"

그의 기다란 눈매가 무언가를 바라는 듯 반짝였다.

"좋겠네. 선수 같지는 않아 보여. 성실한 것 같고."

제이드가 복사해 달라고 부탁한 종이를 복합기에서 꺼내면서 단조롭게 말했다. 하지만 종이에 적힌 내용을 보자마자 미간을 찌푸렸다.

"하지만…."

"하지만?"

"다 끝났어? 나도 써야 돼."

내가 말을 잇기 전, 굵고 거친 목소리가 뒤쪽에서 들려왔다. 내가 있는 쪽으로 걸어오는 그의 시선에 나도 모르게 몸이 굳었다.

"아, 킹. 언제 왔어?"

제이드가 물었지만, 킹은 그의 질문에 답하지 않았다.

"다 썼냐고. 좀 나와."

"써, 이제 다 했으니까. 가자."

제이드는 복합기 주변을 빠르게 에워싸는 강렬한 긴장감을 느낀 듯 황급히 내 팔을 잡고 다시 책상으로 끌고 갔다. 뒤에서 깊은 한숨 소리가 들렸고, 나는 입술을 꼭 깨물고 서둘러 발걸음을 옮겼다.

"네 거."

나는 제이드가 부탁한 인쇄물을 건넸다.

"고마워."

그는 그것을 받아 들고 자신의 책상으로 돌아가려고 했고, 나는 그의 팔을 붙잡았다.

"제이드."

"응?"

"너 이런 거에 관심 있어?"

"어떤 거?"

"그러지 마. 위험해. 먼저 의사에게 가 봐."

나는 걱정스러운 마음으로 그에게 조언했다. 제이드는 내 말을 이해하지 못한 듯 당혹스러운 표정을 지었고, 나는 그에게 힌트를 주기 위해 그의 손에 들려 있는 문서를 향해 눈짓한 뒤 그의 팔을 놓고 내 책상으로 돌아갔다.

제이드는 아직 젊고 건강한 남자처럼 보였지만, 성 기능을 향상시키는 약에 대한 문서를 복사하는 것을 보니 그가 그런 쪽에 어려움을 겪고 있을지도 모른다는 것을 깨달았다.

겉모습만 보고 그 사람이 얼마나 건강한지 알 수 없다. 특히 그쪽은….

나는 자리로 돌아와 일을 계속했고, 오후 4시쯤 화장실에 가려고 다시 의자에서 일어났다.

"어디 가?"

내가 일어나자마자 제이드가 물었다.

"화장실. 금방 다녀올게."

나는 뒤에 있는 사람에게 들리지 않도록 조용히 대답하고, 사무실 밖에 있는 화장실로 향했다.

화장실에서 볼일을 마치고 다시 자리로 돌아가려는 순간, 결코 마주치고 싶지 않았던 커다란 남자가 문 앞에 서 있는 것을 발견했다.

"얘기 좀 해."

킹은 대답을 기다리지 않고 그 커다란 손으로 내 손목을 잡아 밖으로 끌고 나갔다. 그의 손을 풀어내려고 했지만 그럴수록 손아귀의 힘이 더 세졌고, 결국 나는 그를 따라갈 수밖에 없었다.

"뭐야?"

나는 비상구 계단에 서서 애써 담담한 목소리로 물었다. 그제야 손을 놓은 킹은 문을 닫고 몸을 돌려 내 눈을 마주 봤다. 그의 눈을 보니 몹시 화난 듯싶었다.

"얘기 좀 하자고."

"난 너랑 할 얘기 없어."

"언제까지 피할 건데?!"

그는 불만스럽게 언성을 높였고, 동시에 내가 빠져나갈 틈을 막아섰다. 회사의 뭇 여성들을 매혹했던 그 잘생긴 얼굴이 분노로 일그러져 있었다.

"그래, 내가 나쁜 놈이야. 술에 취해서 자제하지도 못했고, 콘돔도 안 썼어. 그래서 사과하려고 했는데, 넌 계속 피하기만 하잖아."

"사과는 받을게. 넌 용서받은 거야. 그리고 나도 사과할게. 내 책임도 있으니까. 그러니까 이대로 끝내."

그렇게 대답하고 자리를 떠나려고 했지만, 킹이 다시 내 손목을 붙잡았다. 손아귀 힘이 너무 세서 눈살이 절로 찌푸려졌다.

"놔!"

"네가 이런 식으로 행동하는데 어떻게 그냥 놔?"

그는 내 요구를 무시했을 뿐만 아니라 나를 더 가까이 끌어당겼다. 나는 어금니를 꽉 물었다.

"그럼 뭘 원하는데? 평소에도 좋은 사이 아니잖아, 뭐가 다른데?"

"아예 날 쳐다보지도 않잖아!"

그의 목소리에 담긴 분노가 내 심장을 놀라울 정도로 두근거리게 만들었다. 그 날카로운 눈도 분노로 타올랐고, 평소 장난기 가득한 남자의 흔적은 어디에도 없었다.

"내가 어떻게 하길 바라는데? 불안하면 혈액 검사를 받아도 좋아. 근데, 날 피하지는 마. 계속 이런 식이면 모두가 불편해질 거야."

굳어 있는 나를 보고 그가 깊은 한숨을 내쉬었다. 나는 붙잡힌 손목을 내려다보다가 천천히 그의 손을 풀고 담담하게 말했다.

"킹, 내가 널 왜 피하는지 알아?"

"…."

"널 보면 볼수록 나 자신한테 더 화가 나."

나는 그의 눈을 올려다보며 손을 완전히 빼냈다. 그의 눈에는 너무나 복잡한 감정이 뒤섞여 있어서 무슨 생각을 하는지 알 수가 없었다. 그리고 지금 나는….

너무 지쳤다.

"내가 바라는 건, 두 번 다시 이 일을 언급하는 일 없이 끝내는 거야. 사과받을 테니까 이제 그만해. 빨리 잊어버릴 수 있게, 더 이상 얘기하지 마."

나는 그대로 그를 지나쳐 비상구 문을 열고 사무실로 돌아갔다.

오른쪽 손목에는 희미하게 붉은 자국이 남았다. 갑자기 목이 마르고, 금방이라도 뭔가가 흘러나올 것처럼 눈이 뜨거워졌다.

눈을 깜빡이고 심호흡하며 익숙하게 그 감정을 억눌렀다. 그리고 언제나처럼 무심한 얼굴로 책상으로 돌아갔다.

시간을 되돌릴 수는 없지만, 되돌리지 않아도 모든 것이 해결될 것이다. 충분한 시간이 흐르고 나면 나는 마침내 이 실수를 받아들이고 일상을 되찾을 수 있을 것이다.

그저 그날이 빨리 오기만을 바랄 수밖에 없다.

05
불행의 연속

마이의 환영회가 있고 일주일이 더 지났다. 요즘은 정말로 나의 운이 다한 때였다. 지난주엔 어떤 차가 내 차 뒷부분을 받는 바람에 후미등 하나가 부서지고, 뒤 범퍼가 찌그러져서 수리를 맡겨야 했다. 게다가 비상구에서 킹과 이야기를 한 이후로 킹과 나 사이에는 불편함 긴장감이 계속되고 있었다. 우리는 일 외적으로는 서로 아무 말도 하지 않았다. 나는 그와 거리를 유지했고, 보지 않으려고 노력했으며, 단둘이 있어야 하는 순간을 어떻게든 피했다. 킹은 딱히 감정의 동요가 없어 보였다. 가끔 나를 바라보는 시선이 느껴지기도 했지만, 가능한 한 신경 쓰지 않고 오로지 일에만 집중했다.

나는 그와 더 이상 할 말이 없다.

"와, 요리사가 고추 농사라도 짓나 봐. 고추를 얼마나 넣은 거야? 너무 매워. 심지어 엄청 짜! 이런 걸 파는 게 말이 돼?!"

옆 책상 주인이 불평했다. 사무실에서 나와 함께 점심을 먹던 제이드가 바질을 곁들인 다진 돼지고기볶음에서 고추를 긁어내고 있었다.

나는 며칠 동안 회사 건물 밖에 있는 식당이나 포장마차에 나가서 식사하는 대신 도시락을 먹었고, 어떤 날은 제이드와 함께 먹기도 했다. 그런 날이면 킹은 마이와 점심을 먹으러 나갔다. 퇴근 후 제이드가 종종 저녁 식사를 제안했지만, 나는 마이가 내 친구와 단둘이 보내는 시간을 방해하고 싶지 않았기 때문에 거절했다. 물론 제이드는 여전히 아무것도 모르는 눈치였다.

일주일 내내 난처한 미소를 짓고 있는 제이드를 보면, 두 친구 사이의 냉담한 분위기에 많이 힘들 것 같아서 미안한 마음이 들었다. 하지만 그는 나에게 어떤 것도 묻지 않았다. 내가 어려움을 겪을 때마다 제이드는 항상 가장 먼저 나를 살폈고, 내가 말하기를 꺼리면 더 묻지 않고 편안하게 이야기할 수 있을 때까지 차분히 기다려 주었다.

제이드를 친구로 둔 것은 분명 내 인생에 몇 안 되는 축복이다.

"너무 매워? 내 것 좀 줄까?"

아직도 고추를 골라내고 있는 제이드는 내 옅은 색의 볶음밥이 담긴 상자를 물끄러미 바라보면서도 고개를 저었다.

"아냐. 너 먹어."

그는 다진 돼지고기볶음을 바질과 함께 먹다가 매콤함을 극복하기 위해 주기적으로 물을 마시고 심호흡을 했다. 그리고 결국은 쌀 한 톨도 남기지 않고 식사를 마쳤다. 단지 배가 고팠던 것인지, 아니면 돈이 아까웠던 것인지는 잘 모르겠지만. 제이드는 처음 봤을 때부터 음식을 향한 집념이 대단하긴 했다.

"화장실 다녀올게. 금방 와."

나는 마지막 한 입을 먹고 있는 제이드에게 말한 뒤 도시락을 쓰레기통에 버리고 화장실로 갔다가 손을 씻고 있는 킹을 발견했다. 차마 들어가지 못하고 그가 나오길 기다리며 다른 곳으로 가 있으려는데, 공교롭게도 그가 나를 발견했다.

"들어와. 난 갈 거니까."

무심한 말투였지만, 그의 눈빛에 담긴 뜨거운 감정은 그의 내면이 겉으로 보이는 것만큼 차분하지는 않다는 것을 암시했다.

내가 그의 얼굴을 보지 않고 화장실로 들어가려는데, 그가 내 앞을 가로막았다.

"언제까지 이럴 거야?"

그가 몹시 화난 말투로 물었다. 나는 나보다 10센티미터 정도 더 큰 남자를 올려다보며 되물었다.

"무슨 문제 있어?"

"그 일은 그대로 끝내자며. 근데 왜 날 피해?"

"어차피 너랑은 평소에도 말 안 하잖아."

"이런 식으로 무시하지는 않아. 정말로 끝내고 싶으면 평소처럼 행동해."

그의 말에 눈살이 찌푸려졌다. 나는 돌아서서 재빨리 화장실을 나왔고, 뒤따라오는 발소리와 함께 나지막한 욕설이 들렸다.

킹이 하룻밤 관계에 별로 연연하지 않는 사람이라는 것은 잘 알고 있다. 하지만 난 다르다. 나는 우리 사이에 있었던 일을 완전히 기억에서 지울 수 없다. 그래서 평소처럼 행동할 수도 없고, 괜찮아지기까지 일주일밖에 걸리지 않을 리도 없다.

책상으로 돌아와 다시 작업 프로그램을 열었다. 제이드가 킹에게 점심 식사에 대해 묻고 킹이 불만스러운 목소리로 짧게 대답하는 소리가 들렸다.

불만이 있는 것은 나도 마찬가지다. 나는 아직도 이 정신 나간 일을 극복하지 못했다는 사실이 아주 불만스러웠다.

"으아 선배, 수박 스무디 사 왔어요. 드세요."

마이가 뇌물이 담긴 큰 컵을 들고 나에게 걸어왔다.

나는 그에게 감사 인사를 하고는 곧바로 빨대를 찔러 넣고 주스를 빨아들였다. 입안에 퍼지는 상큼 달큼한 수박의 맛에 스트레스가 조금 풀리는 것 같았다. 그리고 마이가 제이드에게 다시 걸어가는 모습을 보며 작게 미소 지었다.

덕분에 스트레스가 좀 풀렸으니까, 점수를 조금 더 줄게.

직장 생활을 하면서 가장 짜증 나는 것이 무엇인지 묻는다면, 일말의 망설임도 없이 바로 대답할 수 있다. 바로 책임감이 없는 사람과 일하는 것이다.

나나 제이드와 같은 직급인 선배 몽콘은 아직 퇴근 시간이 아닌데도 가방에 짐을 챙기며 집에 갈 준비를 하고 있었다. 나는 그 모습을 보며 눈살을 가득 찌푸렸다. 조금 전 몽콘 선배는 자신의 개가 중병을 앓고 있고, 곧 죽을 것 같다며 개의 마지막 순간을 함께할 수 있게 해 달라고 징징거리고는 다음 날 사장님께 제출해야 할 업무를 제이드에게 떠넘겨 버렸다.

"넌 정말 상냥해. 내일 커피 사 줄게."

몽콘 선배가 제이드의 어깨를 두드렸고, 제이드는 갑작스러운 상황에 당황한 표정을 짓고 있었다. 아주 불만스러운 눈초리로 그를 보고 있던 나를 발견한 제이드는 어쩔 수 없다는 듯 체념 어린 미소만 지어 보였다. 결국 선배는 그대로 사무실을 떠났고, 나는 남겨진 제이드를 안쓰럽게 쳐다봤다.

이것은 우리가 이기적이고 아니고의 문제가 아니었다. 정말로 긴급한 상황이라면 기꺼이 도와줄 수 있다. 하지만 몽콘 선배가 이런 식으로 행동하는 건 처음이 아니었다. 그는 거의 매일 일찍 퇴근할 핑계를 대고 사라졌다. 주로 가족 중 누군가가 아프다거나, 아내와 싸웠거나, 개가 아프거나 죽는 일 같은 핑계였다. 이런 일은 너무나 비일비재했고, 서너 살 먹은 어린 애도 그가 거짓말을 하고 있다는 것을 알 수 있을 정도였다.

"이게 뭐예요, 대체! 그 인간네 개가 또 갑자기 죽어 간대요? 무슨 1년 동안 개가 죽어 가는 일이 세 번이나 있어요? 그 사람은 대체 개를 몇 마리나 키우는 건데요, 빌어먹을!"

건이 방금 떠난 사람을 향해 분통을 터뜨렸다.

"모르겠다, 나도. 개 농장이라도 가지고 있나 보지."

제이드는 깊은 한숨을 쉬며 중얼거렸다.

"내가 너라면 그냥 사장님한테 일러바칠 거야. 그 못된 놈이 엉덩이를 걷어차이게. 넌 항상 그 사람한테 휘둘리고 있잖아, 제이드."

파이 선배는 이 상황이 정말 마음에 들지 않는다는 얼굴로 혀를 찼다.

"제가 아니면 또 누가 하겠어요. 어차피 누군가 할 때까지 계속 저럴 건데, 상황이 더 나빠지기만 할 거예요. 제시간에 작업을 마치지 못한 걸 남 탓으로 돌리고 모두를 비난하겠죠."

제이드는 지긋지긋하다는 듯 고개를 저었다. 몽콘 선배가 일을 떠넘길 때마다 제이드는 그의 무책임함을 처리하는 불행한 존재였다. 나는 선배에게 이런 일을 결코 용납할 수 없다는 뜻을 분명하게 밝혔기 때문이다. 게다가 나의 대인관계 능력부터가 평균 이하였기 때문에 몽콘 선배는 상대하기 어려운 나에게 일을 넘기지 못했고, 훨씬 고분고분한 제이드에게 일을 내팽개쳤다.

사실 이전에도 몽콘 선배에게 직접적으로 불합리함을 언급하고, 제이드에게도 너무 다 받아 주지 말라고 말했지만, 결국 우리가 그를 돕지 않는다면 제시간에 일을 마치지 못한 책임은 모두가 함께 져야 했다. 그것을 몽콘 선배도 알고 있기 때문에 참 쉽게도 일을 넘겨 버리는 것이었다.

"걱정 마. 나도 도울게."

나는 의자에서 일어나 몽콘 선배의 컴퓨터 앞에 있는 제이드 쪽으로 걸어갔다.

"와우, 넌 역시 내 베스트 프렌드야! 세상에서 제일 다정해!"

"내 메일로 파일 보내 줘."

결국 오늘도 내가 할 수 있는 것은 친구를 돕는 것뿐이었다.

시계가 오후 5시 30분을 가리키자 하나둘 사무실을 떠났다. 제이드와 마이 그리고 나는 몽콘 선배의 일을 마무리하고 있었고, 킹은 아직 프로그램 테스트를 위해 남아 있었다.

오후 6시가 넘어가자 책상 위에 있던 내 휴대폰이 울렸다. 나는 발신자의 이름을 보고는 진절머리가 나서 미간을 가득 찌푸렸다.

톤카오의 수업료는 지난주에 송금했는데, 왜 또?

"네, 엄마."

마지못해 전화를 받았지만 휴대폰 너머에서 들려온 목소리는 엄마가 아니었다.

"안녕하세요. 티다 씨의 가족이시죠?"

"그런데요."

"아, 병원이에요. 티다 씨가 사고를 당하셔서요. 다리를 다치셨는데, 병원으로 와 주실 수 있나요?"

엄마가 사고를 당했다는 소식에 온몸이 저릿했지만, 단순 찰과상이라는 말에 조금 안도했다. 그런데도 걱정스러운 마음에 가슴이 두근거렸다.

"네, 최대한 빨리 갈게요."

나는 전화를 끊고 곧바로 작업 파일을 저장한 뒤 자리에서 일어섰다.

"으아, 괜찮아?"

걱정스러운 얼굴의 제이드가 물었다.

"엄마가 교통사고를 당하셨대."

"뭐?! 괜찮으시대?"

"큰 사고는 아니었대. 지나가던 차에 스쳤다는데, 그래도 내가 가서 치료비를 처리해야 해."

살짝 떨리는 손으로 서둘러 짐을 챙겼다. 제이드는 눈살을 찌푸리며 말을 이었다.

"어떻게 가? 너 차 안 가져왔잖아."

"택시 타고 가려고."

"마이가 널 데려다주면 되겠다."

"괜찮아, 난…."

"지금 시간엔 교통체증이 엄청 심할 거야. 택시비가 얼마나 나올지 몰라. 마이가 태워 주는 게 나을 것 같아. 그렇지, 마이?"

그가 마이의 소매를 잡아당겼고, 마이는 아직 상황을 이해하지 못한 것 같았지만 그럼에도 자리에서 일어났다.

"아, 어… 네, 그럴 거예요."

"난 괜찮아."

"내가 태워다 줄게."

뒤쪽에 앉아 있던 사람의 낮고 허스키한 목소리가 울렸다. 킹은 곧장 컴퓨터를 끄고 차 키를 손에 쥔 채 가만히 서 있는 나에게로 돌아섰다.

"킹, 너 야근해야 하는 거 아냐?"

제이드가 나와 킹을 번갈아 보며 물었다.

"방금 다 했어."

그의 입은 제이드에게 대답하고 있었지만, 그의 눈은 내 얼굴에서 떠나지 않았다. 제이드가 어리둥절하게 눈을 깜박이다 이내 다시 입을 열었다.

"하지만!"

"마이가 가면 넌 집에 어떻게 가려고?"

"지상철."

제이드가 재빨리 대답했다.

"마이는 제이드랑 있어. 너희들 콘도는 바로 맞은편에 있잖아. 으아 어머니는 우리 집 근처 병원에 계시다니까, 그게 모두에게 다 좋은 선택이야."

"하지만…."

"네 일도 아직 안 끝났잖아. 으아도 없을 거니까 마이가 남아서 좀 도와줘. 난 으아를 데리고 병원으로 갈게."

킹은 제이드와의 논쟁을 끝내고 나에게 걸어오며 무심하게 물었다.

"나랑 갈 거야, 말 거야?"

그를 올려다보았다. 나는 완전히 고요하게 가라앉은 그의 눈을 보고 머뭇거렸다. 정말로 그와 단둘이 있고 싶지 않았지만, 지금은 그런 걸 따질 상황이 아니었다.

"고마워."

결국 들릴 듯 말 듯 희미하게 대답했다. 킹이 먼저 도와주겠다고 제안했고, 그의 호의를 거절하는 무례를 범하는 것도 옳지 않다. 적어도 택시를 타느라 돈을 낭비하지 않아도 되었고, 우린 앞으로도 함께 일을 해야 하니까…. 주변 사람들을 위해서라도 빨리 원래대로 돌아가기 위해 노력하는 것이 맞다.

"별거 아냐."

퉁명스레 대꾸한 킹은 먼저 사무실을 빠져나갔다.

나는 가방을 메고 제이드를 향해 돌아섰다.

"도와주지 못해서 미안해."

"아냐, 괜찮아. 이제 곧 끝날 거야. 얼른 어머니께 가 봐."

나는 그의 어깨를 가볍게 두드리고 킹을 따라 나갔다.

"내일 봐."

"응. 킹한테 안전하게 운전하라고 전해 줘."

사원증을 태깅해 퇴근을 기록하고 사무실 문을 열었다. 킹이 엘리베이터를 잡고 나를 기다리고 있었다.

"타."

나는 엘리베이터 구석에 자리 잡았다. 엘리베이터 문이 닫히자 폐쇄된 공간 안에서 긴장감이 더욱 고조됐다.

엘리베이터 안에서도, 병원으로 가는 길에도 우리 사이에는 어떤 대화도 없었다. 나는 원래 조용한 것을 좋아했지만 이런 침묵은 숨이 멎을 정도로 불편했다. 설상가상으로 차가 거의 움직일 수 없을 정도로 많이 막혔다. 하지만 킹도 별다른 말이 없었고, 그가 운전을 하는 동안 나는 조용히 앉아서 창밖만 내다봤다.

"태워 줘서 고마워."

병원 앞에 차가 멈추고 나서야 안전띠를 풀면서 처음으로 말했다. 한 시간 반 만이었다.

"기다릴까?"

"괜찮아. 집에는 혼자 갈 수 있어."

나는 대화 상대를 보지 않은 채 대답하고는 걱정스러운 마음에 서둘러 접수처로 달려갔다. 간호사가 엄마가 있는 병실 번호를 알려 주었고, 나는 감사 인사를 하고 곧장 엄마가 있는 곳으로 향했다.

"도대체 왜 이렇게 늦은 거야?!"

병실 문을 열고 들어서자마자 튀어나온 엄마의 첫 마디는 조금 당황스러웠다. 엄마는 몹시 짜증스러운 표정으로 침대에 누워 있었다.

"좀 어때요? 얼마나 다친 거예요?"

나는 그녀의 말을 애써 무시하고 물었다.

"이 근처에 누구 좀 만나러 왔는데, 길 건너다가 오토바이에 치였어. 발목 탈구에 엉덩이엔 타박상, 그 빌어먹을 운전자

새끼가 어디로 갔는지는 몰라."

엄마는 짜증스럽게 투덜댔다.

다리를 내려다보니 한쪽 발목에 깁스가 채워져 있었다. 그래도 전체적으로는 괜찮아 보여서 안심이었다.

"넌 왜 이렇게 늦게 온 거야? 벌써 8시 반이잖아. 간호사가 전화한 게 몇 신데."

엄마는 화난 얼굴로 나를 쏘아보며 다그쳐 물었다.

"차가 많이 막혔어요."

"하! 난 또, 내가 죽기라도 바라는 줄 알았지."

그녀의 비아냥거림에 나는 숨을 깊게 들이마셨다.

"집에는 얘기했어요?"

"그게 중요해? 톤카오는 학교에서 캠프에 갔어. 네 아버지는 치앙마이 세미나에 가 있고. 그래서 널 부른 거야."

나는 그녀의 입에서 나온 '아버지'라는 단어에 어금니를 꽉 깨물었다.

아버지? 그 인간은 내 아버지가 아니다.

"병원에 더 있어야 한대요?"

"아니. 안 있을 거야. 왔으면 병원비나 내. 그만 집에 가고 싶으니까. 아, 택시비도. 나 혼자 집에 갈 거야."

엄마는 그렇게 말하며 빨리 방에서 나가라고 손짓하고는 휴대폰을 꺼냈다.

나는 또 한 번 크게 한숨을 쉬고 방을 나왔다. 그리고 병원비 계산을 마친 뒤 엄마를 휠체어에 태우고 택시를 잡기 위해 병원 출구로 나갔다. 그런데 나를 이곳까지 데려다준 남자가 출구 근처 대기 공간에 앉아 있었다.

나는 그 자리에서 얼어붙었다.

왜 아직…?

"누구야?"

킹이 내 쪽으로 걸어오는 것을 보면서 엄마가 물었다. 나는 바로 대답하지 못하고 입술을 꼭 깨물었다.

"회사 동료예요. 지금 제 차가 수리 중이어서, 여기까지 데려다줬어요."

"친구? 새 남편 아니고? 부자야?"

엄마의 목소리가 너무 커서 주변 사람들의 시선이 우리에게 집중됐다. 나는 손가락 마디가 하얗게 튀어나올 정도로 휠체어 손잡이를 꽉 움켜쥐었다.

엄마는 내 성적 취향을 받아들이지 못했고, 이런 나를 수치스럽게 여겼기 때문에 이렇게 공개적인 장소에서 이런 식으로 모욕을 주곤 했다. 그리고 이것이 내가 집에 자주 가지 않는 또 다른 이유였다. 엄마에게 나쁜 말을 듣고 싶지 않았다.

"안녕하세요, 어머님."

킹이 깊고 낮은 목소리로 엄마에게 공손하게 인사했다. 나는 그를 물끄러미 쳐다봤다. 그는 주변의 다른 사람들과 마찬가지로 엄마가 하는 말을 들었을 테지만, 변함없이 무표정한 얼굴이었다.

"오, 그래."

엄마는 킹을 머리부터 발끝까지 훑어보며 대충 인사를 받고는 또 큰 소리로 물었다.

"너 으아 남자 친구니?"

"친구예요, 어머님."

킹은 여전히 공손한 태도를 유지했다.

엄마는 빈정거리듯 한쪽 입꼬리를 한껏 끌어 올렸다. 그리고 뒤에 서 있는 나를 보며 명령하듯 소리쳤다.

"빨리 가서 택시 잡아 와!"

내가 택시를 잡으러 가려고 움직이려는 순간 킹이 끼어들었다.

"여기 있어. 내가 잡아 올게."

그는 내가 거절하기도 전에 서둘러 밖으로 나갔다.

얼마 지나지 않아 녹색과 노란색 줄무늬가 있는 택시가 출구에 들어섰고, 킹이 내렸다.

"택시비 달라니까!"

엄마를 택시 뒷좌석에 태우자마자 엄마가 또다시 소리쳤다. 나는 지갑을 열어 100바트짜리 지폐 세 장을 꺼냈고, 엄마는 내 손에서 그것을 낚아채듯 가져갔다. 그러고는 손을 흔들어 나를 쫓아내고 차 문을 닫았다.

나는 그 자리에 서서 멀어지는 택시를 멍하니 바라봤다.

"가자. 태워다 줄게."

킹의 두꺼운 손이 내 손목을 붙잡고 주차장 쪽으로 끌어당겼다. 나는 여전히 멍한 상태로 그를 따라갔다.

거의 반년 만에 만난 엄마인데….

한숨만 나왔다. 가족을 만나는 일이 조금도 행복하지 않았다. 오히려 불행했다.

"어머니는 좀 어떠셔?"

나지막이 울린 킹의 깊은 목소리가 대화를 시작했다.

"발목이 탈구됐지만, 다른 건 괜찮아."

"다행이네."

차 안에는 또다시 침묵이 스며들었고, 불편한 분위기를 자아냈다. 초점 없이 창밖만 내다보던 나는 조용히 그에게 물었다.

"다 들었지?"

창밖을 향해 있던 시선을 돌려 킹의 얼굴을 응시했다. 그러자 도로를 주시하던 눈이 나를 향했다.

"뭘?"

"엄마가 한 말."

"…어."

"미안. 우리 엄마가 좀 그래."

나는 쓸쓸하게 말했다.

제이드와 킹은 내가 의붓아버지를 좋아하지 않아서 집에 잘 가지 않는다는 것과 엄마가 내 성적 취향을 받아들이지 못해 사이가 좋지 않다는 것을 알고 있다. 엄마라는 사람이 이렇게 공개적으로 아들을 망신 주기 위해 목소리를 높이는 모습을 봤으니 알던 것보다 문제가 더 심각하다고 느꼈을 것 같았다.

"사과할 필요 없어. 네 잘못 아냐."

날카로운 눈빛이 나를 한참 동안 쳐다보았다.

"사과해야 할 건 나야."

"네가 왜?"

"내가 너한테 가지 않았으면, 네 어머니가 그런 말씀을 하시진 않았을 거니까."

나는 어떤 대답도 하지 않았다. 사실 킹이 나에게 오고 말고는 문제가 아니었다. 엄마는 나를 망신 주려고 마음만 먹었다면, 내가 아무것도 하지 않고 있어도, 아무도 다가오지 않아도, 얼마든지 그렇게 했을 것이다.

"그리고 그날 밤에 일어난 일에 대해서도."

대화는 생각하고 싶지 않은 주제로 흘러갔고, 나도 모르게 바짝 긴장했다. 이야기를 끊으려고 했지만 분명하게 죄책감으로 가득 차 있는 그의 검은 눈을 보면 그럴 수 없었다.

"취했어. 그럴 생각은 없었는데…. 정신이 있었다면 안 그랬을 거야. 우리 사이가 이렇게 돼서 마음이 너무 좋지 않아."

"…."

"말하기 싫은 건 아는데, 그래도 내 마음이 너무 안 좋아. 네가 날 좋아하지 않더라도, 난 널 친구라고 생각해. 그래서 네가 날 이렇게 무시하면 더 미안하고 비참해."

"…."

나는 크게 숨을 내뱉었다. 그날 밤의 실수는 그와 가까이 있고 싶지도 않고 얼굴도 보고 싶지 않을 정도로 끔찍한 기억이지만, 그렇다고 전적으로 그의 잘못인 것은 아니었다. 통제하지 못할 정도로 술을 너무 많이 마신 것도, 자제력을 잃고 일을 벌인 것도 나였다.

"네 잘못만은 아냐. 내가… 널 잡은 게 잘못이지."

그날 밤의 기억이 깊어지자 목소리가 갈라져 나왔다. 심호흡을 하고 말을 이었다.

"미안해."

"…."

"모든 걸 네 탓으로 돌리고 싶은 건 아니야. 근데, 그날 밤에 일어났던 일에 대해 생각하고 싶지 않았어. 솔직히 지금도 네 얼굴 보고 싶지 않아."

킹은 더욱 스트레스를 받는 것처럼 보였다. 나는 앞쪽만 보며 계속 말했다.

"하지만 내가 널 용서한다고 말한 건 진심이야. 그건 걱정하지 마."

신호등이 녹색으로 바뀌었다. 킹은 나에게서 시선을 거두고 도로를 주시했다. 이후 내 콘도로 가는 동안 우리는 더 이상 어떤 이야기도 나누지 않았다.

내 콘도 입구로 차가 들어섰고, 나는 안전띠를 풀며 그에게 '고마워'라고 나지막이 중얼거렸다. 차에서 내리려고 문을 여는데, 킹이 내 팔을 붙잡았다. 그의 날카로운 눈은 검게 빛났다.

"정말 미안해."

그는 재차 사과했다.

나는 잠시 꼼짝도 하지 않고 마주 보다가 가만히 고개를 끄덕였다. 그의 손을 부드럽게 떼어내고 차에서 내리며 덧붙였다.

"응. 어쨌든 태워 줘서 고마워."

집에 들어오자마자 소파로 가 쓰러지듯 주저앉았다.

킹과의 관계가 이 모든 일이 일어나기 전처럼 완전히 정상으로 돌아갈 수는 없다는 것을 알지만, 돌이킬 수 없는 과거의 일을 생각하는 것에 너무 지쳤다. 물론 이것이 내 인생의 첫 번째 실수는 아니었다. 나는 파트너를 고르는 데 영 소질이 없어서 매번 상처를 입었다. 그때마다 힘들었지만 결국 다시 일어섰고 내 삶을 살아갔다. 게다가 킹은 나에게 상처를 줬던 사람들과 달리 자신이 한 일에 대해 진심으로 사과했고 미안해했다.

다시 깊은 한숨을 쉬고 눈을 감았다. 너무 피곤해서 까무룩 잠이 들었다가 눈을 떴을 땐 밤 10시였고, 일어나 샤워를 하고는 다시 잠자리에 들었다.

다음 날 아침, 사무실이 있는 15층으로 올라가는 엘리베이터를 기다리며 여느 때처럼 휴대폰을 만지작거리던 중, 바로 옆에 누군가 멈춰 섰다. 나는 키 큰 남자에게서 풍기는 은은한 민트 향으로 그가 누구인지 알아챘다.

고개를 들어 올려 그를 처다봤다. 이미 나를 보고 웃고 있던 그와 눈을 마주쳤다. 우리 사이에 남아 있는 조그마한 불편한 감정이 나를 한숨 짓게 했다.

"뭘 봐?"

"동료 보고 웃는 것도 안 돼?"

낮고 약간 거친 목소리가 어떤 감정도 없이 대답했다. 그와 동시에 엘리베이터 문이 열렸고, 나는 중얼거리듯 대꾸하며 엘리베이터에 올라탔다.

"이렇게 아침부터 내 신경을 건드리고 싶어?"

엘리베이터에는 킹과 나뿐이었다. 그는 마치 답례라도 하듯 나에게 아무 대꾸도 하지 않았다. 침묵 속에서 계속해서 층수가 바뀌는 화면만 보고 있는데, 그동안 느꼈던 불편한 감정이 사라졌다는 것을 깨달았다. 나를 압박하고 있던 무언가도 희미해지는 것 같아 작게 안도의 한숨을 내쉬었다.

지난 며칠간 너무 피곤했고, 이제는 모든 것을 내려놓고 앞으로 나아가고 싶다.

그날 밤, 그것은 내 인생의 또 다른 실수였다.

그게 전부다.

06
그렇게 시작됐다

엘리베이터에서 만난 후, 킹과 나 사이의 긴장감은 점차 해소되었다. 우리는 이전처럼 서로를 대하게 됐다. 이것은 그가 다시 나를 놀리기 시작했다는 것과 내가 그의 헛소리를 무시하거나 반응하기 시작했다는 것을 의미했다. 물론 모든 것이 완벽하게 이전으로 돌아간 것은 아니었다. 나는 여전히 킹 옆에서 조금 불편함을 느꼈고, 이 문제를 완전히 극복하는 데는 더 오랜 시간이 필요하겠지만, 적어도 평범하게 대화를 할 수 있게 되었다는 것은 정말 큰 발전이었다. 무엇보다 제이드는 더 이상 킹과 나 사이에서 걱정할 필요가 없게 되었다. 단점이 있다면 그가 다시 배달 기사가 되어야 한다는 것이었다.

킹과 사이가 나쁠 때는 내 기분이 아주 좋지 않다는 걸 알고 회사에 있는 남자들이 접근하거나 선물을 보내지 않았는데, 내가 평소대로 돌아오자마자 그들은 제이드에게 또다시 선물을 전해 달라고 부탁하기 시작했다. 그건 정말로 불쾌한 일이었다.

같은 회사에서는 누구와도 사귀지 않겠다고 분명히 말한 것 같은데, 그들은 내 말이 말 같지 않은 걸까?

"으아."

이른 아침, 내 이름을 부르는 부드러운 목소리의 주인은 마케팅팀 퐁 선배였다. 나는 이미 제이드가 전해 준 누군가의 간식 봉지에 진저리가 난 상태로 손에 커피 한 잔을 들고 우리 사무실로 들어오는 30대 선배를 응시했다.

"여기, 네 커피. 선물이야."

그는 나에게 다가와 부서 동료들이 지켜보는 가운데 책상 위에 커피를 올려놓았다.

나는 그 커피를 흘끔 보고는 단호하게 말했다.

"죄송한데, 이 커피는 받으면 안…."

"아, 커피 별로야? 알았어. 주스로 사다 줄게."

"아뇨, 그게 아니에요. 전 아무것도 안 마실 거예요. 더 이상 저한테 이런 거 주지 마세요."

내 대답에 당황한 것 같은 그에게 조금 더 가까이 다가가 목소리를 낮추고 덧붙였다.

"저한테 쓸 시간, 다른 중요한 사람을 챙기는 데 쓰세요. 바로 아래층 사무실에 있잖아요. 자기랑 만나는 상대가 다른 사람에게 치근덕거리는 걸 알면 분명 큰일이 날 거예요."

나는 그렇게 말하고 뒤로 물러났다. 그의 놀란 얼굴을 보니 그가 바람둥이라는 사실이 조금 불쌍해졌다. 실은 모두가 들을 수 있을 만큼 큰 소리로 말하고 싶었지만, 그래도 선배가 주변의 시선 때문이 아니라 스스로 자신의 잘못을 깨닫고 뉘우치길 바랐다.

하지만 이런 사람 중 90퍼센트는 그것을 깨닫지 못한다. 일단 이런 일을 한번 시작하면, 끝없이 반복할 뿐이다.

"친절하게 대해 주셔서 감사하지만, 앞으로는 이러지 마세요."

그의 손에 커피잔을 도로 쥐여 주고 다시 자리에 앉아 일을 계속했다. 퐁 선배는 도망치듯 IT 부서 사무실을 빠져나갔고, 나는 그의 뒷모습을 힐끗 보고 조용히 웃었다. 당분간 이 부서 사무실에는 발도 들이지 않을 것 같았다.

"아논, 넌 너무 까다로워. 사람들은 다 널 생각해서 선물을 주는데, 그걸 이렇게 야멸차게 거절할 권리는 없다고. 일부러 튕기는 거야?"

킹은 퐁 선배가 사무실에서 나가자마자 비아냥거렸다.

"난 모두를 상대로 희망 고문이나 하는 누구랑은 달라. 퐁 선배에게도 분명히 해 두는 것뿐이라고."

나는 그를 돌아보며 차가운 목소리로 쏘아붙였다.

"난 그들이 깊은 상처를 입지 않도록 배려하는 것뿐이야."

"아, 그래? 난 그런 걸 개자식이라고 해."

내 말에도 킹은 조금도 기분이 상하지 않았다는 듯 어깨를 으쓱했다. 오히려 내가 화내는 모습을 보는 것이 몹시 즐거워 보였다.

이것은 우리의 일상이다. 아무리 좋게 이야기를 시작하더라도 몇 마디 주고받은 후엔 열 문장은 더 다툰다. 하지만 그렇다 해도 이전만큼 불편하지 않다.

"어? 잠깐만, 그거 내가 배달하는 선물 목록에서 발송인 이름 하나를 삭제해도 된다는 뜻이야? 이제 퐁 선배가 더 이상 널 귀찮게 하지 않는데?"

옆에 앉아 있던 제이드가 물었다.

"전부 다 관둬. 난 같은 회사 사람이랑 안 만날 거니까."

"제이드, 난 아직 선물 다 받고 있어. 알지? 여자들을 실망시킬 수는 없지. 하하!"

킹은 즐겁게 웃으며 제이드의 어깨를 두드렸다.

나는 크게 숨을 내뱉고서 옆에 서 있는 키 큰 남자를 혐오스럽다는 눈으로 바라보았다.

거봐. 이런 습관은 절대 못 버린다니까!

기나긴 한 주가 지나고, 드디어 주말을 맞이했다.

토요일 아침 일찍 가야 할 곳이 있었기 때문에 이번 금요일 밤에는 평소보다 일찍 잠자리에 들었다. 하지만 알람이 울리기도 전에 침대 옆 테이블에 놓인 휴대폰의 진동 소리에 잠에서 깨어났다. 무거운 눈꺼풀을 겨우 뜨고 가만히 일어나 앉아 이미 환하게 밝아 있는 창밖을 멍하니 응시했다. 잠시 후

하품을 하며 휴대폰을 집어 들었고 화면 속 발신자 이름을 보고 얼굴을 찡그렸다.

"왜?"

나는 나의 평화로운 아침을 방해한 상대에게 짜증스럽게 물었다.

"늦게 일어났네."

시계를 보니 이제 겨우 8시 30분을 가리키고 있었다.

"쉬는 날이니까."

퉁명스럽게 대꾸했다. 일주일 내내 일을 한 직장인이 주말 하루쯤 늦잠을 자는 건 옳은 일이다.

"그래그래. 근데 오늘은 대기가 좀 많을 것 같아서 일찍 가야 해."

"무슨 대기?"

나는 이어진 그의 대답을 듣고 깜짝 놀랐다.

"혈액 검사 대기."

"…."

"데리러 왔어. 검사받으러 가야지."

"…."

"아래층에서 기다리고 있을게. 빨리 씻고 나와."

그는 그 말만 하고 전화를 끊었다.

졸음이 싹 달아났다. 정신이 번쩍 든 나는 재빨리 침대에서 일어나 수건을 들고 화장실로 들어갔다.

보통 나는 누군가와 관계를 맺을 때마다 매번 콘돔을 사용했다. 그런 불안한 관계를 맺은 것은 그날 밤이 처음이었다. 애초에 동성애자의 성관계 자체가 이성애자의 관계보다 위험했는데 심지어 킹은 잠자리 상대가 자주 바뀌는 데다가 그날 밤 콘돔도 착용하지 않았다. 그래서 확실히 하기 위해 혈액 검사를 해야겠다고 결심했고 오늘 병원에 가려고 했다. 그런데 킹이 이렇게 데리러 올 줄은 몰랐다.

어쩌면 이것이 그의 사과 방식일지도 모른다는 생각이 들었다.

서둘러 옷을 입고 그가 기다리고 있는 콘도 로비로 내려갔다. 킹은 회색 반팔 셔츠에 검은색 청바지를 입고 로비 소파에 앉아 손에는 아이스커피 한 잔을 든 채 나를 기다리고 있었다.

"커피?"

그가 나에게 컵을 건네며 물었다.

"아니."

"그럼 가자."

킹은 커피를 한 모금 마시고는 아무렇지도 않게 나를 자신의 차로 데려갔다.

"아직도 차 수리 안 끝났어?"

내가 그의 차 조수석 문을 열고 자리에 앉는 동안 그가 물었다.

"응."

내 차 수리가 끝났으면 네 차를 타지 않았겠지.

하지만 이 이른 아침부터 그와 말싸움을 하고 싶지 않았기 때문에 이 말을 삼켜 냈다. 게다가 지금은 너무 스트레스를 받고 있어서 어떤 말도 하고 싶은 기분이 아니었다.

킹은 병원으로 가는 동안 한 번씩 말을 걸어 내 신경을 건드렸다. 하지만 거의 3주 동안 나를 괴롭혀 온 일에 온 신경을 쏟느라 반응할 여력이 없었다. HIV 검사를 받는 것이 처음은 아니었다. 1년에 한 번씩 검사를 받아 왔다. 다만 이전까지는 콘돔을 사용하지 않은 적이 한 번도 없었다. 무방비 상태에서의 성관계 후 처음으로 검사를 하게 됐는데, 그건 내 탓이기도 했고, 또….

"또 왜 날 그렇게 봐?"

책임을 나눠야 할 또 다른 사람이 도로를 보고 있는 와중에도 내 복수심에 찬 눈빛을 감지한 모양이었다.

답답한 마음에 단전에서부터 올라오는 깊은 한숨을 푹 내쉬었다. 이미 잔뜩 곤두선 신경은 이 남자 때문에 완전히 산산조각으로 부서지기 일보 직전이었다. 킹이 이 일을 대수롭지 않게 여기는 것이 느껴질수록 그를 사정없이 두들겨 패고 싶었다. 교통사고가 걱정되지만 않았다면, 최소한 한두 번쯤은 주먹을 날렸을지도 모른다.

오전 10시가 조금 넘어 병원에 도착했다. 혈액 검사를 기다리는 사람은 많지 않았다. 혈액을 채취하는 데에도 오랜 시간이 걸리지 않았다. 결과를 기다리는 내내 나는 극도의 불안감에 휩싸여 조용히 앉아 있었고, 내 옆에 앉아 있는 킹도 아무 말 하지 않았다. 우리를 둘러싼 긴장감이 극한에 달한 채 한 시간쯤 지난 후 검사 결과가 나왔다.

두 사람 모두 음성이라는 사실을 확인하고 안도의 한숨을 쉬었다.

"괜히 겁먹었지? 괜찮을 거라고 했잖아. 걱정이 너무 과했다니까."

의사와 이야기를 나눈 뒤 주차장으로 돌아가는 길에 킹이 말했다.

나는 그를 빤히 바라보며 대꾸했다.

"어떻게 겁을 안 먹어? 넌 별로 믿을 만하지 않잖아."

"아논 씨, 전 항상 안전한 성관계를 지향합니다. 저도 젊어서 죽고 싶진 않아요."

"근데 그날 밤엔 콘돔 안 꼈잖아."

차에 시동을 걸던 남자는 조금 어이가 없다는 듯 고개를 저었고, 이내 억지스럽게 웃었다.

"그날 밤은 취했잖아. 근데 정말로 그날 빼곤 항상 콘돔 꼈어."

그는 자신이 진실만을 말하고 있다는 듯 두 손을 들어 보였다. 나는 그에게 이 일로 더 이상 관심을 기울이고 싶지 않아 고개를 돌렸다.

그가 치명적인 바이러스를 두려워하지 않는다고 해도, 이제 더 이상 내 일이 아니니까.

우리의 대화는 그렇게 끝났다. 차는 계속해서 도로 위를 달렸다. 나는 그가 내 콘도로 데려다주는 줄 알고 있다가 창밖을 스쳐 지나가는 낯선 풍경에 눈살을 찌푸렸다.

"내 콘도로 가는 길이 아니잖아."

그는 내 콘도에서 점점 더 멀어지는 방향으로 차를 몰고 있었다.

"내가 언제 네 콘도로 간다고 했어?"

그의 대답에 나는 고개를 홱 돌려 그를 쳐다봤다.

"배고파. 뭐 좀 먹자. 아침 안 먹었지?"

킹은 인상을 찌푸리는 나를 힐끗 보며 태연하게 물었다. 혈액 검사 걱정에 온 정신이 쏠려 있어서 아무것도 먹지 못했다는 사실을 잊고 있었는데, 그의 말을 들으니 배에서 꼬르륵 소리가 나는 것 같았다.

대답하지 않고 다시 좌석에 기대었다. 킹은 내가 반대하지 않는 것을 보고 계속 운전해 라차프라송의 유명한 백화점으로 향했다.

"뭐 먹고 싶어?"

백화점에 들어서자 그가 물었다. 나는 주변 식당을 두리번 거렸지만, 가격이 너무 비싸서 눈살을 찌푸렸다. 그렇지만 오히려 선택지가 적어서 금방 결정을 내릴 수 있었다.

"푸드코트에서 먹자."

"가격은 걱정하지 마. 내가 살게."

"왜 나한테 밥을 사?"

나는 평소보다 유난히 상냥한 그의 얼굴을 의심스러운 눈으로 바라보았다.

"내 과오를 만회하기 위해."

그는 짧게 대답했고, 여전히 의심스러워하는 내 얼굴을 보고 한숨을 쉬었다.

"안 고를 거면 내가 고른다? 저기서 먹자."

킹은 내 팔을 잡고 고급 태국 식당으로 끌고 갔다.

결국 그를 따라 식당으로 들어섰다. 의자에 앉아 직원에게 메뉴를 받았다. 각 요리의 가격은 최소 200바트였지만, 킹은 별생각 없이 음식을 주문했다. 물론 나도 특별히 반대하지 않았다. 음식이 얼마나 비싸든 간에 어차피 돈을 낼 사람은 내가 아니었기 때문이다. 킹은 프로그래머이니 아마 나 같은 그래픽 디자이너보다 훨씬 더 많은 돈을 벌 것이었다.

나는 신선한 새우와 타마린드소스를 곁들인 볶음쌀국수와 아이스레몬티 한 잔을, 킹은 쇠고기조림과 국수를 주문했다. 음식을 기다리는 동안에는 휴대폰으로 트위터에 올라온 고양이와 강아지 영상을 시청했다.

나는 동물을 좋아했다. 항상 개나 고양이를 키우며 외로움을 달래고 싶었지만, 털에 심한 알레르기가 있어서 그럴 수 없었다. 가까이 다가가기만 해도 얼굴이 빨개질 때까지 재채기를 했다. 한번은 제이드와 고양이 카페에 갔는데, 들어간 지 몇 분도 채 안 돼서 재채기를 너무 많이 하는 바람에 거기 있던 사람들의 등쌀에 못 이겨 나와야만 했다. 결국 나는 동물을 키울 수 없었다.

잠시 후 우리가 주문한 음식이 테이블 위에 준비됐다. 테이블 위의 분위기는 꽤 이상했다. 우리는 거의 3년 동안 같이 일했는데, 생각해 보니 제이드 없이 함께 식사하는 것은 이번이 처음이었다. 뭐랄까… 상당히 낯설었다.

"뭘 보고 있어? 내가 네 팟타이보다 더 맛있어 보여?"

반대편 의자에 앉은 사람이 나를 쳐다보며 물었다. 그제야 내가 그의 얼굴을 빤히 쳐다보고 있었다는 것을 깨달았다.

"밥맛 떨어지는 말 하지 마."

나는 그의 자기 예찬을 못마땅하게 여기며 시선을 돌렸다.

그는 웃으며 턱을 괴고 내 얼굴을 들여다보았다.

"네가 하도 오래 쳐다보길래, 드디어 내 매력에 빠진 줄 알았지."

"나도 눈 있어."

그렇게 말한 뒤 나는 가능한 한 빨리 음식을 먹으려고 노력했다.

10분쯤 후 킹은 직원에게 청구서를 요청했다. 슬쩍 보니 네 자리 숫자가 적혀 있었고, 내가 그에게 500바트짜리 지폐를 주려고 지갑을 꺼내는 사이 그가 웨이터에게 신용카드를 건넸다.

"뭐야?"

"같이 내."

"말했잖아, 내가 산다고."

"그냥 받아."

나는 그의 손에 돈을 쥐어 주었다. 킹은 고개를 저으며 밀어 냈지만, 난 의자에서 일어나 그의 셔츠 주머니에 돈을 넣었다.

"넌 고집이 너무 세서 탈이야."

그가 투덜댔지만 나는 개의치 않았다.

그저 그에게 빚을 지고 싶지 않았다.

"갈까?"

식당을 나오며 킹이 물었고, 나는 무심하게 주변을 둘러보며 고개를 끄덕였다. 원래 사람이 많은 곳에 있는 것을 좋아하지 않는데, 특히 오늘 같은 주말에 사람이 많이 몰리는 백화점은 더 싫었다.

그런데 킹과 주차장으로 가던 중, 군중 속에서 너무 낯익은 사람이 눈에 띄는 바람에 나도 모르게 멈춰 섰다.

"아….."

키가 크고 잘생긴 남자가 섹시한 여자의 허리를 팔로 감싸 안고 걸어가며 행복한 듯 낄낄거리고 있었다.

"왜 그래?"

킹은 내가 가만히 서 있는 것을 보고 내 시선을 따라 고개를 움직였다. 그러고는 다시 내 쪽으로 걸어왔다.

나는 그를 계속 쳐다봤다. 그리고 웃었다.

바로 전날까지도 다시 만나자고 메시지를 퍼붓더니, 오늘은 한 여자를 끌어안고 희희낙락 백화점을 거닐고 있었다.

하, 바람둥이들이란….

"아는 사람이야?"

그 두 사람이 우리를 지나쳐 갈 때쯤 킹이 물었지만, 나는 대답 없이 그의 넓은 어깨 뒤로 몸을 숨겼다. 그리고 그들이 우리를 완전히 지나쳐 갈 때까지 가만히 지켜보다가 담담한 어조로 말했다.

"가자."

나는 그에게 질문할 틈을 주지 않고 곧장 주차장으로 향했다.

검은색 혼다 시빅이 내 콘도를 향해 달렸다. 차의 주인은 이따금 생각에 잠긴 나를 흘끗 쳐다보았다. 여자와 함께 내 앞을 걸어가던 폭의 모습이 아직도 머릿속에서 무한히 재생 중이었고, 무감각해야 할 가슴이 너무 아팠다.

비록 내가 그 사람을 완전히 포기했고, 그 사람과 다시 만날 생각을 한 번도 한 적이 없다고 해도, 아무 느낌이 없다는 의미는 아니었다. 나는 상대에게 내 모든 것을 주었고 그를 진심으로 좋아했다. 그러나 그는 나에게 다시 만나자고 연락하는 중에도 다른 사람을 만나는 것으로 내 진심을 끝까지 짓밟았다. 나는 지금껏 이미 이런 일을 여러 번 경험했다.

나는 왜 좋은 사람을 만나지 못하는 걸까?

"그 사람, 전 남자 친구였어? 네가 쳐다보던 사람."

킹이 마침내 침묵을 깨뜨렸다.

"맞아."

나는 창밖을 바라보며 조용히 대답했다.

"근데 왜 그렇게 침울해하는 거야? 그 사람은 새 여자 친구가 생겼잖아. 그 사람이 어찌 되든, 너한텐 다른 사람이 올 거야. 회사에도 많잖아. 넌 아무에게도 관심 없는 것 같지만."

나는 고개를 돌려 그의 잘생긴 얼굴을 바라보다가 나지막이 그를 불렀다.

"킹."

"어?"

"한 사람으로는… 부족한 거야?"

"나?"

"그 사람들."

"네 전 남자 친구?"

나는 대답 대신 한숨을 쉬었다. 사람들이 왜 그렇게 쉽게 파트너를 배신하는지 전혀 이해할 수 없다. 난 누군가를 사랑한다면 상대의 마음을 저버리는 일은 절대로 하지 말아야 한다고 생각하는데… 아니면 내 전 남자 친구 중 누구도 나를 사랑하지 않았기 때문인 걸까?

"습관일지도. 오래된 습관은 쉽게 고치지 못하니까."

그의 대답은 조금 재밌었다.

"널 말하는 거야?"

"야, 날 포함하면 안 되지. 난 누구 만나는 동안 바람은 안 피워."

그는 내 말을 곧장 부인했고, 나는 눈을 치켜떴다.

내가 조용해진 것을 눈치챈 그가 나를 쳐다보더니 날카로운 눈을 가늘게 떴다.

"안 믿네."

"널 믿지 못하는 게 잘못이야?"

조금 격앙된 톤으로 되물었다. 정말로 나는 그 말을 믿지 않았다. 클럽에서 그를 처음 만났을 때 그가 나를 어떻게 바라보았는지, 그리고 지난 3년 동안 그의 행동이 어땠는지 다 기억했다.

그의 전적을 보고 누가 저 말을 믿을 수 있을까.

"사실이야. 내 타입인 사람이 보이면 쳐다볼 수야 있지만, 진지하게 만나면 한 사람만 봐. 네 전 남자 친구처럼 바람을 피운 적은 없어."

"그래서, 사무실까지 와서 소란을 피운 그 사람은 여자 친구가 아니었고?"

사무실 사람들은 모두 그 이야기를 알고 있다. 약 2년 전, 킹의 전 애인이 사무실에 찾아와 그가 자신을 버리고 새 여자를 만났다며 소란을 피웠다. 하지만 킹은 그날 회사에 오지 않았고, 결국 그녀의 광기 어린 분노를 견뎌 내야 했던 사람은 제이드였다.

"응. 그냥 서로 알아 가는 중이었어. 여자 친구는 아니었고."

그는 아무런 후회도 없다는 듯 가볍게 대답했다.

"졸업 후에는 진지하게 만난 사람 없어. 대부분 하룻밤이었지, 잠깐 만나 보거나. 난 항상 진지한 연애는 원치 않는다고 분명히 말했고, 처음엔 다들 괜찮다고 하는데, 나중엔 마음이 바뀌더라고. 그게 문제였지."

그의 설명에 나는 입을 다물었다. 그가 누구와 어떤 관계를 맺고 있는지 알 만큼 가까운 사이가 아니었기 때문에 나는 그에게 여자 친구가 있다고 생각했고, 내 전 남자 친구들과 마찬가지로 지루해지면 상대를 버린다고 생각했다.

"그게 문제를 일으킬 수 있다는 걸 알면서도 그만두고 싶진 않은 것 같네."

나는 내 마음속 불만을 있는 그대로 담아 그에게 말했다. 비록 진지한 관계는 아니어도 모두에게 매력적인 시선을 던지는 것도 바람둥이나 다름없다.

"솔직히, 난 섹스만 원해."

이어진 그의 대답은 나를 긴장하게 만들었다. 킹은 잠시 도로를 주시하던 시선을 돌려 나를 보고 낮게 웃었다.

"표정 봐. 인간이면 당연한 욕구 아냐? 넌 그런 적 없어?"

"사랑하는 사람이 아닌데도 그러고 싶어?"

"너 그날 밤 나한테 감정 있었어?"

"…그날 밤은 술에 취해서였어."

그날 밤 나는 분명 흥분했다. 기분이 좋았다는 걸 부인할 수는 없지만 그건 내가 만취했기 때문이다. 그날 나는 나 자신을 통제할 수 없었다. 내가 조금만 더 의식이 있었다면, 사랑하지 않는 사람과의 섹스에서 정말로 좋다는 감정을 느꼈을까?

그가 웃는 소리가 들렸다. 나를 바라보는 그의 얼굴에는 재밌다는 듯 흥미로운 미소가 걸려 있었다.

"나한텐 사랑과 섹스가 꼭 함께일 필요는 없어. 나는 지금 여자 친구를 원하지 않지만, 욕구를 해소할 누군가는 필요해. 단지 대부분의 여자가 그런 관계를 좋아하지 않아서 문제가 생길 뿐이지."

"…."

"이렇게 조용하다는 건, 속으로 나 욕하고 있는 거지?"

그는 예상했다는 듯이 말하고는 짧게 한숨을 쉬었다.

"개인의 가치관일 뿐이야. 이 문제에 대해 세상 모든 사람의 동의를 구할 수는 없지만, 난 아직 싱글이고 최소한 내가 맺는 관계에서는 그렇게 할 권리가 있어. 언젠가 내가 누군가와 진지하게 만나기로 한다면 관두겠지. 그게 다야."

나는 아무 대답도 하지 않았다. 다만 마음속에는 깊은 의문이 생겼다. 나는 나와 관점이 다르다고 해서 상대를 부정하는 구시대적인 사람은 아니다. 킹의 생각도 어느 정도 이해한다. 지금은 누구와도 진지한 사이가 아니기 때문에 아직 그런 일을 자유롭게 할 수 있는 것뿐이다. 하지만 내 친아버지와 전 남자 친구들은 누군가와 진지한 관계를 맺고도 또 다른 사람을 만났다. 어떤 사람들은 연인이 바람을 피운 것이 마음의 문제가 아니라 단지 육체적 문제일 뿐이라고 말하면서 용서할 수 있다고도 하지만, 난 전혀 괜찮지 않다.

솔직히 말해서 나는 바람둥이가 과거를 청산하고 오직 한 사람과 함께하는 것을 본 적이 없기 때문에, 그때가 왔을 때 정말로 멈출 수 있을 것이라고는 믿지 않는다.

그런 사람들은 애초에 진정한 사랑이 무엇인지 알지 못한다.

"으아."

짧은 침묵 끝에 그가 다시 내 이름을 불렀다.

"응."

"내가 이 말 하면 때릴 거야?"

"무슨 말을 하느냐에 따라 다르지."

"그날 밤 일?"

나는 눈살을 찌푸렸고, 킹은 다시 잠시 내 얼굴을 보다가 낮은 목소리로 말했다.

"나, 술에 취했던 건 맞는데, 얼마나 좋았는지는 기억나."

"…."

그는 아무렇지도 않게 계속해서 말을 이어갔다.

"이렇게 잘 맞는 사람을 찾는 건 쉽지 않아. 네가 다른 사람이었다면, 당장에 FWB(Friend With Benefit)가 되어 달라고 했을 거야. 안타까운 일이지. 아니면, 혹시 관심 있어?"

내가 침묵을 지키자 그는 화제를 바꾸었다. 하지만 깊은 생각에 빠진 나는 그 뒤로 어떤 말에도 대답하지 않았다.

지난 27년 동안 나는 괜찮은 사람, 좋은 아들, 좋은 연인이 되려고 노력하면서 소박하게 살아왔다. 사랑을 받고 싶었고, 그래서 마음을 줬는데, 그 대가로 상처만 입었다. 그런데 오늘 킹과의 대화 중에 몇 가지 의문이 내 머릿속을 스쳐 지나갔다.

사랑하지 않았다면 차라리 나았을까?

만약 나한테 육체적 욕망을 만족시켜 줄 누군가가 필요하다면?

한 번쯤 그런 미친 짓을 해 보고 싶다면?

그건 어떤 느낌일까?

킹은 내가 완전한 침묵에 빠지자 빈 공기를 메우기 위해 음악을 틀었다. 토요일 오후의 도로 상황은 평일만큼 나쁘지 않았고, 목적지까지 가는 데는 오랜 시간이 걸리지 않았다.

곧 그가 내 콘도의 진입로로 차를 돌렸다.

"다 왔어."

"태워 줘서 고마워."

나는 안전띠를 풀며 대답했다.

"그래. 월요일에 봐."

나는 차 문을 열려던 손을 멈추고 심호흡을 한 뒤 그의 이름을 불렀다.

"킹."

"어?"

"해 볼까?"

"뭘?"

그의 검은 눈썹이 치켜 올라갔다.

잠시 머뭇거리다가 그의 눈을 올려다보았다. 그의 검은 눈에 내 모습이 비쳤다. 나는 여러 가지 감정이 뒤섞인 채 오랜 시간 마음에 들지 않아 했던 그의 얼굴을 물끄러미 보았다. 그리고 내 입술이 멋대로 무언가를 내뱉었다.

"네가 말한 거."

"…."

"…한번 해 볼래?"

음악이 없었다면 차 안은 우리의 숨소리가 들릴 만큼 조용했을 것이다. 그는 가만히 굳어 있었고, 내가 방금 한 말이 무엇인지 깨달은 나는 서둘러 차 문을 열고 나와 콘도로 들어갔다.

그 순간, 내 충동적인 결정이 미래에 얼마나 큰 영향을 미칠지는 알지 못했다.

07
조건

나, 아논 난타피왓은 살아온 중에 오늘이 가장 나답지 않은 날이라고 생각했다.

한참을 침대에 앉아 멍하니 창밖만 내다봤다.

갑자기 머리에 이상이 생겼던 것인지도 모르겠다. 킹의 차에서 그런 이상한 말을 했던 건….

'…한번 해 볼래?'

그 말을 듣고 무슨 생각을 하는지 도무지 종잡을 수가 없던 상대의 눈빛을 떠올리니 답답해서 숨이 막히는 것 같았다. 나는 그동안 킹을 좋아하지 않는다는 점을 분명히 말해 왔는데, 오늘은 갑자기 그에게 FWB가 되어 보겠냐고 했다. 그가 놀라지 않았다면 오히려 이상한 일이다. 나 자신도 너무 놀랐으니까.

내가 미친 건 아닌지 진지하게 고민했다. 아니, 그런 말을 꺼냈다는 건 이미 미친 것이 분명했다.

띵!

그때 메시지 알림이 울렸다. 휴대폰 화면에 헤어진 지 불과 30분도 채 되지 않은 그의 메시지 알림 팝업이 떴다.

'뭐 해? 얘기 좀 할래?'

머뭇거리다가 그의 메시지를 열지 않기로 했다. 그리고 몹시 곤란한 기분으로 침대에 드러누웠다. 킹에게 한 말은 그야말로 즉흥적인 광기에서 비롯되었다. 난 그저 내가 사랑하고, 나를 진심으로 사랑해 주는 남자 친구를 사귀고 싶었을 뿐이지만, 성공한 적이 없었기 때문에 가끔은 이상한 생각이 들 수밖에 없었다.

어쨌든 그에게 뜬금없는 충격을 안겼으니 사과는 해야겠지. 그냥 농담이었다고 말해야겠다. 그게 맞는데… 마음 한편으로는 망설여졌다.

과거의 모든 관계에서 너무 많은 상처를 받았기 때문인지, 너무 지쳐서 더 이상 앞으로 나아갈 수가 없는 상태였다. 그냥 쉬고만 싶었고, 쉬는 동안 외로움을 달래 줄 누군가가 있는 것은 나쁘지 않을 것 같았다.

그런 의미에서 킹은 좋은 선택지였다.

그는 나와 오랫동안 함께 일했기 때문에 새롭게 알아 갈 필요가 없다. 섹스에 있어서는 나도 그에게 만족감을 느꼈고, 그의 태도도 받아들이기에 그다지 부담스럽지 않다. 비록 그가 바람둥이라는 것과 이 사람 저 사람에게 추근거리는 모습이 마음에 들지 않지만, 어차피 내 남자 친구가 아니기 때문에 그런 단점들은 신경 쓸 필요가 없다.

만약 그가 다른 사람의 여자 친구를 빼앗거나, 여자 친구를 속이고 바람을 피운다거나, 아빠가 엄마에게 그랬던 것과 전 남자 친구들이 나를 배신했던 것처럼 끔찍한 일을 하지만 않는다면, 그를 받아들일 수 있을 것 같았다.

대답을 재촉하듯 메시지 수신 알림이 다시 울렸다. 나는 여전히 결론을 내리지 못한 채 한숨을 쉬었다. 결국 휴대폰을 끄고 테이블 위에 올려놓은 뒤 두꺼운 이불 밑으로 몸을 미끄러뜨렸다.

킹은 그것에 대해 이야기하고 싶겠지만, 나는 아직 대답할 수 없다.

아직 나 자신에 대한 확신이 없기 때문이다.

주말은 절망적일 정도로 빠르게 지나갔다. 월요일 아침, 나는 무료함 속에 만원 지상철에 올랐다. 평소엔 차를 가지고 출퇴근했기 때문에 이런 엄청난 인파 속을 비집고 들어가는 것이 익숙지 않았지만, 차 수리가 끝나는 토요일까지는 별수 없는 일이었다.

나를 쳐다보는 몇몇 사람들의 시선이 느껴졌고, 남의 시선을 받는 걸 별로 좋아하지 않는 나는 이 상황이 몹시 불편했다. 그 거북함을 견디기 위해 휴대폰을 꺼내 들었는데, 읽지 않은 메시지 수를 확인하고는 순간적으로 얼어붙었다.

그 정신 나간 말을 꺼낸 이후, 지난 주말 동안 킹은 나에게 두세 번 더 메시지를 보냈고 전화를 걸기도 했다. 나는 아직 그에게 어떻게 대답해야 할지 몰라 어떤 것에도 응답하지 않았다.

그리고 여전히 결정을 내릴 수 없는 상태다.

"좋은 아침."

사무실에 들어서자마자 제이드가 인사를 했다. 이어서 마이가 부드럽게 웃으며 손을 모으고 인사했다.

"오늘은 선물 없어. 일찍 왔더니 아무도 안 와 있었거든. 아마 오후에 올 듯!"

컴퓨터를 켜는 동안 제이드가 해맑게 웃으며 말했다.

마이는 이곳에서 인턴십을 시작한 이후로 매일 아침저녁으로 내 친구를 태워 줬다. 그 전까지는 내가 제이드보다 먼저 사무실에 도착했지만 이제는 그가 나보다 먼저 왔다.

"필요 없어."

"응, 알지. 나도 그렇게 말했는데 듣지를 않으니까. 아니, 그래도 선물 받는 건 좋은 거잖아. 공짜 간식이라고 생각해."

제이드는 이해한다는 듯 고개를 주억거리더니 내 책상을 보고는 눈썹을 치켜올렸다.

"오늘은 커피 안 샀어?"

평소 매일 아침 커피를 사 오는데, 오늘은 책상 위에 커피가 없다는 걸 눈치챈 제이드가 물었다.

"줄이 길어서, 기다리기 싫었어. 그냥 타 먹게."

"제가 사다 드릴까요? 제이드 선배 커피 사 오려고 했거든요."

마이의 말에 제이드는 열성적으로 고개를 끄덕이며 나를 쳐다봤다.

"난 괜찮아, 고마워."

마이는 내 대답에 알겠다는 듯 고개를 작게 끄덕이고는 자리에서 일어나 옆 사람을 향해 부드럽게 말했다.

"다녀올게요, 선배."

"내 주문 기억나지?"

"캐러멜프라푸치노에 휘핑크림 추가요."

"아주 좋아. 자, 가. 다녀와!"

제이드는 만족스러운 미소를 지었고 그의 부사수는 더욱 활짝 웃었다.

마이의 눈빛을 보면 그가 온전히 내 친구의 것이 되고 싶어 한다는 것이 분명했지만, 내 친구는 전혀 눈치를 못 채고 있는 것 같다. 그는 단지 맛있는 음식과 간식에만 흥미를 느낄 뿐이다.

둔한 사람을 꼬시는 일은 정말 힘든 일이다.

"금방 올게요."

마이가 사무실을 떠난 후, 나는 의자에서 일어났다. 그리고 책상에 앉아 카놈 크록을 아침 식사로 즐기고 있는 제이드를 남겨 두고 탕비실로 걸어갔다.

전기 포트에 코드를 꽂고 물이 끓기를 기다리는 동안 인스턴트커피 한 봉지를 꺼내 컵에 붓고 멍하니 생각에 잠겼다. 아무리 생각을 해 봐도 킹과 FWB가 되는 것이 망설여졌다. 어떤 종류의 헌신도 없을 것이라는 게 최고의 장점이었지만, 단점은….

"으아."

익숙한 낮고 허스키한 목소리에 커피를 휘젓고 있던 손이 순간 경직됐다. 킹이 탕비실로 들어오고 있었다. 그는 오늘 검은색 슬랙스 위에 회색 셔츠를 입었고, 앞머리를 뒤로 시원하게 넘겨서 짙은 눈썹과 날카로운 눈매를 선명하게 드러낸 채였다.

"왜 전화 안 받아?"

그는 조용한 목소리로 물었다. 나를 바라보는 그의 날카로운 눈빛이 마치 내가 잘못이라도 한 것처럼 긴장하게 만들었다.

물론 내가… 그런 말을 했기 때문이지만.

"못 봤어. 왜?"

그의 입술이 그럴 줄 알았다는 듯 오묘한 미소를 지었다. 그가 다가올수록 그에게서 풍기는 은은한 민트 향이 점점 뚜렷해졌다.

"그냥. 물어보고 싶은 게 있어서."

어느새 내 등에 닿을 정도로 다가온 그의 따뜻한 숨결이 귓가를 스치며 내 몸을 더욱 긴장시켰다.

"토요일에, 내 차에서 내리기 전에 한 말…."

"…."

"내가 이해한 뜻 맞아?"

"…."

"해 보자는 거, FWB가 되자는 거지?"

그가 나에게 전혀 손을 대지 않았는데도 나는 귓가에 들리는 그의 낮은 목소리만으로도 숨을 쉴 수가 없었다. 너무 가까이에 있어서 마치 그가 나를 껴안고 있는 듯한 느낌이 들었다.

"그날, 난…. 신경 쓰지 마. 별거 아니야. 내가 한 말은…."

솔직히 아직도 많이 망설여졌다. 해 보고 싶긴 하지만… 그런 관계에서 감정을 배제하는 게 가능할까?

"시도해 보는 것도 나쁘지 않지. 윈윈이잖아."

그의 기다란 손가락 끝이 허락도 없이 내 목덜미를 살살 쓸었다. 그 손길에 온몸에 소름이 돋았다. 나는 몸을 돌려 그와 눈을 마주쳤다.

"날 설득하려는 거야?"

"그래. 너만 동의하면, 서로 좋은 거니까."

도톰한 입술이 교활한 미소를 짓고 있어 평소보다 더욱 사악해 보였다. 그를 아무리 경멸한다고 해도, 이런 그의 모습은 너무 매력적이어서 많은 여자들이 그에게 매료되는 것이 당연하다고 생각했다.

킹은 자신이 매력적이라는 것을 분명히 알고 있고, 그것을 자신에게 유리하게 활용하는 방법도 잘 알고 있다.

"우리 사이에는 사랑이 없잖아."

그가 얼굴을 내 쪽으로 더 가까이 기울이는 바람에 그의 오똑한 코가 내 뺨을 스쳤다. 나는 재빨리 그의 어깨를 밀어냈다. 누군가 본 건 아닌지 입구 쪽을 살피며 그에게서 멀어지려고 했다.

"물러서…."

"해 보자. 딱 한 번만. 마음에 안 들면 그냥…."

"너희들…."

그때 갑자기 들려온 제이드의 목소리에 나는 킹의 가슴을 힘껏 밀어냈고, 아무렇지 않게 보이려고 애썼다.

"여기 있었어?"

해맑은 얼굴의 제이드가 탕비실로 막 들어왔다.

"하…. 제이드, 여긴 뭐 하러 온 거야?"

킹의 짜증스러운 목소리가 울렸다.

"파이 선배 커피 타러 왔지. 무슨 일인지는 모르겠지만 다리를 다쳤대. 선배니까 도와줘야지."

그는 아무렇지 않게 컵을 들고 커피를 내리며 즐겁게 설명했다.

"….".

"뭘 봐, 킹? 내 얼굴에 뭐 묻었어?"

제이드는 그의 소꿉친구가 인상을 찌푸리고 자신을 쳐다보고 있는 것을 보고 손을 들어 자신의 뺨을 매만졌다. 킹은 크게 한숨을 쉬고 탕비실을 빠져나갔고, 제이드는 나를 돌아보았다.

"으아, 내 얼굴에 뭐 묻었어?"

"아니."

원수의 짜증 난 얼굴을 생각하니 웃음이 나왔다. 내 나쁜 습관 중 하나는 킹이 짜증 내는 걸 보면 기쁘다는 것이다.

다른 사람이 괴로워하는 걸 보고 행복해한다니, 내 성격도 그리 좋다고 할 수는 없을 것 같다.

하루 종일 킹은 다시 말을 걸지 않았다. 눈빛을 보면 그 이야기를 하고 싶어 하는 것 같았지만 기회가 없었다. 계속 일을 하면서 머릿속으로는 끊임없이 그것에 대해 생각했다. 지금쯤이면 마음을 정할 때인데도 여전히 결정을 내릴 수가 없었다. 내가 정한 나의 룰을 깨뜨려야 한다는 생각에 너무 불안했다.

지금껏 겪어 온 불행을 조롱하기 위해 한 번쯤 미친 짓을 해 보자는 생각이 든 건 처음이었다. 그런데 내 의식의 일부가 그러지 말라고 경고하고 있다.

룰을 깨뜨리지 마. 위험을 감수하려 하지 마.

"으아, 시장에서 같이 바비큐 돼지고기 먹고 갈래?"

내 어깨를 두드리며 묻는 제이드의 목소리에 현실로 돌아왔다. 컴퓨터 화면의 시계를 보니 퇴근할 시간이었다.

"아니, 너희들끼리 가."

내가 거절하자 그는 얼굴을 찡그리고 중얼거리다가 컴퓨터를 끄려고 몸을 돌렸다.

"왜 그래? 내가 물을 때마다 다 안 간다고 하잖아."

옆에 있는 사람한테 내가 함께 가길 원하는지 물어보긴 했어?

"나중에."

나는 소지품을 가방에 넣고 있는 마이를 바라보았다. 그는 나와 눈이 마주치자 가만히 미소를 지었다.

'나중에'의 의미는 훨씬 더 나중에 밝혀질지도.

"그럼 갈게. 내일 봐."

제이드가 손을 흔들어 작별 인사를 하고 나갔다. 마이도 사무실 선배들에게 인사를 한 뒤 내 친구를 따라 사무실을 나갔다. 나도 콘도로 돌아가기 위해 가방을 챙겼다.

"네 차 아직 수리 중이지? 태워다 줄게."

킹이 나에게 다가왔다.

"됐어, 내가 알아서…."

"그냥 같이 가."

그는 내가 거절할 틈을 주지 않고 내 손목을 잡아끌었다. 나는 이 동행의 목적을 너무나 잘 알고 있었기 때문에 더 이상 거절하지 않고 그를 따르기로 했다.

오래 고민했으니 이제는 확실한 결정을 내릴 때였다.

검은색 혼다 시빅이 회사 건물을 떠나 차가 쏟아지는 도로에 합류했다. 차가 너무 막혀서 조금도 움직이기 힘들었다. 나는 그동안 휴대폰이나 만지고 있었다. 차 주인은 도로 위를 주시하며 핸들을 톡톡 두드렸다.

"오래 걸릴 것 같은데, 밥 먹고 갈래? 배고픈데."

나는 고개를 끄덕였다.

백화점에 도착해 곧장 푸드코트로 가려고 했지만 그는 또다시 비싼 식당으로 들어갔다. 킹과 단둘이서 식사를 하는 것은 이틀 만에 두 번째였는데, 몇 주 전만 해도 서로 얼굴조차 제대로 쳐다볼 수 없었던 것을 생각하면 믿기지 않는 일이었다. 이것은 우리가 미래를 예측할 수 없다는 증거였고, 내가 그와 FWB가 되는 것을 고민했던 이유이기도 했다.

사람의 감정도 예측하기 어렵기 때문이다.

"왜 그렇게 조금 먹어?"

내가 오리구이와 밥을 몇 입 먹고 수저를 내려놓는 것을 보고 그가 물었다.

"배불러."

물병을 들어 올리며 대답하자 그는 웃었다.

"더 먹어. 그래야 힘을 내지."

말 자체는 걸릴 것이 없었지만, 그의 목소리에는 분명히 숨겨진 의미가 담겨 있었다.

"가자."

나는 그 말의 숨은 뜻을 모르는 척 의자에서 일어나 현금 카드를 꺼내 계산했다.

식사를 마친 후에 다시 차를 타고 콘도로 향했고, 가는 길에는 예상했던 대로 아무런 대화도 없었다. 킹은 배경 음악을 따라 흥얼거렸다. 나는 창밖으로 여전히 상황이 나쁜 도로 위를 응시했다. 사실 이렇게 차가 많지 않았다면 사무실에서 콘도까지 30분도 걸리지 않았을 텐데, 알다시피 방콕은 세계 최악의 교통체증을 겪어야 하는 도시로 10위 안에 드는 곳이다. 그러니 콘도로 가는 데 한 시간 반이면 그렇게까지 험난하지는 않은 편이었다.

"킹, 내 콘도로 가려면 이 교차로에서 돌면 안 돼."

나는 그가 다른 곳에서 방향을 바꾸는 것을 보고 말했다.

"알아."

그는 인상을 찌푸린 나를 보며 명료하게 대답했다.

"근데 왜…."

"내 콘도로 가는 길이야."

"…."

"그래서, 진심이야? 한 번만 더 물을게. 거절하면 바로 네 콘도로 데려다줄 거야."

갑자기 주변에 모든 것이 조용해졌다. 나는 중요한 대답을 망설이면서 그 고요한 얼굴로 시선을 돌렸다.

"으아."

내가 답하지 않자 킹이 다시 내 이름을 불렀다.

나는 얼굴을 돌려 길가를 보다가 조용히 말했다.

"가자."

"…."

"네 콘도로 가."

킹의 표정은 변함이 없었지만, 그의 차는 더 빨리 앞으로 나아갔다.

나는 그와 FWB가 되기로 했다.

이 결정을 내리기까지 염려스러운 부분이야 적지 않았다. 더욱이 이런 관계는 나에게 익숙한 종류의 것이 아니다. 특히 감정적인 측면에서 위험이 수반된다는 것을 알고 있었다. 하지만 상대가 킹이라면 그런 요소는 무시할 수 있을 것 같았다.

그가 실제로 바람을 피우지는 않았다고 해도, 나는 여전히 그가 모든 사람에게 추근거리는 것을 싫어했다. 그리고 내가 싫어하는 습관을 가진 사람에게는 어떤 감정도 느끼지 않을 것이기 때문에 문제가 없다.

이 짧은 일탈의 시간 동안 그와 나 사이에는 오직 섹스만 있을 것이다.

그날, 킹과 싸우고 그의 콘도를 나올 때는 내가 다시 이곳으로 오게 될 줄 몰랐다. 이렇게 실롬에 있는 호화로운 그의 콘도에 다시 발을 들이다니…. 처음 왔을 때는 너무 화가 나 있어서 미처 그의 방을 둘러볼 겨를이 없었는데, 이번엔 그의 넓은 콘도를 자세히 살펴볼 수 있었다.

같은 번화가에 있으면서 그의 콘도는 내 것보다 훨씬 넓었다. 아마 가격이 천만 바트 정도는 될 것이었다. 내부는 그의 다채로운 라이프스타일과는 어울리지 않는 평범한 갈색 톤이었다. 가구나 장식들 역시 심플했지만 적갈색의 가죽 소파는 내 월급의 세 배쯤 될 것 같았다.

프로그래머의 월급이 상대적으로 높기도 하지만 내 기억

이 맞다면 그의 집안은 수출 사업을 하고 있고 관련 회사를 소유하고 있는 부유한 집안이었다. 그래서 킹은 아무 부담 없이 돈을 쓰는 데 익숙할지도 모른다. 새삼 그런 부잣집에 태어난 사람들이 너무 부러웠다.

"먼저 샤워할래?"

머리 위 기이한 모양의 샹들리에를 올려다보고 있는 나에게 그가 물었다.

"갈아입을 옷이 없어."

"그건 문제없어. 어차피 옷 입을 필요 없을 거니까."

그의 모호한 미소에는 은밀한 동기가 가득했다. 동시에 그 검은 눈이 그동안 그의 앞에 선 수많은 여자를 속절없이 수줍어하게 했던 대로 매혹적으로 빛났지만, 나는 그의 추근거리는 행동에 경멸 외에는 아무것도 느끼지 못했다. 그는 이런 식으로 모두에게, 심지어 나에게까지 추파를 던진다.

나쁜 놈.

"목욕 가운은 검은색 옷장 안에 있어."

킹은 자신의 침실을 가리키며 덧붙였다.

"먼저 해. 내가 나중에 할게."

"좋아."

나는 가운을 가지러 걸어가면서 대답했고, 곧 그의 침실에 있는 화장실로 사라졌다.

화장실로 들어와 문을 잠갔다. 그날 그가 남긴 흔적이 가득한 몸을 발견한 바로 그 거울 앞에 멈춰 섰다. 그날 얼마나 큰 공황에 빠졌는지 아직도 기억하고 있지만 지금 거울 속 나에게서는 고요함만 비쳤다.

내가 정말로 그와 FWB가 되기로 했다는 것을 아직도 믿을 수 없다.

"그러고 있으니까 섹시해 보인다."

샤워를 마친 내가 화장실 문을 열자 허스키하고 깊은 목소리가 들렸다. 그의 날카로운 눈빛이 내 온몸을 훑었고, 나는 그의 만족스러운 눈빛을 외면해야만 했다.

"그만 쳐다보고 샤워나 해."

"알았어, 알았어."

그는 수건을 들고 휘파람을 불며 화장실로 들어갔다.

나는 거실로 가 리모컨으로 TV를 켰다. 아무것도 보고 싶지 않았지만 이 기이한 침묵을 깰 수 있는 약간의 소음이 필요했다.

그대로 소파에 앉아 생각에 잠겼고, 잠시 후 콘도의 주인이 허리에 하얀 수건을 감은 채 화장실에서 나왔다. 드러난 상반신은 규칙적으로 운동을 하는 사람처럼 탄탄하게 근육이 잡혀 있었고, 짙은 색 피부 위에 흩뿌려진 물방울이 그를 마치 훌륭한 조각가가 만든 조각품처럼 보이게 했다.

같은 남자로서, 그의 체격이 훌륭하다는 것을 인정해야만 했다.

"준비됐어?"

나는 TV를 끄고 그의 이름을 불렀다.

"킹."

"어."

"몇 가지 조건이 있어."

"말해."

그는 소파로 걸어와 내 옆에 앉았고, 동시에 내 본능은 어서 물러나라고 말했다. 하지만 난 이미 결정을 내렸다. 물러날 이유가 없다. 잠시 후 그가 내 조건에 동의한다면, 우리는 이보다 훨씬 더 가까워질 것이다.

"첫째, 일주일에 이틀만이야."

"너무 적어."

그는 첫 번째 조건부터 반대했다.

"그 이상은 안 돼. 동의하지 않는다면⋯."

"동의하지 않는다고는 안 했어."

킹은 즉시 대답했다.

"그래서, 동의한다고?"

"생각해 볼게. 다음은?"

나는 계속하기 전에 조금 웃었다.

"옷으로 가려지는 곳이든 아니든, 내 몸에 어떤 흔적도 남기지 마. 그런 거 보고 싶지 않아."

"흠."

"하기 전에 무조건 내 허락을 받아. 내가 '아니'라고 하면 하지 말라는 뜻이야. 그리고 항상 콘돔 써."

"좋아. 끝이야?"

"아니."

나는 걱정했던 가장 중요한 말을 하기 전 입술을 꼭 물었다.

"회사에서 티 내지 마. 아무도 몰라야 해, 제이드도."

"그건 나도 알아. 내가 이런 일을 공개적으로 할 것 같아? 제이드한테 요즘 으아랑 잔다고 말할 리가. 이제 끝?"

킹이 킥킥거렸다.

"약속해, 비밀 지킬 거라고. 걱정 마."

내가 노려보자 그가 실없는 웃음을 즐거움이 담긴 미소로 바꾸며 말했다.

"다른 건?"

"우리 둘 중 누구라도 진지하게 만나고 싶은 사람이 생기면, 그 즉시 이 관계는 끝내야 해. 아니면 누군가 그만하고 싶어 해도 끝나야 하고."

"동의해. 이제 정말 끝이야?"

"아, 한 가지 더."

"뭔데?"

나는 그의 눈을 똑바로 보며 분명하게 말했다.

"나랑 하는 동안 네가 다른 사람이랑 섹스를 한다면, 끝이야."

"뭐?"

그가 눈썹을 치켜떴다. 그 반응에 웃음이 나왔다.

"네 말대로 넌 싱글이니까 하고 싶은 대로 해도 돼. 하지만 이제는, 내가 감염이라도 되면 안 되니까."

"항상 콘돔 쓰는….."

"난 무서워. 우리 중 한 명이 그만두기를 원하거나 새로운 파트너를 찾기 전까지 너와 난 FWB가 될 거야. 동의하지 못한다면 여기서 관둬."

그가 말을 잇지 못하는 모습을 보고 입꼬리를 올렸다. 사랑하는 사람이 아니더라도 내 남자를 누군가와 공유하고 싶지는 않으니까 일부러 이런 조건을 달았다. 물론 가장 중요한 이유는 성병에 대한 두려움 때문이다. 그와 잤던 사람들이 깨끗한지는 절대 알 수 없고, 그가 매번 콘돔을 쓴다고 해도 그것이 100퍼센트 안전한 것은 아니었으니까. 킹이 우연히 나에게 어떤 병이라도 옮긴다면, 내 인생은 정말로 완전히 파괴될 것이다.

모순되게도, 그런 일은 원치 않는다.

내가 너무 이기적으로 보일 수도 있지만 강요하지는 않을 것이다. 조건을 받아들일 수 없다면 그냥 끝내면 되니까 문제될 것도 없다. 킹의 습관을 생각해 볼 때, 나는 그가 이런 조언을 받아들이지 못할 것이라고 90퍼센트쯤 확신했다.

"좋아."

거봐. 그는 절대….

뭐?

"이제부터 너하고만 할게, 됐지?"

"….."

"날 만족시키는 사람을 만나지 못해서 여러 사람을 만났던 거니까. 넌 내 욕구를 충족시켜 줄 수 있고, 나와 사랑에 빠지지 않을 거잖아. 그러니 다른 사람을 찾을 이유는 없지."

뜻밖의 대답에 당황스러웠다. 그가 조건을 듣고 거절할 것이라고 생각했는데, 이렇게 쉽게 조건을 받아들일 줄은 몰랐다.

"네가? 네가 그게 가능해?"

나는 믿을 수 없다는 표정을 지었다.

"글쎄, 안 해 봐서 몰라. 근데 다른 사람이랑 자면, 거짓말은 하지 않을게."

"…."

"어쨌든 우린 친구고 같이 일하니까. 우리 사이가 나쁘게 끝나는 건 원치 않아. 언젠가 이 관계가 끝나도 너랑 잘 지내고 싶어."

그의 진지한 표정에 나는 조금 의심을 접었다.

솔직히 내가 그를 어디까지 믿을 수 있을지는 모르겠지만, 나에게 진심으로 사과하던 모습을 돌이키면 어느 정도 그 말을 지키지 않을까 하는 생각이 들었다. 그럼에도 이 관계가 오래갈 것이라고는 생각하지 않았다. 길어야 한 달. 킹은 결국 참지 못하고 다른 사람을 찾을지도 모른다.

그렇게 되면 이 일은 그저 과거가 되고, 우리는 예전처럼 평범한 일상으로 돌아갈 것이다. 그렇다고 그 짧은 관계가 우리에게 문제를 일으켜서도 안 된다.

"근데 나도 조건이 있어. 다른 사람과 할 수 없다면, 일주일에 두 번은 부족해."

그는 교묘하게 눈을 반짝이면서 조금 웃었다.

"일주일에 네 번."

"너무 많아."

나는 눈살을 찌푸렸다.

"그렇게 많지 않은데."

"난 싫…."

"그럼 세 번, 어때? 일주일에 세 번씩 네 콘도로 갈게."

킹은 내가 절대 동의하지 않을 것이라는 걸 깨닫고 횟수를 줄여 거래를 시도했다. 그가 가까이 다가올수록 그 눈의 반짝임이 강렬해졌다.

"그렇게 많은 조건에 내가 다 동의했잖아. 아논 씨, 한 개만 들어주시죠."

그는 몸을 기울여 낮은 목소리로 내 귓가에 속삭였다.

나는 살짝 고개를 돌리고 입술을 깨문 채 고민하다가 대답했다.

"좋아."

그에게서 만족스러운 웃음소리가 흘러나왔다. 그리고 더 가까이 다가와 양팔로 소파 등받이를 짚고 나를 그 안에 가두었다.

"그게 다야?"

그가 다시 낮게 속삭였고, 묘한 분위기가 뿜어져 나오기 시작했다.

"그래."

"그럼, 시작해 볼까?"

오뚝한 코가 내 뺨을 스쳤다. 그리고 대답을 기다리고 있다는 듯 내 입가를 지분거렸다.

"…그래."

대답과 동시에 그의 따뜻한 입술이 내 입술에 닿았다. 나도 모르게 몸이 긴장돼서 바짝 굳어 버렸다. 머릿속에서 비명을 지르는 동안 그의 입술이 천천히 내 입술을 어루만졌고, 나는 눈을 꼭 감았다.

내가 정말 이걸 하려고 했다고? 대체 뭘 한다고 한 거야?!

"왜 그렇게 눈을 질끈 감고 있어? 네 본능이랑은 반대로 행동하네."

킹의 입술이 떨어졌다. 그는 그가 원하는 대로 반응하지 않는 것이 몹시 불만인 것 같았다.

"너무 깊이 생각하지 마. 우린 서로 필요한 게 맞아떨어졌을 뿐이야. 서로를 돕고 있는 거라고."

그 깊은 목소리가 믿을 수 없을 정도로 부드러워졌다. 그리고 마치 인내심을 조금 더 발휘하려는 듯 천천히 숨을 내쉬었다. 다시 다가온 그는 두꺼운 손으로 내 가운을 끌어 내려 어깨를 드러냈고, 잘생긴 얼굴은 곧바로 내 목덜미로 내려왔다.

나는 여전히 어쩔 줄 몰라 했다. 사랑하지 않는 사람과의 섹스는 경험이 없었다. 몇 번이나 섹스를 했지만, 이번에는 손을 어디에 놔야 할지 도무지 갈피를 잡을 수가 없었다. 내가 정말로 옳은 선택을 한 것인지, 아니면 지금이라도 멈춰야 할지….

"왜 이렇게 긴장했어? 더 잘할 줄 알았는데. 말만 그렇지 실제론 아니네, 아논?"

그 말에 꾹 감고 있던 눈꺼풀을 들어 올렸다. 킹의 얼굴이 아주 가까이에 있었다. 오랜 시간 봐 온 그 짜증 나는 얼굴이다.

내가 왜 이렇게 입버릇 나쁜 사람이랑 거래를 했을까.

나는 거칠게 숨을 내뱉고는, 잠시 고민하다가 마침내 그의 목덜미를 잡고 끌어당겨 키스했다.

그는 얼마든지 하고 싶은 말을 할 수 있다. 하지만 나 또한 그가 멋대로 떠들도록 두지는 않을 것이다.

이번 키스는 더 적극적이고 뜨거웠다. 곧장 그의 입속을 파고들어 혀를 격렬하게 섞었고, 그의 목에서 흘러나온 나지막한 신음이 이에 대한 만족감을 여실히 보여 주었다. 킹이 조금 물러나자 우리의 입술 사이를 잇는 투명한 액체가 길게 이어졌고, 그의 검은 눈에 타오르는 욕망이 보였다.

"이제 좀 낫네."

그는 만족스러운 미소를 지으며 다시 키스했다. 그리고 나를 안아 들고 밝은 빛이 드는 침실로 향했다. 곧 침대 시트에 등이 닿았고, 바로 그의 커다란 몸이 나를 짓눌렀다.

킹의 키스는 내 몸 곳곳에 짜릿한 감각을 불러일으켰고, 그 끓어오르는 욕정에 나도 열렬히 화답했다. 목욕 가운을 묶은 끈이 풀리고, 그의 손이 미끄러져 들어와 피부를 매만졌다. 그 손길을 따라 호흡이 점점 가빠졌고, 나는 그의 가슴과 탄탄한 복근을 쓰다듬었다. 그리고 점점 손을 아래로 내려 그의 허리에 묶인 수건을 풀어내자, 수건이 침대 옆 바닥으로 툭 떨어졌다.

아무것도 하지 않고 이대로 그가 내 머리를 어지럽게 두지만은 않을 것이다.

"하… 조급해지네. 안 그래?"

킹이 조금 더 거칠어진 목소리로 말했다.

내가 점점 단단해지는 그의 것을 손에 쥐자 그의 목구멍에서 낮은 신음이 흘러나왔다. 엄지손가락으로 그 끝을 세게 문지르자 이를 꽉 물었고, 곧 스며 나온 투명한 액체에 축축해졌다.

이전에는 너무 취해서 무언가를 본 기억이 거의 없었지만, 오늘은 의식이 또렷하기 때문에 모든 것을 분명하게 볼 수 있었다.

그는 모든 것이 엄청나다.

"별로. 아직 예열 중인데."

그의 것을 더 세게 쥐며 대답하자 손안의 것이 점점 부피를 더하며 뜨거워졌다.

"그럼, 나도 좀 더 분발해야겠네."

"으음…."

킹의 입술이 내 가슴 한쪽을 머금었고, 곧 세게 빨아들이자 가벼운 신음이 흘러나왔다. 나는 그의 머리카락을 헤집어 잡고 더 가까이 끌어당겼고, 그의 또 다른 손이 내 다른 쪽 가슴을 그러쥐자 더 크게 숨을 내쉬었다.

내 몸은 계속해서 흥분했고, 끝없이 달아올랐다.

그의 뜨거운 입술이 내 한쪽 젖꼭지를 깨물고는 점점 아래로 내려갔다. 그리고 다리를 벌려 그 가운데에 얼굴을 묻었다.

뜨거운 혀가 입구에 닿았고, 맛있는 디저트를 맛보는 듯한 섬세한 혀 놀림에 신음이 터져 나왔다.

"킹…! 아…! 으음…."

두꺼운 손이 내 것을 쥐고 빠르게 쓸어 댔다. 그의 손길을 각성제 삼아 내 것은 점점 몸집을 키웠고, 나는 그를 밀어내고 싶은 것인지 아니면 더 해 주길 바라는 것인지 정확히 구분하지 못한 채로 그의 머리카락을 움켜쥐고 몸을 들이밀었다. 그저 더 큰 황홀함만을 갈망했다.

"더 해 줘?"

킹이 고개를 들었다. 그의 눈은 내가 잔뜩 붉어진 채 눈물을 흘리는 모습에 기쁜 듯 번뜩였다.

그는 뒤로 물러나 윤활유와 콘돔을 가져왔고, 손가락에 윤활유를 바르고 곧장 내 입구에 손가락 하나를 집어넣었다.

"아!"

"쉬이…."

윤활유가 묻은 그의 손가락이 내 구멍 안에서 꽤나 참을성 있게 앞뒤로 움직였다. 나는 긴장감에 얼굴을 구긴 채 내 위로 올라온 그의 어깨를 꽉 움켜쥐었다.

"으아, 힘 빼."

"노력 중이야. 나한테 뭘 바라는… 웃…."

나머지 말은 내 입술을 머금는 도톰한 입술에 의해 뭉개졌다. 뜨거운 혀가 미끄러져 들어와 입안 곳곳을 휘저었다. 나는 두 팔을 들어 올려 그의 목을 감싸안고 키스에 응했고, 점점 개수를 늘리는 손가락의 불편한 감각을 무시하려고 애썼다.

길고 가느다란 손가락이 빙글빙글 돌며 구멍 안쪽을 긁었고 더 큰 것을 받아들일 수 있도록 준비시켰다. 그 순간 손가락 끝이 내 그곳에 닿았고 난 그의 어깨를 힘껏 움켜쥐었다.

"아! 읏…!"

"여기?"

그는 낮은 목소리로 속삭이며 그곳을 반복해서 자극했다. 그의 날카로운 눈은 입을 벌린 채 타오르는 욕망에 젖어 신음하는 내 얼굴에 고정되어 있었다.

"으응… 머, 멈추지 마. 더… 빨리…!"

나는 그의 손가락에 엉덩이를 들이밀며 떨리는 목소리로 그를 재촉했고, 킹은 내가 절정에 이를 때까지 내 갈망을 훌륭하게 만족시켰다.

"으아, 너 존나 섹시해. 알아?"

위에 올라탄 상대의 눈은 아까보다 더 큰 갈증을 느끼는 것 같았다. 킹은 내 구멍 안에서 손가락을 빼내고 재빨리 콘돔을 뜯어 착용했다. 그러고는 내 허벅지를 밀어 벌리고 그 사이로 들어와 자리 잡았다.

"어떤 자세가 좋아?"

그는 커다란 손으로 조금 전 절정을 맞이한 내 페니스를 쥐고 다시 커질 때까지 몇 차례 쓰다듬었다.

"뭐든… 원하는 대로. 힉…!"

순간 그가 나를 뒤집어 엎드리게 했고, 나는 깜짝 놀라 숨을 들이켰다.

"그럼, 이렇게 하자."

무릎을 꿇게 한 뒤, 내 엉덩이를 움켜쥔 그는 입구에 뜨거운 페니스를 맞추고 천천히 밀어 넣기 시작했다.

"젠장, 너무 조여."

킹이 이를 악물고 말했다. 그의 두꺼운 손은 내 엉덩이를 더 힘껏 움켜쥐었고, 나는 안으로 계속해서 파고드는 거대한 페니스에 침대 시트를 구겨 쥐었다.

내 구멍이 그의 페니스를 꽉 조이자, 그가 크게 숨을 들이마시고서 몸을 숙여 나를 끌어안은 자세로 안으로 더 밀고 들어왔다. 동시에 내 등 위로 그의 뜨거운 입술이 내려앉았다.

"하아… 괜찮아?"

그의 것이 반쯤 들어왔을 때 그가 물었다. 나는 떨리는 목소리로 힘겹게 대답했다.

"응….

그는 귓불을 핥고 깨물다가 손으로 내 고개를 돌려 키스했다. 동시에 그의 것이 더 깊이 들어왔고, 나는 마침내 완전히 그의 페니스를 품었다.

"움직일게."

"흣!"

그가 천천히 안팎으로 페니스를 움직이기 시작했고, 구멍 안이 그 부피감에 점차 익숙해지자 더 빠른 속도로 밀어붙였다.

"아! 킹…! 읏…아!"

그가 밀어붙이는 힘에 내 몸은 속절없이 흔들렸고, 온몸에 빈틈없이 퍼지는 쾌감에 큰 소리로 신음했다.

"너무 좋아…."

킹이 내 목덜미에 입을 맞췄고, 거친 손으로 내 엉덩이를 세게 움켜쥐었다. 그의 뜨거운 기둥이 내 구멍 안을 사정없이 찔러 올리며 음란한 소리를 냈지만, 나는 흥분에 젖어 아무 생각 없이 그의 움직임에 맞춰 엉덩이를 흔들었다.

"킹, 하… 더… 읏!"

내 몸은 더 강렬한 황홀함을 갈구했고, 부끄러운 줄 모르고 애원하며 엉덩이를 들이밀었다. 그러자 뒤에 있던 사람에게서 그르렁대는 소리가 흘러나왔다.

"더? 더 세게 해 줘?"

킹이 귓가에 속삭이며 더욱 세게 밀어붙였다.

나는 고개를 가득 젖히고 신음했다. 머릿속은 텅 비었고, 아무 생각도 할 수 없었다. 귀에는 상대의 만족스러운 신음만 들릴 뿐이었다.

이 들끓는 흥분에 녹아 버릴 것만 같다.

"킹…. 아웃…!"

갑자기 킹이 내 몸을 뒤집었고, 그 커다란 몸을 내 위로 기울여 목덜미를 지분거리고 속삭였다.

"너 가는 얼굴 보고 싶어."

그는 내 다리 한쪽을 들어 올려 어깨에 걸치고는 속도를 높여 허릿짓을 하기 시작했다.

"거기… 아, 아앗, 아!"

거대한 페니스가 내 안의 민감한 부분을 정확하게 찔러 올렸고 나는 시트를 꽉 움켜쥐었다. 그는 더 빠르고 강하게 움직였고, 나는 이제 허리를 활처럼 휘며 그의 넓은 등을 할퀴었다.

마침내 절정에 달한 나는 눈을 꼭 감고 길게 사정했다.

"너…넌…? 갈 것 같아?"

나는 숨을 헐떡이며 여전히 움직이고 있는 남자에게 물었다.

"어, 거의."

절정에 달한 내 구멍이 더욱 조여들자, 킹은 이를 악물고 빠르게 안팎으로 움직이다가 구멍 안 가장 깊은 곳까지 자신의 것을 밀어 넣었고 나를 껴안은 채 깊게 숨을 내쉬며 사정했다.

뜨거운 공기가 방 안을 가득 채웠다. 침대 시트는 잔뜩 구겨져 있었고, 나는 그 위에서 헐떡였다. 내 위에서 움직이던 남자는 내 목덜미에 얼굴을 묻고 누워 있다.

"젠장, 존나 좋았어."

깊고 허스키한 목소리가 내 귓가에서 중얼거렸다. 나는 그와의 섹스가 그동안의 그 어떤 섹스보다도 훨씬 더 기분 좋은 섹스였다는 걸 인정해야 했다.

"내려가. 더워."

나는 몸을 짓누르는 그의 몸을 밀어냈다.

"뭐? 볼일 다 봤다 이거야?"

"비켜. 무겁고 더워."

그를 밀어내려고 했지만, 킹은 계속해서 내 목 주변을 애무

했고, 예민한 피부를 부드럽게 깨물고 핥았다.

"어. 나도 더워."

그때 아직 내 안에서 빠져나가지 않고 있던 그의 페니스가 다시 커지기 시작한 것을 깨닫고 깜짝 놀랐다.

킹은 재빨리 그의 페니스를 꺼내 희뿌연 액체로 가득 찬 콘돔을 벗기고, 새 콘돔을 착용했다.

"또 딱딱해졌어. 한 번 더 해도 돼?"

"하지…흣."

항의하려고 입을 벌리는 순간 그의 굵은 손이 내 것을 붙잡고 쓰다듬었다. 미처 뱉지 못한 말이 신음으로 바뀌었다.

"거절하지 않을 거지?"

그는 내 페니스가 다시 반응하기 시작하는 것을 보고 웃으며 물었다.

나는 입술을 깨물며 퉁명스럽게 말했다.

"말만 하지 말고 빨리 들어… 아웃…."

내 말은 또다시 그의 입안으로 삼켜졌다. 킹은 나지막이 속삭이며 그의 거대해진 페니스를 다시 천천히 찔러넣었다.

"분부대로."

침대에서의 전쟁은 거의 밤새도록 계속되었다. 마지막엔 정말로 너무 지쳐서 반쯤 잠이 든 채 누워 있었고, 내 옆 사람은 침대에서 일어나 허리에 수건을 두른 뒤 서랍으로 걸어갔다.

나는 킹이 라이터와 담배를 들고 오는 것을 보고 얼굴을 구겼다.

"뭐 하는 거야?"

"담배."

막 라이터로 불을 붙이려던 그가 대답했다.

"나가서 피워."

나는 이불을 끌어 올려 얼굴을 덮고 퉁명스럽게 말했다. 내가 가장 싫어하는 것 중 하나가 담배 냄새였다. 담배 냄새를 맡으면 구역질이 난다.

"네, 네."

그는 내 요청대로 발코니로 향했다. 입에 문 담배 끝이 반짝였고, 그는 곧 얇은 흰색 막대에 입을 대고 니코틴을 흡입했다. 이어서 흰 연기가 뿜어져 나왔다.

나는 발코니에서 담배를 피우고 있는 사람의 뒷모습을 멍하니 바라보았다. 그의 등 여기저기에 긁힌 자국과 이불 아래 벌거벗은 내 몸을 보니 조금 전의 일은 진짜였다.

침대 친구 또는 섹스 파트너…. 이런 걸 뭐라고 하든 지금 나는 킹과 그런 관계를 맺고 있다.

무거워진 눈꺼풀이 천천히 감겼다. 마음속 깊은 곳에서는 아직도 내가 이 일이 잘못됐다고 경고하고 있었지만, 나는 결정을 내렸고, 이미 늦었다.

한 번쯤 미친 짓을 해 보고 싶었던 것뿐이고, 곧 다시 평범한 삶으로 돌아가게 될 것이다.

곧….

08
짜증 나는 일

대학 시절, 20대 후반의 내 모습을 상상한 적이 있다. 그때쯤이면 안정적인 직장을 갖고, 차도 있고, 심지어 내 콘도도 살 수 있을 거라고. 나는 열심히 저축하고 사랑하는 사람과의 미래를 계획하는 수도권의 평범한 직장인의 삶을 꿈꿨다.

그다지 특별한 무언가를 꿈꾼 것은 아니었는데도 그것조차 상상에 그쳤을 뿐, 현실은 너무 달랐다.

콘도를 가지고 있긴 하지만, 중소 사기업에서의 직장 생활은 완전히 안정적이라고는 볼 수 없었다. 그리고 가장 중요한 것은 나를 진심으로 사랑해 주는 사람을 만나지 못했다는 것이다.

게다가 대학 시절의 나는 경멸해 마지않는 누군가와 섹스 파트너가 될 것이라고는 단 1초도 상상하지 못했다.

"무슨 생각 해?"

사무실로 가기 위해 엘리베이터를 기다리는 동안 들려온 허스키한 목소리에 내 옆에 서 있던 목소리의 주인을 돌아보며 느릿하게 대답했다.

"아무것도."

"그래? 네가 너무 멍하길래, 어젯밤 침대에 머리라도 부딪혔나 했지."

킹은 내 쪽으로 몸을 기울여 속삭이고는 히죽거렸다. 그의 검은 눈이 지나치게 반짝였다.

이 남자는 또 이른 아침부터 신경을 긁는다.

"닥쳐."

나는 조금 기운 없이 중얼거렸다. 이런 사람과 벌써 2주째 FWB 관계를 맺고 있다는 것이 믿기지 않았다.

모든 것은 우리가 합의한 조건에 따라 흘러갔다. 직장에서 우리는 늘 그랬던 것처럼 평범하게 행동했고, 제이드조차도 킹과 나 사이에 뭔가 다른 점이 있다는 것을 알지 못했다. 퇴근 후에는 각자 차를 타고 출발했고, 킹이 일주일에 세 번씩 내 콘도에 왔다. 가끔은 내가 그의 콘도에 가기도 했고, 자고 올 때를 대비해 그의 집에 옷 몇 벌을 가져다 두기도 했다.

당연하게도 지난 2주 동안 섹스를 제외하고 우리의 관계는 조금도 변하지 않았다. 그는 여전히 나를 짜증 나게 했고, 나는 평소처럼 그에게 짜증을 냈다.

그의 행동은 정말로 평소와 똑같았다. 특히 이런 상황에는.

"좋은 아침이에요, 킹 씨."

아름다운 젊은 여성이 감미로운 목소리로 그에게 인사했다.

나는 킹이 몹시 부드럽게 인사를 건네는 소리를 듣고 시선을 돌렸다.

"좋은 아침이에요, 렁 씨. 오늘 유난히 더 아름다워 보이시네요."

킹은 달콤한 색깔의 원피스를 입은 젊은 아가씨를 보며 만족스러운 미소를 지었다. 나는 그녀가 우리 회사 위층 사무실에서 일하고 있다는 것 외에는 아는 것이 없었지만, 킹은 이 건물에 있는 모든 귀엽고 예쁜 여자와 남자를 다 알고 있는 것 같았다.

만약 제이드였다면 사교적이라고 말했을 테지만, 킹은 그냥 선수다.

"그렇게 칭찬해 주시니 너무 부끄럽네요."

매력적으로 보이는 그녀의 뺨이 붉어졌다. 방금 그 칭찬을 건넨 남자는 그 여자가 부끄러워하는 모습을 보고 더 활짝 웃었다. 나는 고개를 돌리고 한숨을 폭 내쉬었다.

왜 매번 그가 여자에게 추근거리는 걸 목격해야 하는 걸까. 진짜 너무 짜증 나네!

"사무실로 가시나요?"

"아뇨, 커피를 사려고 기다리다가 킹 씨를 보고 인사하러 온 거예요."

그녀는 수줍게 대답했다.

동시에 엘리베이터 문이 열렸다. 이런 시시콜콜한 대화를 듣는 것이 지겨워진 나는 곧바로 엘리베이터 안으로 들어갔다. 그리고 뒤따라 들어오는 사람들을 위해 엘리베이터 뒤쪽 모퉁이에 자리를 잡았다. 킹은 렁 씨에게 작별 인사를 하고 엘리베이터를 탔다. 그러고는 내 옆에 멈춰 서서 그 짜증을 부르는 미소를 가득 지어 보였다.

이럴 줄 알았으면 어제 그의 등 대신 얼굴을 긁었어야 했는데. 그랬다면 적어도 이런 짜증 나는 얼굴은 안 봐도 됐을 것 같아서 몹시 후회스러웠다.

사람들은 끊임없이 엘리베이터 안으로 들어왔고, 점점 붐비기 시작했다. 사람들에게 밀린 킹이 나를 압박했고, 나는 엘리베이터 벽과 킹 사이에 끼어 버렸다. 내 어깨가 그의 넓은 어깨에 짓눌린 상태로 엘리베이터 문이 닫혔고 위로 올라가기 시작했다. 나는 가만히 서서 바뀌는 층수를 쳐다보다가 등 뒤로 무언가 닿는 느낌에 깜짝 놀랐다.

옆에 서 있던 남자의 두꺼운 팔이 내 등을 타고 내려와 허리를 휘감더니, 허리와 엉덩이 사이 애매한 부분을 가볍게 움켜쥐었다. 내가 고개를 들어 노려보자 그는 눈썹을 한번 찡긋거리고는 손을 내렸다.

띵!

15층에서 엘리베이터 문이 열렸다. 나는 서둘러 그곳을 빠져나와 주위를 둘러보며 아무도 없는지 확인했다. 그리고 뒤따라오던 사람에게 시선을 돌려 차갑게 물었다.

"뭐 하는 거야?"

"아무것도 안 했어. 그냥 우연히 손이 닿았을 뿐."

그는 아무리 봐도 너무나 인위적으로 보이는 순진한 얼굴로 엷은 미소를 지으며 대답했다.

"우연? 일부러 했겠지."

나는 눈살을 가득 찌푸렸고, 그는 여전히 가볍게 미소를 지은 채 내 귀에 속삭였다.

"벽 쪽으로 너무 밀리길래 다칠까 봐 보호하려고 한 거야. 너무 그러지 마. 밤에는 더한 것도 했잖아, 기억 안 나?"

그의 커다란 손이 다시 내 허리 위에 내려앉았다. 나는 재빨리 그의 손을 뿌리치고 몹시 화가 난 얼굴로 그를 노려봤다.

"회사에서 이런 짓 하지 말라고 했잖아."

"알았어, 알았어. 미안. 그럴 생각은 없었어. 실수야, 정말로."

그는 말을 마친 뒤 해맑게 웃었다.

나는 깊게 숨을 들이마시고는 그에게 다가갔다.

"아!"

"미안. 내 발도 우연히 거기에 닿았네."

온 힘을 다해 그의 발을 짓밟은 나는 그의 구겨진 얼굴을 보며 냉랭하게 말했다. 그리고 등을 돌려 재빨리 사원증을 태깅하고 사무실로 향했다.

오늘은 아침부터 기분이 별로였다. 그다지 좋은 하루가 될 것 같지 않았다.

예상했던 일은 정말로 일어났다.

심지어 나에게만 안 좋은 날이 아니라 모두에게 좋지 않은 날이었다. 오늘은 연봉 조정안 발표일이었다. 모두가 기대하고 있었지만 실제 연봉을 듣고 나니 어느 때보다 절망적이었다.

사장님을 만나고 돌아오는 제이드는 몹시 좌절한 모습이었다. 올해 인상률이 1퍼센트에 불과했기 때문이다. 그는 연봉 인상분으로 뮤추얼 펀드에 투자하고 싶다고 말했지만, 이렇게 인상이라고 하기도 어려운 정도라면 불가능한 일이었다. 사무실로 돌아온 그는 상당히 실망한 얼굴로 의자에 몸을 던졌다.

"힘내. 오르긴 올랐잖아."

나는 똑같이 실망스러운 마음을 안고 그를 위로했다. 제이드는 슬프게 고개를 끄덕였다.

인상 폭이 너무 작았기 때문에 점심으로 호화롭게 백화점에서 바비큐를 먹으려던 계획도 무산됐고, 결국 오늘도 회사 근처 포장마차에서 닭고기가 들어간 국수를 먹기로 했다.

내 맞은편에 앉은 제이드는 거칠게 숨을 몰아쉬며 매운 쌀국수를 먹었고, 마이는 가끔 그에게 티슈를 건네고 땀을 닦아 주었다. 나는 그 모습을 힐끔거리다가 붉은색 고추로 뒤덮인 제이드의 국수 그릇을 보고 깜짝 놀랐다. 고추가 굉장히 많이 들어가 있었는데, 그는 원래 매운 음식을 잘 먹지 못했다.

"제이드, 너 지금 쌀국수한테 당하기라도 하는 거냐? 왜 이렇게 신음 소리를 내고 그래?"

내 옆에 앉아 있던 남자의 더러운 입이 또 멋대로 움직였다. 이름이 언급된 사람이 휙 고개를 들었다.

"엄청 맵다고, 날씨도 덥고! 신음한 거 아냐!"

제이드는 입에 국수를 가득 머금은 채 말했다.

"너, 사람들이 섹스할 때 어떤 신음을 흘리는지는 알아? 다 너 같은 소리를 낼걸?"

킹은 계속해서 제이드를 놀렸고, 제이드의 하얀 뺨이 눈에 띄게 붉어졌다.

"웃기지 마!"

"애인도 없는 네가 어떻게 알아?"

"나도 야동 본 적 있거든, 이 멍청아. 그런 걸로 나 놀리지 마!"

그는 자신 있게 소리쳤다.

나는 입술을 오므려 새어 나오는 웃음을 감추려고 노력했다.

"아, 젠장. 너 어느 웹사이트를 본 거야, 제이드. 내가 확인해 줄게. 하하하!"

킹이 낄낄거렸다.

제이드는 자신이 놀림을 받고 있다는 사실을 깨닫고 눈을 크게 떴고, 결국 마이까지 웃음을 터뜨리자 그의 얼굴이 아까보다 더욱 붉어졌다.

"킹, 이 나쁜 자식. 넌 진짜 못됐어, 꺼져!"

놀림을 받은 제이드가 악에 받쳐 소리쳤고, 테이블 밑으로 킹을 몇 번이나 걷어차는 바람에 테이블 위에 놓인 것들이 흔들렸다. 옆 테이블 사람들이 우리를 쳐다보기 시작했다. 나는 킹을 노려보며 그만하라고 신호를 보냈지만, 그는 그 근본적인 메시지를 무시하고 계속해서 제이드를 놀렸다.

"제이드, 뭘 그렇게 부끄러워해? 세상 모든 남자들이 야동을 보… 아!"

내가 그의 어깨를 세게 내려치자 그가 큰 소리로 비명을 질렀다.

"조용히 좀 먹으면 안 돼? 그게 그렇게 어려워? 적당히 좀 해."

나는 짜증스럽게 말했다.

킹은 혀를 찼지만 그를 놀리는 것은 멈췄다.

두 사람은 서른 가까이 먹고도 종종 이렇게 어린아이처럼 치고받았다.

나는 제이드에게 마실 물을 건네는 마이를 보다가 내 국수 그릇으로 고개를 돌렸다. 하지만 막 국수를 집으려던 찰나 엉덩이를 스치는 느낌에 놀라 굳어 버렸다.

"왜 그래, 으아?"

제이드가 젓가락을 꽉 쥐고 가만히 있는 나에게 물었다.

"아무것도 아냐."

나는 침착하게 대답했고, 제이드가 국수로 주의를 돌리는 것을 확인하고서야 그 손의 주인을 노려봤다.

당장 손 떼!

테이블 맞은편에 있는 두 사람을 조심스럽게 흘긋거리며 어금니를 꽉 물고 최대한 소리를 죽여 말했다. 하지만 킹은 손을 떼지 않을 뿐만 아니라 내 허리를 쓰다듬기까지 했다.

이게 진짜….

"제이드 선배, 물 좀 드세요."

그때 마이가 부드러운 목소리로 말하며 자리에서 일어났다.

키가 큰 인턴이 자리에서 일어서자 킹은 내 몸에서 손을 떼고 아무 일도 없었다는 듯 계속해서 국수를 먹었다. 나는 어쩔 수 없이 불만을 속으로 삭였다.

도대체 왜 이러는 걸까? 가끔 진심으로 그를 걷어차고 싶다.

음식값을 치른 후에는 단골 가게에 밀크티를 사러 간 제이드를 기다리며 아이스티 한 잔을 샀다. 곧 그가 돌아왔고, 손에 든 밀크티를 한 모금 마시면서 말했다.

"너희들 먼저 들어가. 나는 약국에 좀 들렀다 갈게."

"약국은 왜요?"

그의 말이 끝나기가 무섭게 인턴이 곧바로 물었다. 마이의 걱정스러운 표정에 나는 몰래 웃었다.

이렇게 내 친구를 세심하게 살피는 모습을 보니 그를 믿을 수 있겠다는 생각이 들었다. 덧붙여서 이런 마이는 좀 귀여웠다.

"아니야, 나 괜찮아. 그냥 보고 싶은 게 있어서."

제이드도 나와 같은 생각을 한 듯, 다정한 눈빛으로 인턴의 머리를 부드럽게 쓰다듬었다.

"아, 그거."

킹의 말끝에 두 달 전, 제이드가 누군가에게 큰일을 당할 뻔한 길 잃은 강아지를 구하느라 지저분해진 옷을 입고 늦게 출근했던 일이 떠올랐다. 그날 제이드는 자신이 아는 약국 주인에게 임시로 강아지를 보호해 달라고 부탁했다. 이후 강아지를 입양할 사람을 찾았지만 연락하는 사람은 아무도 없었고, 결국 약국 주인이 그 개를 입양하게 되면서 그 일은 마무리되었다.

"응, 안 본 지 한 달 넘었어. 벌써 다 컸을 거야."

"그러게. 동물은 빨리 자라니까. 아마 더 이상 강아지가 아닐지도…."

나의 말에 제이드는 아쉬운 얼굴로 중얼거렸다.

"그런가…?"

지난 한 달 동안 우리 그래픽팀은 정말 바빴다. 점심 식사 후에도 서둘러 사무실로 돌아가 일을 해야 했기 때문에 제이드는 강아지를 보러 갈 시간이 없었다.

"나랑 강아지 보러 갈래?"

"아니, 난 개 안 좋아해."

킹이 즉시 대답했고, 제이드는 나를 쳐다보며 물었다.

"으아는?"

"난 안 되는 거 알잖아."

제이드는 잠시 당황한 표정을 지었지만, 내가 왜 같이 갈 수 없는지 깨닫고 미안한 얼굴로 머쓱하게 웃었다.

"아, 맞다. 털 알레르기 있지. 헤헤, 미안."

그는 위로하듯 내 어깨를 두드렸다. 제이드는 건망증이 있었다. 우리는 수년을 알고 지냈고, 심지어 룸메이트이기까지 했지만, 그는 내가 털 알레르기가 있다는 사실을 자주 잊어버렸다. 아직 나이도 어린데 말이다.

"알겠어. 그럼 넌 킹이랑 먼저 돌아가. 너는…."

"같이 가도 돼요?"

마이는 제이드의 말이 끝나기도 전에 재빨리 물었다. 그 말투에서 그가 얼마나 내 친구와 함께 시간을 보내고 싶어 하는지 여실히 느껴졌다.

하지만 역시나, 내 친구는 아무것도 깨닫지 못했다.

"당연하지. 너희는 잘 가. 가는 길에 서로 죽이진 말고."

제이드가 우리 두 사람을 향해 진지하게 말했다.

"네 걱정이나 해. 마이, 네 선배 잘 챙겨라. 걔 완전 바보니까, 길 건널 때 차에 안 치이게 잘 데리고 다녀."

킹은 점심이 부족했는지 제이드에게 또다시 욕을 들어 먹었다.

나는 눈앞의 상황에 급격하게 몰려오는 피로를 느끼며 고개를 절레절레 흔들고 뒤돌아 사무실로 향했다.

"같이 가."

킹이 성큼성큼 걸어와 금방 나를 따라잡았다.

"강아지 좋아해?"

"응, 귀엽잖아. 넌 왜 안 좋아하는데?"

"나도 좋아해."

"근데 아깐…."

"내가 왜 제이드랑 같이 가? 마이가 제이드한테 점수 좀 얻게 도와줘야지. 한 달이 넘었는데도 아직 진전이 없잖아."

그는 킥킥거리며 대답했다.

그래, 이거였구나. 그러고 보니 마이와 킹이 어쩐지 좀 친해 보이는 것 같아서 의구심이 들었다.

나는 내 옆에서 걷고 있는 사람을 찬찬히 탐색했다. 마이가 좋은 사람이라는 것은 알고 있지만, 지금 내 옆을 걷고 있는 사람은 아니다. 그런 두 사람이 친해 보인다는 사실에 나는 갑자기 편집증에 빠졌다. 킹이 마이의 머리에 어떤 이상한 생각을 심어 놓았는지도 모르는 일이기 때문이다.

"왜?"

그가 내 의심스러운 표정을 발견하고 물었다.

"아무것도."

나는 그렇게 대답하고 아이스티를 한 모금 마셨다. 곁눈질로 보니 옆에 있던 키 큰 남자가 살짝 몸을 돌려 뒤를 살피더니, 내 쪽으로 몸을 기울여 은밀하게 속삭였다.

"내가 강아지를 좋아하는 이유가 뭔지 궁금하지 않아?"

"뭔데?"

"자세. 내가 제일 좋아하는 자세거든."

"콜록! 콜록, 콜록!"

"놀랐어? 하하하."

그는 내가 기침을 토해 내는 것을 보고 낄낄거리며 두꺼운 손으로 내 등을 쓸어내렸다.

"콜록! 미친…!"

나는 고개를 돌려 능글맞게 웃고 있는 사람에게 욕설을 퍼부었다. 그는 기침을 하느라 얼굴이 벌겋게 달아오른 나를 보고 웃음을 터뜨렸다.

진짜 미친놈!

"아!"

화가 나서 그의 어깨를 세게 내려치자 그가 비명을 질렀다.

"진정해, 진정."

"또라이 새끼!"

나는 혹시 누군가 듣지는 않았을까 걱정스러운 마음으로 주변을 살폈고, 다행히 아무도 없어서 안심했다.

"이런 얘기 공개적인 장소에서 하지 말라고 했잖아!"

"아무도 없었어. 나 규칙 어긴 거 없다?"

두꺼운 팔이 내 어깨에 얹혔다. 킹은 능청스럽게 웃으며 내쪽으로 몸을 굽히고는 허스키한 목소리로 속삭였다.

"너도 좋아하는 거 알아. 그 자세로 할 때마다 네 신음도 장난 아니거든."

"한마디만 더 하면 이 아이스티, 네 머리 위에 부어 버릴 거야."

나는 그를 밀어내고 혐오스러움을 가득 담아 노려보았다. 킹은 기쁜 듯 눈을 반짝이며 킥킥거렸다.

"알았어, 알았어. 더 이상 얘기 안 할게."

그는 항복한다는 뜻으로 두 손을 들었다.

나는 갑갑한 마음에 심호흡하고 그 자리를 벗어났다.

킹 같은 사람에게 상대가 없다는 건 다행이다. 이렇게 화를 돋우는 사람이 옆에 있다는 건 정말 불행하기 짝이 없는 일일 테니까.

12시 30분. 점심 식사를 마친 일부 직원들이 사무실로 돌아왔다. 나는 몹시 격분한 채로 키 큰 남자를 앞서 건물로 들어왔다. 그리고 엘리베이터로 걸어가는 중에 누군가의 모습이 눈에 들어왔다.

"저기 네 소녀가 있네. 가서 얘기 좀 하지 그래?"

나는 카페 앞에 서 있는 예쁜 아가씨를 보고 킹에게 말했다. 개인적으로 아는 사람은 아니지만, 아래층 회사에 다니고 있다는 것은 알고 있었고, 킹에게 인사하는 모습을 거의 매일 아침 봤다. 그녀는 킹에게 상당히 매력을 느끼고 있는 것 같았다.

"됐어. 빨리 가자."

그 대답에 조금 놀랐지만, 그의 짙은 눈썹이 찌푸려진 것을 보니 무심한 얼굴에 뭔가 다른 뜻이 있음을 알 수 있었다.

어쩌면 저 여자를 별로 좋아하지 않을지도.

…안 좋아한다고?

"킹, 커피 마실래?"

나는 일부러 큰 소리로 그의 이름을 불렀고, 그 여자가 곧장 이쪽으로 돌아서는 것을 보며 입꼬리를 올렸다.

"젠장!"

그가 곧장 눈을 부라렸고, 나는 아무것도 모르는 척하며 그를 똑바로 마주 봤다.

너, 사람들 놀리는 거 좋아하잖아. 내가 알려 줄게. 당하는 게 어떤 기분인지.

나는 그 여자가 킹에게 다가오는 것을 보고 즐거워했다. 그리고 혼자 엘리베이터로 가려고 했지만, 그가 더 빨랐다.

"매니저님!"

"오, 쿤나콘 씨."

나는 미간을 잔뜩 찌푸렸다. 우연히 엘리베이터를 기다리고 있던 매니저에게 곧장 걸어간 킹이 웃으며 그와 대화를 하기 시작했고, 그 여자는 그 모습을 보고 다가오기를 포기한 것 같았다.

젠장, 이렇게 빠져나가다니.

엘리베이터에 타서도 자연스럽게 매니저와 대화를 계속하는 킹을 보며 꽤 짜증이 났다. 그를 곤란하게 만드는 일을 실패한 것이 몹시 아쉬웠다.

너, 이번엔 운이 좋았던 거야.

우리 사무실이 있는 층에 도착한 후 나는 킹과 매니저를 두고 내 책상으로 돌아왔다. 자리에 앉자마자 진행 중이던 작업을 이어 했다.

얼마 지나지 않아 그가 사무실로 돌아왔다. 나에게 곧장 걸어온 그의 검은 눈은 조금 짜증스러워 보였다.

"나한테 복수하고 싶었어?"

"네가 생각하기 나름이지."

나는 단조로운 말투로 대답했다.

킹이 혀를 차며 무슨 말을 하려던 찰나에 누군가가 사무실로 들어왔고, 큰 소리로 말했다.

"형! 저 방금 그 여자 봤어요. 우리 아래층 사무실에 있는, 형 좋다고 따라다니던 예쁘게 생긴 여자요. 이름이 뭐죠? 기억이 안 나네요."

후배 프로그래머인 건이 킹에게 곧장 다가와 이야기했다.

그가 깊은 한숨을 내쉬고는 자신의 책상으로 돌아가며 무심하게 대답하는 소리가 들렸다.

"모."

"아, 맞다. 요즘 형 바쁘냐고 묻던데요. 며칠 동안 카페에 안 보인다고."

"뭐라고 했는데?"

"너무 바빠서 돌아다닐 시간이 없다고 했죠."

"아, 잘했네."

그의 목소리에 너무나 분명한 안도가 담겨 있어서 조금 놀랐다.

"그 사람 별로예요? 되게 예쁘잖아요. 같은 회사도 아니고."

건은 내가 궁금해하던 것을 대신 물어 주었다. 킹이 이런 여자를 그냥 피한다는 것은 아주 이상했다. 나는 킹이 모든 사람에게 상냥하게 구는 것만 봐 왔을 뿐, 이렇게 누군가를 피하는 것은 본 적이 없다.

"너무 과해. 내 타입 아냐. 잘 모르는 사이인데도 너무 꼬치 꼬치 캐물어. 사귀는 사이도 아닌데 벌써 이러면, 데이트라도 한번 했다간 어떻겠어?"

그는 생각만 해도 피곤하다는 말투로 대답했다.

아, 이 선수는 누가 자기한테 매달리는 걸 별로 안 좋아한단 다. 하지만 내 생각에 킹 같은 선수한테는 그런 사람이 딱이다.

"그건 그렇죠."

건은 동의한다는 듯 고개를 끄덕였다.

나는 컴퓨터 화면 속 내 업무로 주의를 돌리려고 했지만, 이어진 건의 다음 질문에 나도 모르게 귀를 기울였다.

"그나저나, 형. 그럼 어떤 타입이 좋아요?"

"그건 왜?"

"아니, 같이 클럽 가면 상대를 고르는 데 얼마 안 걸리길래 딱 기준이 있는 건가 해서요. 아니면 아무나 고르는 거예요?"

"그건 원나잇이잖아. 무슨 생각을 해?"

킹은 가볍게 웃었다. 나는 그의 습관에 혐오감을 느끼며 혀 를 찼다.

그래서 뭐, 사람이기만 하면 된다, 이거야?

"그럼 특별히 타입은 없어요?"

"있지."

"뭔데요?"

나는 더 이상 대화에 흥미를 잃고 작업에 열중했다. 동시에 뒤쪽에 있던 사람의 낮은 목소리가 무언가를 말했다.

"섹시해 보이려고 하지 않아도 자연스럽게 섹시한 사람. 가만히 앉아서 아무것도 안 하고 있어도 나를 끌어당기는 사람. 그런 사람이 좋아."

뒤쪽에서 누군가의 시선이 느껴졌다. 주변의 공기도 평소와 달라진 것 같았다. 그 기묘한 분위기에 가슴이 답답했지만, 건의 목소리가 그 묘한 분위기를 깨뜨렸다.

"아아, 그런 사람! 좋네요."

건은 큰 소리로 말한 뒤 웃으며 걸어와 내 어깨를 두드렸다.

"우리 사랑스러운 으아 형은요? 있어요?"

"선수만 아니면 돼."

나는 간결하게 대답했고, 건이 웃음을 터뜨렸다.

"완전 명료하네요. 킹 형은 확실히 안 되겠어요. 하하하!"

그는 뒤로 돌아가 킹의 어깨를 두드렸고, 킹은 슬픈 표정을 지으며 나를 바라보았다.

"으아, 나 진짜 상처받았어. 마음이 너무 아파."

"내 알 바 아냐."

나는 곁눈질로 그를 보고는 시선을 돌려 다시 컴퓨터 화면 속 작업에 집중했다.

애초에 왜 그들의 대화를 귀담아들었는지 알 수 없다. 어쨌든 킹 같은 사람은 나와는 전혀 상관이 없다.

보통 오후에는 일을 하는 것이 따분해졌다. 그건 우리가 이미 오전 내내 일을 했기 때문에 지쳐서일 수도 있고, 점심을 먹고 나서 배도 부르고 졸음이 쏟아져서일 수도 있다. 때마침 제이드가 졸리다며 마이에게 그의 책상 위에 놓인 사탕을 달라고 말했다. 나도 조금 졸려서 잠시 화면 밖을 보다가 얼마 전 구입한 작은 대나무 화분을 보며 눈을 깜빡거렸다. 하지만 졸음은 쉽게 가시지 않았고, 나는 결국 화장실에서 세수를 하고 오기로 했다.

수돗물을 틀고 상쾌한 기분이 들 때까지 얼굴에 물을 끼얹어 졸음을 쫓았다. 그리고 종이 타월을 가져와 얼굴을 닦고 다시 일을 하러 가려는데 킹이 텀블러를 들고 화장실로 들어왔다.

"일이 너무 많아. 오늘은 야근해야 할 것 같아."

그는 텀블러를 씻으면서 투덜거렸다.

"넌? 더 있어야 돼?"

"아니. 오늘은 급한 일 없어서."

"좋겠네. 먼저 가 있어. 일 끝나면 네 집으로 갈게."

"왜?"

내 질문에 그의 굵은 눈썹이 살짝 치켜 올라갔다.

"이상한 질문이네. 우리가 밤에 뭘 하는데?"

그가 미소를 지은 채 되물었고, 이어진 나의 대답에 그 미소가 사라졌다.

"오지 마."

"하? 왜?"

"하루 종일 짜증을 돋워 놓고, 내가 너랑 할 기분이 들 것 같아?"

나는 말을 할수록 화가 나서 덧붙였다.

"내가 회사에서 이상한 짓 하지 말라고 했는데, 들은 척도 안 했잖아."

"아, 그러지 마. 내가 미안하…."

"그만두란 말도 안 들어 놓고, 미안해? 약속 지킬 의지도 없으면서 사과하지 마."

나는 상대가 당황스러워할 정도로 냉랭하게 말했다. 그가 나에게 해를 끼치려던 의도는 없었다는 것을, 그냥 놀리는 걸 좋아하는 것뿐이라는 사실은 알고 있다. 하지만 때때로 이런 킹의 행동에 진심으로 짜증이 났고, 무엇보다 누군가 우리의 관계를 알게 되거나 의심하게 되는 일을 원치 않았다. 그러니 내가 그런 일을 얼마나 싫어하는지 똑똑히 말하지 않는다면, 그는 계속 이런 식일 게 분명했다.

"그래서, 정말로 네 집으로 가면 안 돼?"

그가 몹시 진지한 얼굴로 물었다.

한숨을 쉬며 그 질문에 답하려는데 바지 주머니에 넣어 둔 휴대폰에서 진동이 울렸다.

나는 휴대폰을 꺼내 발신자의 이름을 보고는 입술을 세게 깨물었다.

"어머니잖아. 안 받아?"

킹이 내가 휴대폰을 쳐다만 보고 있는 것을 보고 되물었다. 숨을 거칠게 내뱉고 막 전화를 받으려는데 전화가 끊겼다.

몇 초 후, 라인 앱에 수신되는 메시지 알림이 계속 떠올랐다.

'왜 매번 내 전화 안 받아?!'

'언제 집에 올 거야?'

'그래, 이제 어른이니까 부모도 다 필요 없다 이거야?'

'이번 토요일에 집으로 와. 네 아버지가 계속 네 소식을 묻잖아. 짜증 나게 진짜!'

엄마가 집에 오라고 하는 것이 이번이 처음은 아니었다. 그녀는 하나뿐인 아들을 그리워하는 것이 아니라, 오랫동안 집에 들르지 않은 의붓아들을 보고 싶어 하는 남편을 기쁘게 하고 싶은 것뿐이었다. 엄마가 지난 2주 동안 벌써 세 번이나 이런 메시지를 보낸 것은 그 인간이 나를 정말, 너무나 보고 싶어 하고 있다는 뜻이었다. 나는 그 얼굴을 보는 상상만 해도 구역질이 날 정도인데 말이다.

"무슨 일이야?"

고개를 저으며 휴대폰을 바지 주머니에 다시 넣었다.

"아무것도 아니야. 엄마가 집에 오라고 해서."

"아, 그럼, 집에 가야지. 우린 다른 날 하면 되니까."

그는 수도꼭지를 잠그고 텀블러를 챙겨 화장실을 나가려고 했다.

나는 잠시 망설이다가 그의 이름을 불렀다.

"어?"

"오늘…. 오고 싶으면 와."

놀란 얼굴로 나를 바라보던 그의 눈매가 가늘어졌다.

"집에 안 가?"

"안 가. 안 간 지… 오래됐어."

그곳이 사실은 내 집이 아니라는 걸 알리고 싶지는 않았다. 그저 엄마의 새 가족이 사는 집이고, 다시는 가고 싶지 않은 추악한 기억들만 남아 있는 곳이다.

오랜 세월이 흘렀음에도 그곳에 발을 디딜 때마다 여전히 기분이 더러웠다.

"미안."

킹은 무엇 때문에 사과하는 건지는 말하지 않았지만, 지극히 사적인 가족사를 조심성 없이 물어본 것을 사과하고 싶어 한다는 것을 알 수 있었다.

나는 고개를 저으며 괜찮다고 말하고 담담하게 덧붙였다.

"도착하면 전화해. 데리러 내려갈게."

그렇게 말하고 화장실을 나와 곧바로 책상으로 돌아왔다.

처음엔 킹이 오늘 한 일에 진저리가 나서 오지 못하게 하려고 했다. 그에게 교훈을 주고 싶었던 거다. 하지만 엄마의 메시지를 본 후엔 너무 끔찍한 감정에 압도되어서 킹에게 오라고 말해 버렸다.

오늘 밤엔 혼자 있고 싶지 않다….

나는 책상에 앉아 다시 일을 시작했다. 잠시 후 킹이 사무실로 들어와 책상으로 걸어가는 발소리가 들렸다. 나는 고개를 들어 그를 쳐다봤고, 잠시 눈이 마주친 그는 시선을 돌리고 그대로 자신의 책상으로 돌아갔다.

지잉.

'오늘 밤에 봐.'

뒷자리에 앉은 사람이 보낸 메시지를 잠시 바라보다가 휴대폰 화면을 잠그고 조금 더 편안한 마음으로 일을 했다.

비록 우리는 그렇게 친한 사이가 아니고, 그는 늘 짜증을 돋우지만 적어도 언제 어떻게 행동해야 하는지는 잘 알고 있는 사람이었다. 그는 언제 나를 놀려도 되는지, 언제 진지해야 하는지 알고 있다. 침대 매너에 관해서는, 그는 내 전 애인들처럼 자신의 즐거움에만 관심을 둔 적이 없다. 그는 나에게도 관심을 가졌고, 항상 내가 원하는 것이 무엇인지 알고, 그것을 주었다.

그와의 섹스는 굉장했고, 그때마다 내가 생각하고 싶지 않았던 괴로운 일들을 잠시나마 잊을 수 있었다. 그에게서 받는 뜨거운 손길 외에는 아무것도 느낄 필요가 없는 세상으로 떠오르면 그 엄청난 황홀함에 지배당해 괴로운 일들을 완전히 잊어버리게 된다.

짧은 순간이겠지만, 나에게는… 그것만으로도 충분했다.

09
낯선

나는 어렸을 때부터 주변 사람들과 소통하는 데 어려움을 느꼈다. 타고나길 내성적이었고, 마음의 벽이 굉장히 높아서 먼저 말을 걸고 대화를 시작한 적이 거의 없는 외톨이였다. 친숙하지 않은 사람과 대화를 계속하는 것이 어려우니 사람들과 어울리는 것보다 혼자 있는 것을 선호하지만, 회사에서는 다른 사람들과 함께 일을 해야 하기 때문에 그것이 불가능했다. 하지만 수년 동안 일을 했어도 그다지 친하지 않은 동료들과 대화하는 것은 여전히 불편했다.

동료들은 서로 다른 출신과 배경, 습관을 가졌고, 나처럼 내성적인 사람도 있지만 외향적인 사람도 많았다. 그리고 나는 이것이 우리 회사가 매년 아이스 브레이킹 활동을 조직하는 이유라고 생각했다. 직원들이 업무 스트레스를 푸는 동시에 다른 동료에 대해 알아 갈 기회를 주어 조직 내 협업 스킬을 강화하는 것이었다.

이런 목적으로 우리 회사는 매년 두 가지 주요 활동을 조직했는데, 하나는 임직원 여행, 다른 하나는….

"임직원 단합 체육대회 일정이 나왔어. 게시판에 올려놨으니까 각자 자기가 속한 팀 확인해. 팀 유니폼은 오후에 배포할 거니까 나한테 와서 서명하고 가져가도록 하고."

내가 사무실 뒤편 정수기에서 컵에 물을 받는 동안 바스 선배가 말했다. 나는 근처에 있는 게시판을 보며 따분하게 한숨을 쉬었다.

학생 시절에도 이런 활동에 참여하는 것을 좋아하지 않았다. 피할 수 있다면 어떤 핑계를 대서라도 피했지만, 회사에서도 그렇게 행동하는 건 인사 평가, 나아가 연봉에까지 영향을 미치기 때문에 아무리 괴로워도 참여해야만 했다. 그나마 임직원 체육대회에서 승리한 팀에게는 500바트라는 소액의 상금이 수여되었기 때문에 그렇게 나쁜 것만은 아니었다.

"으아, 사진 좀 찍어 줄 수 있어?"

제이드가 사무실 앞쪽에서 소리쳤다. 나는 휴대폰을 들고 게시판의 공지 사항을 찍어 책상으로 돌아갔다. 책상에 앉자마자 사람들이 내 주위로 몰려들었다.

"남완, 우리 같은 팀이야!"

"왜 너희들만 같은 팀이야?"

"바스 선배, 진짜 나빠요. 나 또 킹 선배랑 떨어뜨려 놨잖아요!"

"이봐요, 아가씨들. 나도 좀 보자."

파이 선배가 후배들을 밀어내고 내 휴대폰에 몸을 기울였다.

"오! 난 블루팀이야. 제이드, 너도!"

"아아, 안타깝다…가 아니라, 완전 행운이죠!"

"제이드, 나 다 들었어!"

"파이 선배, 저는요?"

"넌 팀이 없어, 사회자인걸? 유감이네, 건."

"이런 젠장. 또 사회자예요? 작년에도 못 놀았는데!"

건이 지긋지긋하다는 말투로 불평했다.

파이 선배는 낄낄 웃더니 내 손에서 휴대폰을 가져가 목록을 계속 읽었다.

"바스 선배는 블루, 제이드랑 킹도 블루. 아아아! 근데 왜 내 마이만 오렌지팀에 들어간 거예요, 바스 선배?!"

파이 선배가 큰 소리로 울부짖었고, 팀을 짠 당사자인 바스 선배는 아무 말 없이 웃기만 했다.

사내 체육대회에서는 무작위로 팀으로 구성해 다른 부서의 사람들을 사귈 기회를 만들었다. 따라서 같은 부서에 있는 많은 사람이 동료들과 서로 다른 팀으로 분리되는 것은 놀라운 일이 아니었다. 나는 무의식적으로 마이를 보았다. 그는 파이 선배와 웃으며 이야기하고 있는 제이드를 보고 있었는데, 얼굴에는 내 친구와 같은 팀이 아닌 것에 실망한 기색이 역력했다.

"몽콘 선배랑 으아도 오렌지팀? 명단을 보니 올해 최우수 응원상은 블루팀 거네!"

파이 선배는 나에게 휴대폰을 돌려준 뒤 턱을 치켜들고 우월감에 젖은 얼굴을 지어 보였다. 나는 그녀의 말에 동의할 수밖에 없어 엷게 웃었다. 제이드와 파이 선배가 있는 응원팀은 승리가 보장된 것이나 다름없었다. 그 두 사람은 이런 사교 활동이나 파티의 꽃이자 생명이었고, 그 순간만큼은 사내 최고의 연예인이었다.

"으아, 마이 잘 부탁해."

사람들이 각자의 책상으로 돌아가고, 제이드가 돌아서서 나에게 말했다. 그의 미소는 너무 빛이 나서 아주 생기 있어 보였다.

"그래."

"같은 팀이 아니어서 아쉬워요."

마이의 말에 제이드는 그를 돌아보고 웃으며 인턴의 어깨를 두드렸다.

"넌 항상 나랑 있었잖아. 가끔은 좀 떨어져서 다른 부서 사람들도 알게 되는 게 좋아. 게다가 으아가 같이 있을 거니까, 외롭지 않을 거야. 내 말 믿어. 그날은 새로운 사람들도 사귀고 즐거운 시간을 보내느라 난 잊어버리게 될걸!"

"잊다뇨, 제가 어떻게 선배를 잊어요…."

마이는 심각한 표정으로 중얼거렸지만, 제이드는 전혀 눈치채지 못한 듯 체육대회를 즐기지 못한다며 여전히 징징거리고 있는 건을 놀렸다.

"왜들 이렇게 소란이야?"

화장실에 갔던 킹이 체육대회 이야기로 떠들썩한 사무실로 들어서며 물었다.

"체육대회 팀 명단이 공개됐어요. 전 또 출전할 수 없다고요!"

건은 실망스러운 표정으로 마우스를 딸깍거리며 대답했다.

"너 사회자 아냐? 그게 왜 문제야? 그냥 앉아서 말만 하면 되는데. 피곤할 일도 없고."

"전 2년이나 사회자만 했다고요."

"난 어느 팀인데?"

"넌 나랑 같은 블루팀. 마이랑 으아는 오렌지팀이야."

제이드가 대답했다.

"오… 그래?"

킹은 의도적으로 말끝을 늘였다. 내가 의자를 돌려 그를 보자, 그는 내 눈을 마주 보며 눈을 치켜떴다.

"으아, 나랑 같은 팀이 아니라고 슬퍼할 필요는 없어."

"걱정 마. 전혀 슬프지 않으니까."

나는 단호하게 대답했다.

그는 웃으며 다시 책상에 앉아 작업을 시작했다.

제이드랑 같은 팀이 아니어서 아쉬웠지만, 킹이랑 다른 팀인 건 아주 만족스러웠다. 체육대회가 열리는 하루 동안은 아무도 내 신경을 건드리지 않을 테니까. 나는 그것이 너무 기뻤다.

요즘 그래픽팀은 모두가 거의 매일 야근을 해야 할 정도로 일이 많아서 하루하루가 아주 빠르게 지나갔다. 오늘 아침에 일어나 달력을 보니 벌써 내일모레가 임직원 체육대회가 있는 날이었다.

"킹, 티셔츠는 언제 가져갈 거야?"

나는 봉투 안에 가지런히 개어진 채 내 집에 방치되어 있는 파란색 티셔츠를 보고 그 티셔츠의 주인에게 물었다. 킹이 상체를 헐벗은 채로 한 손에 흰색 셔츠를 들고서 막 침실에서 나왔다.

"아, 여기 있었네. 집에 있는 줄 알았어."

그는 손에 들린 셔츠를 입으면서 내 집에 두고 간 자신의 물건을 힐끔거렸다.

"가져가. 내일모레 입어야 하잖아."

"알았어, 알았어."

"알겠다고 말만 하지 말고 차에 갖다 실어 놔."

나는 침실로 들어가기 전에 재차 말했고, 출근하기 전 마지막으로 거울에 비친 옷차림을 한 번 더 확인했다.

우리 사이에 육체적인 관계만 있을 뿐이라고 했지만 이렇게 자주 함께 시간을 보내다 보니 자연스럽게 대화가 더 많아졌다. 보통은 회사 생활이나 업무 주제로 대화했다. 가끔은 개인적인 문제에 관해서도 이야기했다. 킹은 진지해지고자 마음먹으면 이성적인 대화를 이어 갈 수 있는 사람이었지만 대부분의 경우, 특히 나와 단둘이 있을 때는 틈만 나면 나를 놀려 먹었다. 때로는 출근 준비를 하면서 내 허리를 쿡 찌르고 지분 거리거나 꽉 끌어안기도 했다. 나는 처음에는 그를 야단쳤지 만 최근에는 내가 반응할수록 더 재밌어하고 더 장난을 친다 는 것을 깨닫고는 최대한 무시하려고 했다.

그는 사람이 미치기 일보 직전인 모습을 보고 좋아하는 또 라이였다.

진짜 어디 아픈 거 아니냐고.

나는 빗으로 앞머리를 빗다가 곁눈질로 킹이 다가오는 것 을 발견했다. 분명 뭔가를 달라고 하거나 아니면 또 내 허리를 찌르려는 거라고 생각했다. 하지만 그는 한 팔로 내 허리를 휘 감았다.

쪽!

"알겠다고. 엄마처럼 잔소리하지 마."

그는 내 허리를 놓아주고 아무렇지도 않게 벨트를 매러 다 시 걸어갔다. 나는 멍하니 서 있었다.

"…하지 마."

나는 눈살을 찌푸리고 진지하게 말했다.

"뭘?"

"내 뺨에 키스하는 거."

"왜 그렇게 까탈스럽게 굴어?"

그의 투덜거림에 나는 숨을 크게 내쉬고 거울로 돌아가 머 리를 마저 빗었다. 가슴속의 짜증스럽고 답답한 감정이 점점 커졌다.

한 달이 넘는 시간 동안 나는 그와 수없이 키스했다. 이보다 친밀한 짓은 더했다. 하지만 그 모든 것은 순전히 육체적 갈증을 해소하기 위한 것이었기 때문에 아무 느낌도 없었다. 하지만 조금 전 뺨에 닿은 묵직한 감촉은 그 어느 때보다 낯설어서 짜증이 났다.

나는 내 기분이 정확히 어떤지를 알 수가 없었고, 이렇게 정의할 수 없는 무언가가 있다는 것 자체가 너무 싫었다.

아마 어떤 사람들은 특이한 점을 눈치챘을지도 모른다. 최근 킹과 내가 매일 같은 시간에 회사에 도착했다. 물론 같은 침대에서 자고 같은 콘도에서 같은 시간에 차를 몰고 나오니까 당연한 일이다. 특이한 점이라고 한 이유는 이전까지 킹은 종종 회사에 늦게 도착했지만 지금은 비교적 일찍 오는 편인 나와 같은 시간에 회사에 오고 있기 때문이다. 그래서 혹시 누군가 눈치를 채진 않을까 걱정했다. 그런데 다행히 언급하는 사람은 없었고, 킹과의 관계를 의심하는 사람은 아무도 없는 것 같아서 조금 안심했다.

그래도 나중에 후회할 바에야 미리미리 조심하는 게 훨씬 나으니 이제부터는 내가 먼저 사무실에 올라가고 킹은 아래층 카페에서 커피를 사서 오게 해야겠다고 생각했다.

"너희는 먼저 사무실로 가. 난 밀크티 사 올게."

제이드의 목소리가 나를 잡념에서 꺼내 주었다. 우리는 방금 점심을 먹고 회사로 돌아가는 중이었다. 단맛 없이는 살 수 없는 제이드는 나에게 손을 흔들고 곧바로 건물 옆 밀크티 가게로 직행했고 그의 인턴은 제이드의 그림자처럼 바싹 따라붙었다.

"으아, 마이가 자길 좋아한다는 걸 제이드가 알고 있을 것 같아?"

내 옆에 서 있던 킹이 물었다.

나는 제이드가 젊은 상인에게 돈을 건네는 모습을 보면서 대답에 앞서 그의 손을 밀어내려고 했다.

"모르겠지."

"불쌍한 마이. 안 그래?"

대답하려고 입을 열려는 순간, 내 이름을 부르는 감미로운 여성의 목소리가 들려왔다.

"으아!"

"안녕하세요, 프레 누나."

그녀의 얼굴을 보고 나는 재빨리 두 손을 모으고 엷은 미소를 띤 채 인사했다.

"오랜만이네. 이 건물에서 일하고 있는 거야?"

정장 차림의 프레 누나는 내 팔에 가볍게 손을 얹고 환하게 웃었다. 그녀는 대학 시절 같은 그룹의 누나였다. 제이드와 나에게 과외를 해 주기도 하고, 여러모로 우리를 이끌어 주었던 그녀는 내가 아는 가장 멋진 여성이었다. 하지만 그녀가 졸업한 이후로는 거의 연락을 하지 않았고 우리가 마지막으로 만났던 것도 3년 전 그녀의 결혼식에서였다.

"네, 누나. 누나는….."

"아, 난 미팅이 있어서 상사랑 같이 왔어. 이제 사무실로 돌아가기 전에 커피를 사 가려고 했지."

그녀는 나를 향해 손에 든 커피잔을 살짝 들어 보였다.

"우연이다, 정말. 엄청 오랫동안 못 만났는데. 으아는 대학생 때보다 더 귀여워진 것 같아. 그래서 지금 여기 남자들도 다 으아를 노리고 있는 것 같은데?"

"아니에요, 안 그래요."

나는 부드럽게 웃었다. 프레 누나는 싱긋 웃으며 내 옆에서 있는 킹을 호기심 가득한 눈으로 바라보았다.

"이쪽은….."

"친구예요. 같은 회사에 다니고 있는."

"킹이라고 합니다."

그는 활짝 미소를 지으며 상냥한 말투로 자신을 소개했다. 그 날카로운 눈은 귀여운 여자들을 볼 때마다 그랬던 것처럼 반짝였다.

역시, 오래된 습관은 고치기 어렵다. 바람둥이들이란….

"아, 전 프레예요. 대학에서 으아와 같은 그룹에 있었어요."

"반갑습니다."

"저도 반가워요."

프레 누나는 웃으며 대답하고는 다시 나를 돌아보며 안타까운 표정으로 말했다.

"으아, 너랑 얘기하고 싶은 게 너무 많은데, 상사가 차에서

188

기다리고 있어서…. 메시지 보낼게, 알았지?"

"알겠어요. 조심히 가세요."

나는 그녀에게 두 손을 모아 작별 인사를 했다. 프레 누나는 인사를 하고 건물 밖으로 나가기 전 나를 가볍게 안아 주었다.

옆을 쳐다보니 킹도 프레 누나를 보고 있는 것 같았다.

"그렇게 그윽한 눈빛으로 보는 거 그만둬. 누나는 이미 결혼했고, 아이도 있는 사람이니까."

"그렇게 안 봤어. 그냥 본 거지. 너 나한테 편견 있는 거 같다?"

그는 개의치 않는다는 듯 말하며 웃었다. 나는 그의 변명을 무시하고 엘리베이터로 향했다.

그윽한 게 아니면, 우수에 찬 눈빛이라고 할까.

엘리베이터 문이 열리고, 킹과 나는 안으로 들어갔다. 문이 닫히자마자 그가 나에게 더 가까이 다가왔다.

"너 근데 그 사람한테 제대로 말 안 했잖아."

갑자기 튀어나온 말에 나는 이해할 수 없다는 얼굴로 그를 올려다보았다.

"뭐?"

"그냥 친구라며. 사실 우린 섹스하는 친구 사이잖아."

잘생긴 얼굴이 귓가에 바짝 다가와 몹시 재밌다는 듯 킥킥거리며 속삭였다.

나는 숨을 깊게 내쉬며 냉랭한 어조로 말했다.

"입 다물어."

그리고 그에게서 멀어져 다른 방향으로 몸을 돌렸다. 킹은 내 반응을 보고 가볍게 웃었다.

"아, 오늘 밤엔 네 콘도로 안 가. 건이 실연당해서 같이 한잔하기로 했거든."

"어디든 가 버려."

엘리베이터 문이 열리고 다른 사람들이 들어오면서 우리의 대화는 그렇게 끝났다.

킹이 클럽에 가는 건 전혀 놀라운 일이 아니다. 그의 인생에 밤과 유흥은 떼려야 뗄 수 없는 관계라는 것과 보통 건과 함께 간다는 것은 사무실의 모든 사람이 알고 있다. 게다가 건은 자신의 선배가 클럽에서 얼마나 핫한 남자인지를 영웅담처럼 쏟아 내곤 했고, 킹이 회사에 늦을 때마다 전날 밤 클럽에서 만난 누군가와 뜨거운 밤을 보냈기 때문이라고 떠들기도 했다.

우리가 FWB로 지낸 지 한 달이 넘도록 킹은 클럽에 간 적이 없는 것 같았다. 전날 밤을 나와 함께 보내지 않은 날에도 회사에 지각한 적이 없었기 때문이다. 그에게는 그 시간이 영겁과 같이 느껴졌을 테니 오늘에야말로 그의 인내심이 한계에 다다른 것일지도 모른다.

나는 우리의 거래 조건에 대해 생각하면서 그를 바라보았다. 그가 다른 사람과 자면 이 관계도 끝이라고 분명히 말했다. 그 조건을 떠올리니 이상하게 마음 한구석이 콕콕 쑤셨다.

안도와 아쉬움이 뒤섞인 감정이었다. 나는 누군가와 진지한 관계를 맺지 않고도 육체적 갈증을 해소하는 관계를 받아들일 수 있다는 것을 깨달았고, 킹이 그런 내 욕구를 충족시킬 수 있었기 때문에 이 관계가 끝난다면 아쉬울 것이다. 하지만 그가 우리의 약속을 어긴다면 당연히 그것을 용납할 수 없다.

어쨌든 언젠가는 이 관계가 끝나야 했다. 그러니 그것이 조만간이든 나중이든 아무런 차이는 없을 것이다.

사무실이 있는 층에 도착하니 어떤 여직원이 킹을 불러 간식을 전했고, 나는 혼자 사무실로 들어갔다. 내 자리에 도착하자 책상 위에 누군가가 포스트잇을 붙인 밀크티 한 잔을 올려놓은 것을 발견했다.

나는 한숨을 푹 쉬고는 손이 닿지 않는 곳으로 컵을 밀어내고 컴퓨터를 켜서 작업을 시작했다. 이런 것들은 보통 점심을 먹고 돌아오는 누군가의 손으로 넘어가곤 했다.

일주일의 마지막 근무일인 금요일이면 우리 같은 직장인들은 평소보다 더 의욕이 넘친다. '오늘만 지나면 쉰다'라고 스스로를 다독이며 의지를 다질 수 있었다. 그런데 오늘은 목요일 아침인데도 사무실 분위기가 평소와 달랐다. 동료들이 삼삼오오 모여 앉아 즐겁게 이야기를 나누며 웃고 있다. 아직 금요일이 아니었지만 내일은 체육대회가 있는 날이어서 일을 하지 않아도 되었기 때문이다.

파이 선배와 제이드 같은 부류의 사람들은 유난히 생기발랄해 보였다. 다만 나는 이런 활동을 별로 좋아하지 않기 때문에 그냥 평소처럼 사무실에서 일을 하면 좋겠다고 생각했다.

책상 위에 가방과 커피를 내려놓으며 사무실을 둘러보니 몇몇 책상은 아직 비어 있었다. 대부분은 나와 비슷하거나 일찍 출근했지만 늘 늦는 사람들이 있었다.

그중에도 가장 흔한 풍경은….

"킹 선배랑 건 선배는 오늘 쉬시는 거예요?"

주인의 흔적이 없는 뒤쪽의 책상을 바라보고 있는 동안 마이의 부드러운 목소리가 들렸다.

나는 모른다는 뜻으로 고개를 저었다. 제이드는 눈살을 찌푸리며 두 프로그래머의 빈 의자를 바라보았다.

"그렇진 않을걸. 둘 다 나한테 아무 연락 없었어. 어제 둘이 클럽에 갔잖아. 보나 마나 건은 너무 취해서, 킹은 너무 뜨거운 밤을 보내서 못 일어난 거겠지."

제이드가 어제 누군가 내 책상 위에 놓아두었던 쿠키를 먹으며 대답했다. 그런데 그가 말을 마치기가 무섭게 방금 언급된 두 사람 중 헝클어진 머리의 한 남자가 사무실로 들어왔다.

"안녕하세요."

건은 책상에 앉아 헐떡거리며 사람들에게 힘겹게 인사했다. 그가 시간에 맞춰 출근하기 위해 몹시 서둘렀음을 알 수 있었다.

"봐. 호랑이도 제 말 하면 온다니까. 겨우 그걸로 연차를 내진 않겠지."

"당연하죠, 제이드 형. 전 쉽게 쓰러지지 않는다고요. 하아,

근데 진짜 너무 더워요."

건은 호흡을 고르며 티셔츠 위에 걸친 체크무늬 셔츠를 벗고 젖은 티셔츠 깃을 펄럭이며 더위를 식혔다. 그의 길고 부스스한 머리는 정돈되어 있지 않았고, 얼굴은 밤을 새운 것처럼 아주 피곤해 보였다.

"건, 네 형은 어쩌고?"

"킹 형이요? 형은…."

"보고 싶었어, 제이드? 아침부터 내 안부도 궁금해하고 말이야."

똑같이 쉽게 쓰러지지 않을 것 같은 건의 형, 킹도 유쾌하게 사무실 안으로 들어왔다. 그는 내 책상 앞을 지나가면서 나에게 눈을 찡긋거렸다. 그 생기 있는 모습을 보니 조금 혐오스러웠다.

이렇게 기분이 좋다니. 아주 즐거운 밤을 보냈나 보네.

"아니. 네가 출근은 할 건지, 아니면 그대로 향락에 빠져 천국에 남아 있을 건지 궁금했지."

제이드가 말했다. 마이는 그 의미를 이해하고 엷은 미소를 지었고, 나는 그들의 대화를 무시하고 작업을 계속했다.

그 불쾌한 주제에 대한 세부 내용을 듣는 데는 관심이 없다. 짜증만 날 뿐이다.

"향락은 개뿔. 천국이 아니라 지옥이겠지. 건 이 자식 너무취해서 내가 직접 집으로 데려다줘야 했다니까."

말하는 이의 목소리는 짜증스러웠지만 동시에 재밌어하는

기색이 깃들어 있었다. 나는 놀라서 마우스를 누르던 손가락을 멈추고 얼굴을 찡그렸다.

"형, 진짜 미안해요."

건이 목소리를 질질 끌며 사과했고, 내 옆에 앉아 있던 제이드가 킥킥거렸다.

"어? 그럼, 어젯밤은 아무도 못 만났겠네? 불쌍해라, 하하."

"애초에 누구 만날 생각 없었어. 그냥 건이랑 술 마시러 간 거였지."

낮고 허스키한 목소리가 여유롭게 말했다.

나는 그 말을 믿을 수가 없어서 눈만 굴렸다.

"킹, 네가 어떤 신에게 맹세해도 난 그 말 못 믿어."

제이드가 내 마음속에 있던 말을 대신 해 주었다.

"그건 네 마음이고."

모욕당한 사람은 그저 웃기만 했다.

그 순간 매니저가 사무실로 들어왔기 때문에 대화는 중단되었다. 사무실 사람들은 즉시 컴퓨터로 얼굴을 돌리고 원래부터 일을 하고 있던 것처럼 행동했다.

이후 나는 꽤 오랫동안 작업에 열중했고, 오전 11시가 되었을 즈음 책상 위에 있던 휴대폰에 메시지 수신을 알리는 진동이 울렸다. 나는 메시지를 확인하고 조금 놀랐다.

'너랑 얘기하고 싶어. 비상구에서 기다릴게.'

뒤돌아서 뒤쪽 책상을 살피는데, 메시지를 보낸 사람의 책상은 이미 비어 있었다. 나는 조용히 한숨을 쉬었다. 그리고 제이드를 쿡 찔러 화장실에 다녀오겠다고 말한 뒤 비상구로 향했다.

비상구 문을 열자 키가 큰 남자가 팔짱을 끼고 벽에 등을 기댄 채 나를 기다리고 있는 것이 보였다.

"뭐야?"

"오늘 밤에 어디로 가? 내 집, 아니면 네 집?"

나는 고개를 들어 내 앞에 있는 사람의 새카만 눈을 들여다보았다. 내가 아무 대답도 하지 않고 바라만 보자 그의 도톰한 입술이 옅은 미소를 지었다.

"왜?"

"너, 어젯밤에…."

"아무하고도 안 잤어. 분명히 약속 지켰다?"

그는 내가 무슨 말을 하려는지 다 안다는 듯 먼저 말했다. 나는 그 말을 믿기가 어려워 살짝 눈살을 찌푸렸다.

"못 믿겠어? 그럼 건한테 내가 얼마나 건전했는지 물어봐."

"그리고 녀석이 우리 사이를 의심하게 만들라고?"

나는 숨을 크게 내쉬었다. 다행히 편집증은 서서히 가라앉았고, 그를 믿기로 했다.

내가 그와 같은 선수를 믿기로 했다는 사실이 놀라웠지만, 실은 제법 오랫동안 그와 함께했기 때문에 그의 성격에 대해 잘 알고 있었다. 킹은 아주 솔직한 사람이고, 나는 그가 이 문제에 대해 거짓말을 할 이유도 없다고 생각했다.

사실, 나는 아직 외로움을 달래 줄 누군가가 필요했다. 그래서 그가 다른 사람과 자지 않았다는 사실에 안도했다. 지금 당장 이 관계를 끊어야 한다면 무척 아쉬울 것 같았다.

"나 믿어. 거짓말은 하지 않겠다고 약속했잖아."

그가 내 어깨 위에 손을 얹고 다시 한번 말했다.

"좋아, 난 거짓말쟁이는 좋아하지 않으니까."

나는 진지하게 말했지만, 듣는 사람의 눈빛은 금방 장난기가 어리며 반짝였다. 그의 큰 손은 금세 내 어깨에서 허리까지 내려왔다.

"그 말은… 내가 거짓말쟁이가 아니면, 날 좋아할 거라는 거야?"

"헛소리 그만하고 일이나 해."

나는 그의 손을 뿌리치고 사무실로 돌아가려고 했으나 킹이 내 손목을 잡았다.

"오늘 밤은? 어디로 가? 내가 움직여도 돼."

"내일 체육대회인데, 좀 쉬는 게 어때?"

"글쎄, 내일 운동할 거니까 오늘 밤에 몸을 풀어놔야지."

두꺼운 팔이 내 허리를 잡아 더 가까이 끌어당기자 그에게서 풍기는 민트 향이 더욱 강해졌다. 나는 주변을 살피며 그와 거리를 두려고 애썼다.

"봐! 누가 볼지도 모른다고!"

"볼 사람 없어."

킹의 뜨거운 입술이 목에 닿자 고개를 홱 돌렸다. 그의 입술은 목을 타고 위로 올라와 내 귓불을 부드럽게 물었고 그 뒤를 허스키한 목소리의 속삭임이 뒤따랐다.

"뭔가 흥미로운 일을 해 보는 건 어때? 불도 끄고 어둡게…."

"싫어!"

그 제안은 스멀스멀 피어오르던 모든 욕망을 순식간에 증발시켰다. 그를 거칠게 밀어내자 킹은 당황한 것 같았다. 나는 주먹을 꽉 쥐고 평범한 목소리를 내기 위해 애썼다.

"난 다시 일하러 갈 거야. 오늘 밤에 대해서는 나중에 얘기하자."

황급히 자리를 피했다. 그 말을 듣자마자 반사적으로 튀어나온 내 행동에 나 자신이 너무 불쌍하게 느껴졌다.

누구에게나 아무리 오랜 시간이 흘러도 아물지 않는 상처가 있다.

우리가 FWB가 되기 위해 서로의 조건이 합의한 후, 킹이 주 3회라는 룰을 어기지 않는 한 나는 그가 집에 오는 것을 막은 적이 없다. 하지만 어제는 처음으로 그를 막지 않은 것을 심각하게 후회했다.

왜냐고? 그는 내가 충분히 수면할 수 있게 내버려두지 않았기 때문이다!

평소와 달리 오렌지색 티셔츠에 트레이닝복 바지를 입고 운동화를 신은 모습으로 차에서 내린 나는 졸음을 쫓아내기 위해 고개를 살짝 흔들었다. 어제는 킹이 얼마나 사악한지 다시 한번 깨달았다. 그는… 알다시피, 음… 늘 그랬듯 나를 쉽게 놓아주지 않았고, 난 거의 새벽 2시가 되어서야 잠이 들었다가 5시 반에 일어났다. 그래서 지금은 금방이라도 눈이 감길 것처럼 너무 졸리고 움직이고 싶지도 않았다.

이건 명백한 실수다. 그가 집에 오도록 내버려두지 말았어야 했다.

나는 내 차 옆에 주차되어 있는 검은색 혼다 시빅의 주인을 불만스럽게 노려봤다. 그는 졸음에 잠긴 내 눈을 보고 이내 유쾌하게 웃었다.

"너 지금 표정 어떤지 알아? 아논 씨, 아침부터 이렇게 화를 내시면 쓰나."

그는 나를 향해 걸어오면서 즐겁게 말했다. 킹은 평소 티셔츠를 입지 않았는데, 오늘은 블루팀의 파란색 티셔츠를 입고 있었다. 그래서인지 오늘따라 운동으로 다져진 넓은 어깨, 탄탄한 가슴과 팔 근육이 더욱 돋보였다.

평범한 아침이었다면 그 광경에 감탄했을지 모르지만 지금은 몸매가 더 좋은 사람이 나타나도 전혀 감상할 기분이 아니었다.

"또 대답을 안 해 주시네. 잠을 충분히 못 자서 짜증 났어? 아니 난, 네가 더 원하는 것 같아서…."

"입 다물어."

그는 내 맹렬한 분노를 느낀 듯 손을 들어 항복한다는 뜻을 표했다.

나는 한숨을 크게 쉬고 체육관으로 곧장 걸어갔다. 킹도 뒤를 따라왔다. 우리 회사는 사립대학 체육관을 빌려 매년 사내 체육대회를 개최하고 있었는데, 사장님이 대학 이사장의 지인이었기 때문에 쉽게 사용 허가를 받을 수 있었다.

"으아, 넌 무슨 게임에 참여해?"

킹이 긴 다리로 성큼성큼 따라와 말을 걸었다.

"장애물 경주만. 마이랑."

사실 선택권이 있었다면 아예 참가하지 않았을 텐데, 바스 선배가 내내 잔소리를 하는 바람에 참가하게 됐다.

"아, 나도 그거 제이드랑 나가. 이인삼각이잖아. 너랑 경쟁하게 될지도 모르겠네."

킹이 또 화를 돋우는 얄미운 말투로 덧붙였다.

"미리 사과할게. 우리 팀이 이길 거야."

"도대체 무슨 자신감이야?"

"난 이런 게임에서 져 본 적이 없거든."

킹의 날카로운 눈이 교활한 빛을 냈다.

"그러니까 이번에도 내가 이길걸."

그리고 몹시 여유롭게 말했다.

"그거야 모르지."

나는 무표정한 얼굴로 대꾸했고, 그는 웃는 얼굴로 내 어깨에 팔을 둘렀다.

"맞다니까. 두고 봐. 어디 해봅시다, 아논 씨."

"봐."

나는 그의 팔을 밀어내고 체육관으로 향했다. 나를 따라오는 짜증 나는 웃음소리가 오늘따라 더욱 피곤하게 느껴졌다. 그러다 문득 오늘 우리가 다른 팀에 속해 있다는 사실이 떠올랐고, 덕분에 조금 안도감을 느꼈다.

오늘은 종일 아무도 내 신경을 건드리지 않을 것이다.

10
널 만나서 좋아

또래의 다른 사람들에 비하면 내 일상은 좀 지루하다.

나는 8시 30분에 일을 시작해 5시 30분에 퇴근을 하고, 하루 두 시간 정도는 길 위에서 보내는 직장인이다. 회사에 다니고 돈을 버는 데에만 할애하는 시간이 하루 24시간 중 절반 이상인 것이다. 게다가 난 일과를 마치고 사람들과 어울려 놀만큼 에너지가 넘치는 외향적인 사람도, 사교적인 사람도 아니다. 남자 친구가 있을 땐 가끔 퇴근 후에 데이트를 하긴 했지만, 남자 친구가 없을 땐 조용히 혼자 쉬었다. 일을 하거나, 집에 가서 자거나. 둘 중 하나인 삶이었다.

하지만 지금은… 꽤 다르다.

FWB가 있다는 것은 퇴근 후 바로 집으로 돌아가 쉬는 것이 다였던 내 일상을 제법 많이 바꿔 놓았다. 집으로 가는 대신 콘도 근처 가게에서 저녁을 먹고, 가끔은 킹에 의해 백화점 식당으로 끌려가고, 심지어 영화를 보기도 했다. 그러고는 콘도로 돌아와 섹스를 했다. 그 모든 일은 우리가 FWB라는 사실 외에는 이전까지 남자 친구와 했던 것과 거의 같았다.

이제는 이해할 수 있다. 이런 관계를 맺은 대부분의 사람들이 왜 좋지 않은 결말을 맞이했는지 말이다. 이 관계의 모든 것이 너무나 매력적이어서 필요에 의해 섹스를 하는 사이일 뿐인 친구를 중요한 사람으로 착각하게 되기 때문이다. 그리고 두 사람 중 어느 한 사람이 그렇게 느낀다면 그것은 처음의 합의를 어기는 것이고, 감정을 느낀 사람이 상대를 잃지 않기 위해 애쓰기 시작하는 동시에 그 상대는 벗어나려고 할 것이다. 결국은 두 사람을 갈라놓을 정도로 심각한 논쟁으로 이어지겠지만 킹과 나는 그렇게 되지 않을 것이다. 우리 둘은 같은 목적, 즉 서로의 육체적 외로움을 달래 줄 친구를 찾은 것뿐이었다. 게다가 그는 내 타입도 아니었고, 그 역시 고작 스물일곱 살에 정착할 만한 누군가를 만나는 것보다는 자유로운 독신 생활을 더 사랑하는 사람이다.

적막한 침실에 휴대폰 알람이 울렸다. 나는 잠에서 겨우 깨어나 무거운 눈꺼풀을 들어 올리고 휴대폰을 집어 들었다. 알람을 끄고 잠시 눈을 감은 채 졸음을 쫓다가 출근해야 한다는 사실을 깨닫고는 따뜻한 이불의 포근함을 포기한 채 침대에 완전히 일어나 앉았다.

이불이 덮이지 않은 살갗 위로 방 안의 차가운 공기가 느껴졌다. 고개를 돌려 옆을 바라보았다. 램프에서 나오는 희미한 빛이 내 FWB의 넓은 근육질의 등을 비추었다. 나는 졸음을 쫓아내기 위해 가볍게 눈을 비비고는 꿈뻑거리다가 침대에서 일어나 수건과 옷을 챙겨 곧장 화장실로 들어갔다.

일주일이 7일이고, 그 7일 중 3일은 내 콘도에서 자고 가는 사람이 있기 때문에 평소보다 더 일찍 알람을 맞춰야 했다. 내 콘도에는 화장실이 하나밖에 없는 데다가 킹은 침대에서 일어나 씻으러 가기까지 너무 오래 걸렸다. 그래서 알람이 울리면 그를 자게 두고 내가 먼저 샤워를 했고, 화장실에서 나온 뒤 그를 깨워서 출근 준비를 하게 했다.

세면대로 가서 세수하고 이를 닦았다. 찬물은 졸음을 쫓아내는 데 아주 효과적이었다. 젖은 얼굴을 닦고 샤워실로 들어가려는 순간 문손잡이가 돌아가는 소리가 들렸다.

제길, 화장실 문 잠그는 걸 깜빡했어!

나는 화장실 문을 열고 들어오는 뻔뻔하고 커다란 나체를 멍하니 바라보며 한숨을 쉬었다. 혼자 사는 것에 너무 익숙해져서 화장실을 쓸 때 굳이 문을 잠그지 않았는데, 지금은 혼자가 아니라는 사실을 잊어버렸다.

"왜 들어와?"

그에게 묻기는 했지만, 그의 아랫부분을 내려다보면 듣지 않아도 답을 알 수 있었다.

이렇게 뻔한데 어떻게 모를 수 있겠는가. 그의 것은 내 눈을 찌르기라도 할 것처럼 잔뜩 발기해 있었다. 그러니 모르는 게 바보다.

"내 아들이 엄마가 그립대서."

그가 눈을 가늘게 뜨고 교활한 미소를 지으며 대답했다. 그리고 나에게 다가와 뒤에서 꽉 끌어안았다. 허리를 껴안은 채 뜨거운 입술로 내 어깨에 키스했고, 동시에 그의 단단한 페니스가 엉덩이에 닿았다. 그가 말한 그 아들이다.

어젯밤에 했잖아. 충분하지 않아? 너무 과하다고!

"내가 왜 네 아들의 엄마야?"

엉덩이에 뜨거운 페니스를 비비고 있는 그에게서 멀어지려고 했지만 그의 팔이 나를 더 꽉 감싸안았다. 곧 그의 두꺼운 입술이 내 귓불을 느릿하게 핥아 올리고는 웃었다.

"어젯밤부터, 넌 내 아들 엄마야."

"새로운 엄마를 찾아 주도록 해."

그의 거친 손이 내 엉덩이를 세게 움켜쥐는 바람에 숨을 들이켰다. 킹은 한 팔로 내 허리를 감싸고 몸을 더 밀어붙였고, 나는 앞으로 넘어지지 않도록 세면대를 잡고 지탱해야 했다.

"킹, 어제 했잖아."

내 저항에도 그의 두꺼운 손은 내 몸 이곳저곳을 애무하기 시작했다. 상대의 짧은 숨소리와 낮게 울리는 으르렁거림은 그가 걷잡을 수 없는 상태가 되어 가고 있다는 것을 암시했다.

"한 번만. 난 어제 만족 못 했어. 네가 피곤해 보여서 재운 거였지."

그가 애원하며 커다란 손을 미끄러뜨려 내 것을 몇 차례 부드럽게 쓰다듬었다. 귓가에 그의 신음이 울리자 나는 입술을 꽉 물고, 터져 나오려는 욕구를 억눌렀다.

"넣어도 돼?"

"하지만… 읏… 늦게 나가면, 차가 더 막힐 거야."

"아직 6시도 안 됐어. 늦지는 않을 거야. 제발… 한 번만."

그가 예의 그 낮고 허스키한 목소리로 끊임없이 애원했다. 뜨겁고 단단한 페니스는 마치 출입 허가를 기다리는 듯 입구 주변을 계속해서 스쳤다.

킹이 내 페니스를 더 야릇하게 쓰다듬자 나는 후들거리는 다리를 애써 굳게 디딘 채 헐떡거렸다.

"왜… 읏… 그만, 만지지 마."

그의 손을 뿌리치려 했지만, 킹은 내 손을 붙잡고 나를 계속해서 설득했다.

"하자. 네 것도 점점 단단해지고 있잖아."

"네가 장난을 치니까… 으읏."

나머지 말은 그의 입술에 삼켜졌다. 따뜻하고 촉촉한 혀가 입술을 스치더니 아랫입술을 가볍게 물어 틈을 벌리고 안으로 들어왔다. 자극적인 키스와 몸을 어루만지는 손길에 나는 처음의 결심을 서서히 잊어버렸다.

"한 번만. 부탁이야. 잠깐이면 돼."

킹이 내 입술에서 멀어지며 부드럽게 속삭였다. 그의 날카로운 눈은 내 온몸을 타오르게 만드는 뜨거운 욕망으로 빛났다.

결국 내 몸은 완전히 각성해 버렸다. 이대로 관둔다면 아주 짜증스러울 것이 분명했다.

"할 거면… 읏… 콘돔 써."

"아, 침대 옆 테이블에 있어. 먼데…."

"콘돔 없으면, 안 돼."

나는 그의 징징거림을 무시했다. 안전은 타협할 수 없는 문제니까. 전 남자 친구들에게도 절대 콘돔 없이는 허용한 적이 없었다. 하물며 그는 남자 친구도 아니다.

"알겠어."

킹은 내 목덜미에 짙게 입 맞추고는 깊은 한숨을 내쉬며 침실로 들어가 콘돔을 들고 돌아왔다. 그리고 포장을 찢어 그의 물건에 콘돔을 씌웠다.

"엉덩이 뒤로 내밀어 봐."

그가 나에게 바싹 다가서며 말했다. 어젯밤 관계로 아직 축축한 안쪽에 그의 손가락이 곧장 들어왔다.

"윤활유 더 필요해?"

"아, 아니. 빨리 들어와."

내 대답에 그의 날카로운 눈이 만족스럽게 빛났다. 킹은 구멍에서 손가락을 빼내고는 내 창백한 피부와 대조되는 짙은 색의 손으로 입구를 벌려 뜨거운 페니스를 삽입하기 시작했다. 천천히 내 몸을 관통해 구멍 안을 가득 채우는 거대한 물건에 만족스러운 신음이 흘렀다. 나는 엉덩이를 더 들어 올렸다.

"하… 좋아."

갑자기 지척에서 들려오는 그의 매력적인 목소리에 가슴

이 쿵쾅거렸다. 너무 놀라서 온몸에 도는 흥분도 잠시 잊어버릴 정도였다.

좋아? 뭐가? 지금 하고 있는 거? 아니면….

"네 안에 있는 거. 너무 좋아, 으아."

이어진 다음 말에 나의 놀란 가슴은 점차 진정됐다. 그는 내 구멍 안팎으로 움직이며 내 뺨에 키스했고, 나는 조금 전 그의 말을 무시하고 그 손길을 만끽하며 신음했다. 젖은 살갗이 서로 맞부딪히는 소리와 흥분에 겨운 소리가 뒤섞여 비좁은 화장실의 온도를 뜨겁게 달궜다.

그는 지루했던 나의 하루에 벌써 평소의 몇 배나 되는 박진감을 선사했다.

킹을 믿지 말았어야 했다.

자동차 콘솔에 달린 디지털시계가 이미 8시를 가리키고 있었다. 꽉 막힌 도로 위를 보며 갑갑한 마음에 핸들을 꽉 움켜쥐자 손 등 위로 핏줄이 툭 솟아올랐다.

킹에게 넘어가지 말았어야 했다. 잠깐이면 된다는 말을 절대 믿으면 안 되는 거였다. 우리는 지난 몇 달간 그 일을 해 왔고, 킹의 사전에 '잠깐'이라는 건 없었다. 그가 마침내 절정에 이르렀을 때, 그리고 내가 샤워를 마쳤을 때는 이미 7시였다. 콘도를 떠난 시간은 평소보다 40분이나 늦은 시간이었고, 그때부터 20분이 지났는데도 나는 여전히 내 콘도 근처에 갇혀 있다. 차가 너무 많아서 거의 움직일 수가 없는 상태다.

빵빵!

나는 화가 치밀어 올라 앞에 있는 검은색 혼다 시빅을 향해 경적을 울렸지만, 정작 그 차 주인은 아무렇지도 않다는 것을 알 수 있었다. 우리가 콘도를 떠나오기 직전까지도 그가 여전히 해맑게 웃으며 내 엉덩이를 주물렀기 때문이다. 그것도 엘리베이터에서! 그는 자신이 제시간에 출근할 수 있을지는 조금도 걱정하지 않았다.

앞으로 다시는, 그가 아무리 애원해도, 그에게 평일 아침을 허락하지 않을 것이다. 절대!

"으아, 오늘 왜 늦었어?"

9시가 다 되어 사무실에 들어선 나에게 제이드가 물었다.

나는 바스 선배의 다소 낙담한 얼굴을 애써 못 본 척했다. 그러고는 우리에게 질책 어린 시선을 보내고 있는 제이드에게 대답하며 재빨리 컴퓨터를 켰다.

"도로 위 상황이 심각했어."

"왜 으아한테만 물어봐? 난?"

킹의 말에 제이드의 가느다란 눈이 더욱 가늘어졌다.

"굳이? 넌 원래 맨날 늦잖아."

"와. 그동안 날 그렇게 끔찍한 사람으로 생각했던 거야?"

"내가 틀린 말 했어?"

"야, 제이드. 난…."

"그만. 다들 일하자."

바스 선배의 경고로 그들의 다툼은 중단됐다.

나는 서둘러 밀린 작업을 시작했다. 사실 우리 회사는 규모가 작았기 때문에 작업량을 감당하는 데는 그래픽 디자이너 3~4명 정도면 충분했지만, 무책임한 몽콘 선배의 일도 대신 해야 했기 때문에 늘 밀린 일이 많았다. 다행히 인턴이라도 있을 땐 좀 쉽지만, 인턴이 없었을 때 제이드와 나는 거의 매일 초과근무를 해야 했다. 그렇다고 몽콘 선배가 좀 더 책임감을 갖길 바라는 것은 헛된 희망이었다. 아마 내가 새로운 직업을 얻는 것이 더 빠를지도 모른다.

"으아 선배."

작업을 하고 있는데 깊고 부드러운 목소리가 내 이름을 불렀고, 나는 컴퓨터에서 눈을 돌려 방금 나를 부른 상대를 바라보았다. 대학 교복을 입은 청년이 노트북을 내 책상 위에 올려놓으며 따뜻하게 미소 지었다.

"이 배너 괜찮을까요? 아니면 다른 걸 좀 조정해 볼까요?"

마이가 왜 나에게 그것을 묻는지 궁금해져서 자동적으로 옆 책상을 쳐다봤지만, 책상 주인은 자리에 없었다.

"제이드는?"

"파이 선배가 방금 제이드 선배랑 킹 선배에게 기록 보관소에 있는 물건 옮기는 일을 도와달라고 해서 갔어요. 제가 가려고 했는데 제이드 선배가 남아서 일하고 있으라고 했고요."

"아…."

"이거, 괜찮아요?"

"응, 좋아. 사장님께 보내. 달리 수정할 게 없어 보이네."

마이는 고개를 끄덕였지만, 자리를 떠나지는 않았다. 나는 왜 그러냐는 의미로 그를 쳐다보았다.

"여쭤보고 싶은 게 있어요."

"말해."

이전까지 마이와 일 외에는 별로 이야기를 나눠 본 적이 없었지만, 체육대회에서 같은 팀이 된 이후로 더 많은 이야기를 나누게 되었다.

그날 나는 그에게 제이드를 좋아하는지를 직접적으로 물었는데 그는 솔직하게 그렇다고 대답했다. 사실 마이는 지금까지 한결같이 예의 바르고 공손했으며 항상 제이드를 잘 챙겨 줬기 때문에 나는 더 이상 그라는 존재를 걱정하지는 않았다. 단지 내 친구가 아직도 그걸 깨닫지 못하고 있어서 마이는 나에게 끊임없이 조언을 구해야 했다. 예를 들어, 제이드에게 어떻게 접근해야 하는지나 제이드가 그를 어떻게 생각할지 또는 제이드가 어떤 사람에게 끌리는지 같은 것들에 대해서였다.

그리고 오늘의 질문은….

"밀크티, 크리스피 크림 도넛, 회사 근처 카놈 크록, 브라우니 외에 제이드 선배가 좋아하는 간식은 또 뭐가 있어요?"

마이가 내 친구가 좋아하는 음식 목록을 읊는 것을 듣고 나는 애써 미소를 숨겨야 했다. 그가 내 친구에게 세심한 주의를 기울이고 있다는 것이 느껴져서 기뻤다. 마이가 왜 제이드에게 자꾸만 먹을 것을 사 주는지는 알 수 없다. 이미 제이드의 볼이 터질 것 같은데도 마이는 계속해서 그에게 음식을 먹였다. 아마 제이드가 뭔가를 먹을 때 너무 행복해한다는 것을 알기 때문에 그를 더 기쁘게 하고 싶은 것일지도 모른다. 순수하게 제이드가 행복해하는 얼굴을 보고 싶은 것일지도.

"사실, 제이드는 뭐든 좋아해. 별로라고 하는 걸 한 번도 들어 본 적이 없거든."

"그래도 특별히 좋아하는 게 있지 않아요?"

마이의 말에 잠시 고민하다가 한 가지가 생각났다.

"대학 다닐 때 바나나튀김을 좋아했어. 인도네시아식 바나나튀김. 가게가 우리 대학 구내식당에 있었는데, 거의 매일 먹었어. 졸업하고 나서는 파는 가게를 못 찾아서 못 먹었지만."

"이거 말씀하시는 거예요?"

마이는 구글에서 찾은 이미지를 보여 주었고, 내가 고개를 끄덕이자 환하게 웃었다.

"제가 다니는 대학에 파는 곳이 있어요."

"그럼, 학교에 갈 일이 생기면 한 번 사다 줘. 엄청 좋아할 거야."

"정말 감사합니다, 선배."

마이가 활짝 웃었다.

나는 옅게 미소를 띠고 고개를 끄덕였다. 다가오는 발소리에 마이에게서 눈을 떼고 올려다보니 제이드와 킹이 커다란 문서 상자를 들고 사무실로 들어왔다.

"제가 할게요."

마이는 서둘러 그들이 상자를 운반하는 것을 도왔다. 파이 선배는 사무실 뒤쪽에 상자를 내려놓았고, 세 사람 모두 각자의 자리로 돌아갔다. 마이가 노트북을 다시 가져가자 제이드가 나를 쳐다봤다.

"너희들 무슨 얘기 중이었어?"

그는 희미하게 미소를 띤 채 내 팔을 쿡 찔렀다. 그런데 그 눈이 이전만큼 반짝이지 않는 것 같은 느낌이 들었다.

"마이가 작업 좀 봐 달래서."

제이드는 옆에 앉은 젊은 인턴을 바라보며 중얼거렸다.

"요즘 너희 두 사람 예전보다 말 많이 하는 것 같아."

"응."

"잘됐네…."

제이드는 멍하니 중얼거렸다.

사내 체육대회 이후로 제이드는 조금 달라졌다. 항상 뭔가를 생각하고 있는 것 같았다. 여전히 웃고 있었지만 예전과는 어딘가 달라 보였고, 아무리 물어도 아무 일도 없다고만 했다.

이건 실제로는 무언가 문제가 있지만 아직 말할 준비가 되지 않았다는 뜻이기 때문에 나는 그가 더 불편해하지 않도록 조금 내버려두었다. 그가 나에게 말해 줄 때까지 조용히 기다리기로 했다.

제이드는 다시 일을 시작했고 나도 내 작업으로 주의를 돌렸다. 하지만 다시 마우스를 쥐고 클릭도 하기 전에 휴대폰에 메시지 수신 알림이 울렸다. 그것이 누구의 메시지인지 쳐다볼 필요도 없었다.

최근 엄마는 나에게 집에 오라는 전화도, 메시지도 보내지 않았다. 아마 내가 쉽게 집으로 돌아가지 않을 것이라는 사실을 이미 알고 있기 때문일 것이다. 게다가 폭도 일주일 넘게 귀찮게 하지 않고 있다. 그러니 남은 사람은 한 명뿐이었다.

'마이랑 무슨 얘기 했어? 왜 그렇게 친해 보여?'

'그게 왜 궁금한데?'

'그냥 알고 싶어. 안 돼?'

'일이나 해.'

한숨을 쉬며 채팅방을 빠져나와 휴대폰을 내려놓으려는데 또 알림이 울렸고, 메시지를 확인하고는 정말 깜짝 놀랐다.

'질투 나서 그렇다고 하면, 알려 줄 거야?'

나는 나도 모르게 휴대폰을 더 꽉 쥐었다.

'장난치지 마. 그런 장난 안 좋아해.'

나는 답장을 보내고 휴대폰을 끈 뒤 몰래 뒤쪽을 힐끔거렸고, 동시에 스트레스를 받았다.

킹과 나는 FWB일 뿐이다. 이 관계에는 명확하게 경계가 있다. 킹은 별로 진지하게 생각하지 않고 농담했을지 모르지만, 난 FWB 관계에서 이렇게 상대에게 여지를 주는 농담을 하면 안 된다고 생각했다.

이런 관계에서… 감정을 건드리는 장난을 치면 안 된다.

하루 종일 킹은 그 일을 다시 언급하지 않았다. 내가 정말 그런 걸 안 좋아한다는 걸 알아들은 것 같았다. 우리는 퇴근 시간까지 각자 일에 집중했고, 다른 사람들이 차례로 컴퓨터를 끄고 사무실을 빠져나가기 시작했지만 나는 아직 일이 좀 남아 있었다.

"으아, 같이 저녁 먹고 갈래? 기다릴게."

제이드가 가방에 물건을 챙기며 물었다.

"아니, 집에 먹을 거 있어."

"그건 내일 먹어도 되잖아."

"너무 오래 보관해 두면 상할 수도 있으니까, 낭비하고 싶지 않아."

나는 마이와의 시간을 방해하고 싶지 않아서 교묘하게 거짓말을 했다.

제이드는 나의 거절에 그의 인턴을 잠시 바라보다가 중얼거렸다.

"안타깝네…."

"미안, 다음에."

"응, 응. 어쨌든 조심해서 가. 월요일에 보자."

나는 고개를 끄덕이고 친구에게 손을 흔들면서 그 옆에 서 있는 교복 입은 남자를 바라보았다. 마이가 나를 향해 엷은 미소를 띠고 두 손을 모아 공손하게 인사하는 모습을 보고 나도 미소 지었다. 그리고 그들이 사무실을 빠져나갈 때까지 그 뒷모습을 가만히 바라보았다.

그러고 보니 마이는 이제 겨우 한 달 남짓 있으면 인턴십을 마치는데, 아직도 내 친구는 자신이 대시를 받고 있다는 사실을 전혀 깨닫지 못하고 있다. 마이가 참을성이 너무 좋은 것일 수도 있고, 아니면 내 친구가 설마 이 정도로 느릴 줄은 예상치 못했을 수도 있다.

나는 고개를 돌려 사무실을 둘러보았다. 사람들은 대부분 집으로 돌아갔지만 내 뒤에 있는 책상에서는 여전히 키보드를 두드리는 소리가 끊임없이 들려왔다. 돌아보니 킹이 집에 가려는 기색도 없이 여전히 눈살을 찌푸린 채 일을 하고 있었다. 그에게도 밀린 일이 있는 것 같았다.

나는 다시 시계가 6시를 가리킬 때까지 일했고, 마지막 작업을 바스 선배에게 보냈다. 다시 사무실을 둘러보니 킹과 나뿐이었다. 컴퓨터를 끄고 가방에 물건을 챙기는데 익숙한 낮고 거친 목소리가 들렸다.

"으아, 오늘…."

"이번 주 할당량은 다 채우지 않았어?"

나는 그를 돌아보지도 않고 물었다. 솔직히, 할당량을 채우지 못했더라도 오늘은 그와 자지 않으려고 했다. 오늘 아침 회사에 지각하게 만든 데다가 망할 농담까지 했기 때문에 여전히 그에게 화가 나 있었다.

나는 그런 식으로 사람을 가지고 노는 걸 정말로 좋아하지 않는다.

"어, 알아. 그냥 먹을 것 좀 사다 달라고 하고 싶었어."

그의 목소리에는 어쩐지 즐거움이 묻어났다. 내가 뒤돌아 그를 보자 킹은 오묘한 미소를 지었다.

"날 어떻게 생각하면 그러는 거야? 내 머릿속엔 한 가지만 들어 있는 것 같아?"

"아니야?"

"어느 정도는, 맞지."

그는 나에게 다가오면서 눈썹을 치켜떴다. 그리고 내 얼굴을 천천히 살피다가 이내 내 입술에 시선을 고정했다.

"유난히 너랑 그러는 생각을 자주 하긴 해."

갑자기 주변 공기가 무거워지는 것 같았다. 그 눈빛이 나를 바라보고 있을 때면 평소보다 숨이 조금 가빠 왔다. 나는 그에게서 돌아섰고, 가방을 마저 챙기며 무심하게 말했다.

"명상과 기도로 좀 줄여."

킹은 내 말을 듣자마자 웃음을 터뜨렸다. 한숨을 내뱉고 사무실을 나가려는데 그가 내 손목을 붙잡았다.

"같이 저녁 먹자."

"혼자 먹어."

"외로워. 같이 가."

그의 손아귀 힘이 더 세졌다. 조금 고통스러워서 눈살을 찌푸리자 그는 부드러운 목소리로 설득하기 시작했다.

"오늘 금요일인데, 그렇게 서둘러서 집에 갈 필요 없잖아. 집에 가도 심심할 거면서. 나가서 좀 돌아다니자. 내가 데려다 줄게."

그는 그렇게 말하며 내 팔을 끌어당겼다.

나는 조금 앞서 걸어가는 그의 넓은 등을 보며 답답한 마음에 더 크게 한숨을 쉬었다.

킹은 항상 그랬다. 내가 무언가를 거절할 때마다 계속해서 나를 설득하고 애원했다. 때로는 내가 스물일곱 살과 거래를 한 것인지, 아니면 일곱 살과 거래를 한 것인지 혼란스러울 때도 있었다.

왜 이렇게 어리광을 부려?

우리는 회사 건물에서 차를 몰고 나와 내 콘도 근처에 있는 큰 시장으로 향했다. 금요일 저녁이라 도로 위에는 다른 날보다 차가 더 많았다. 도착했을 때는 거의 7시였고, 배 속에서는 한바탕 소란이 일었다. 사실 회사 근처 시장에서 밥을 먹고 싶었지만 회사 사람들과 마주치면 킹과의 관계를 의심할까 봐 배고픔을 참고 이곳까지 왔다.

"뭐 먹고 싶어?"

킹은 주차를 하고 나와 함께 걸었다.

"아무거나."

메뉴를 고르는 것에 관심이 없는 것이 아니라 뭐든 잘 먹을 수 있을 만큼 너무 배가 고팠다.

금요일 저녁 7시가 조금 넘은 시간의 시장은 퇴근 후 먹을 것을 찾으러 온 사람들로 가득했고, 우리도 그들과 다르지 않았다. 식사를 할 수 있는 자리가 남아 있는 포장마차를 찾는 데까지 꽤 오랜 시간이 걸렸고, 마침내 킹과 나는 과이 주브

남콘을 먹기로 했다.

나는 노점 주인에게서 그릇을 받자마자 바삭바삭한 돼지고기 한 조각을 바로 입에 밀어 넣었다.

"아논 씨, 그렇게 배고프셨어요? 양념부터 하셔야죠."

킹은 내 행동을 보고 조용히 웃었고, 양념을 조금 떠서 그의 그릇에 넣었다. 그리고 우리는 잠시 조용히 식사했다.

"으아, 뭐 하나 물어봐도 돼?"

"뭔데?"

"왜 나랑 FWB가 되기로 결정했어?"

나는 잠시 그의 얼굴을 바라보다가 되물었다.

"몇 달이나 지났는데, 왜 지금 와서 묻는 거야?"

"처음에 내가 너무 이것저것 물으면 네 마음이 바뀔까 봐 무서웠거든."

그는 웃으며 대답했다.

나는 부드럽게 콧소리를 냈다. 자만하는 건 아니지만, 킹의 눈빛에서 그가 나를 정말로 간절하게 원했다는 것을 알 수 있었다. 그렇지 않았다면 자신에게 불리한 조건에 그렇게 쉽게 동의하지 않았을 것이다. 누군가 어떤 일에 불리함을 감수한다는 것은 그만큼 가치가 있는 다른 무언가를 얻기 위함이라는 뜻이고, 그에게는 나와 FWB를 맺는 것이 그만한 가치가 있는 일이라는 뜻이었다.

하지만 그가 언제까지 그렇게 생각할지, 얼마나 오랫동안 나를 지루해하지 않을지는 알 수 없다.

"넌 이런 관계를 좋아하는 사람으로 보이지 않으니까. 네가 얘기 꺼냈을 때 너무 놀라서 무슨 생각인지 궁금했어."

"그냥 반항하고 싶었던 걸지도. 내 인생에는 좋은 일이 별로 없었으니까."

나는 국수를 떠서 입에 넣으며 대답했고, 그는 내 대답에 눈을 치켜떴다.

그는 고개를 조금 숙이고 낮은 목소리로 속삭였다.

"이해해. 근데 네 인생에서 난 좋은 사람 아냐? 침대 위에선 엄청 좋아하잖아. 안 그래?"

나는 그의 어깨를 밀어내고 음란한 농담은 그만두라고 경고했다. 하지만 그의 말이 맞다. 나는 침대에서는 그를 좋아한다. 물론 침대 밖에서는 여전히 그를 경멸하고.

"하나만 더 물어봐도 돼?"

"응."

"어두운 거 무서워해?"

예상치 못한 질문에 나는 손에 쥐고 있던 숟가락을 떨어뜨렸다. 우리 사이에는 불편한 기운이 감돌았다. 아무렇지 않게 바닥에 떨어진 숟가락을 집어 테이블 위에 올려놓고 새 숟가락을 꺼내 계속 먹으려고 했지만, 그의 날카로운 눈빛이 계속 나를 향해 있는 것이 느껴졌다.

"사무실 정전됐을 때 얼굴이 너무 창백해져서 짐작했어. 같이 잘 때도 불을 끄는 일이 없었고, 내가 불 *끄*자고 했을 때는 너무 놀란 얼굴이었고."

그가 말을 이어 가는 동안 나는 손에 든 숟가락을 꽉 쥐고 아직 그릇에 남아 있는 국수만 뚫어져라 내려다보았다.

아직 배가 부르지는 않았지만, 식욕이 사라졌다.

킹은 바보가 아니다. 그날 불을 *끄*자는 말에 반사적으로 거칠게 밀어냈을 때는 그도 뭔가 이상하다고 생각했을 거다. 하지만 실제로 물어 오니 대답하고 싶지 않았다.

음식을 먹기 위해 포장마차로 들어오는 사람들의 소란한 소리가 들려왔다. 우리 테이블은 완전히 고요했고, 움직임도 거의 없었다. 킹은 내가 그 질문에 대답하기를 꺼린다는 것을 눈치챘는지 살짝 어깨를 으쓱하고는 계속해서 음식을 먹었다. 나는 다시 음식에 손을 대지 않았다.

"배불러?"

잠시 후, 킹이 물었다.

"응. 너 다 먹었으면 가자."

나는 일어나서 노점 주인에게 돈을 냈고, 킹도 음식값을 낸 뒤 나를 따라 나왔다. 조용히 길을 따라 걸으며 길가에 늘어선 수많은 가게를 쳐다보았다. 머릿속에는 온통 그의 질문만 떠다녔다.

어둠을 두려워하는 이유에 대해서는 누구에게도 말한 적이 없었다. 누군가 그것에 관해 물을 때면 너무 수치스러워서 대화를 중단해 버리곤 했다. 좋은 기억도 아니었고, 누군가에게 동정받고 싶지도 않았다.

"으아."

뒤에서 걷던 그가 어느새 내 옆으로 와 있었다. 나는 내 어깨에 올려진 두꺼운 손바닥을 보고 조용히 물었다.

"왜?"

"나랑 할 수 있는 게 단지 섹스뿐인 건 아니야."

킹은 우리만 들을 수 있을 정도로 나직하게 말했다. 우리 주변에 있는 상점과 노점의 따뜻한 조명 아래, 그 날카롭고 검은 눈은 평소보다 더 온화해 보였다.

"난 섹스 파트너일 뿐만 아니라 네 친구이기도 해."

어깨에 닿은 그 손의 온기가 내 마음까지 도달했다.

나는 킹의 눈을 올려다보았다. 그는 내 어깨를 가볍게 쥐고 말을 이었다.

"얘기하고 싶지 않아도 괜찮아. 그냥 걱정했어. 네가 뭘 두려워하고, 뭘 싫어하는지 알려 주면 조심할게."

그는 내 어깨를 몇 번 두드리고는 손을 떼고 주변 상점을 둘러보았다.

나는 잠시 망설이다가 입술을 움직였다.

"응."

"어?"

"아까 물어본 거, '응'이라고. 난 어둠이 무서워."

나는 한동안 조용히 있다가 깊게 심호흡하고는 생각하고 싶지 않았던 것에 대해 이야기하기 시작했다.

"고등학생 때, 화장실에 갇힌 적이 있어."

이야기를 계속할지 말지 고민하며 한동안 멍하니 앞을 바라보았다. 마음속 어딘가에서는 인제 그만 꺼내어 놓고 마음 껏 울부짖고 싶다고 말하고 있었다. 그리고 내가 결정을 내리 기도 전에, 내 입술이 먼저 움직였다.

"우리 엄마 본 적 있지."

"응."

"엄마는… 내가 이런 걸 좋아하시지 않아."

나는 억지로 미소를 지으며 말했다.

"중학생 때 남자 친구가 있었어. 엄마가 그걸 알고 엄청 화 를 내셨고, 내가 여자를 좋아하지 않는다는 사실을 다른 사람 이 알면 가족을 욕보이는 거라면서, 내게 비정상이라고 했어."

"…."

"그리고 깨달음을 주려고 하셨지."

나는 고개를 숙이고 바닥을 내려다보았다. 그 기억을 떠올 리니 몸이 점점 떨려 왔다. 나는 증상을 억제하기 위해 주먹을 꽉 쥐고 상대가 눈치채지 못하기만을 바랐다.

"불 꺼진 화장실에 밤새도록 가두어 반성하게 하고 아침에 꺼내 주셨어. 그걸 몇 달을 했고… 그래서 난…."

목이 말랐다. 멈춰 서서 침을 조금 삼킨 뒤 갈라진 목소리 로 말을 이었다.

"화장실은 아주 작았고, 아무것도 보이지 않았어. 밤새도록 혼자 있어야 했고, 잠을 잘 수도 없었어. 정신이 들었을 때, 나 는 어둠을 무서워했고, 빛이 없는 곳에는 있을 수 없게 됐어. 정신과에도 찾아가 봤지만, 약을 먹어도 별로 도움이 안 됐어.

트라우마는… 그렇게 쉽게 치료되지 않나 봐."

"…"

"하지만 이미 지난 일이야. 그래도 밤새 온 집 안의 불을 다 켜 놔야 하는 건 아니니까. 그랬다면 매달 전기세를 내느라 허리가 휘었겠지. 네가 와도 잠도 못 잤을걸."

다른 방향으로 고개를 돌리면서 농담으로 이야기를 마무리했다. 이야기를 마치고 나니 그의 얼굴을 보는 것이 두려웠다.

누군가에게 이 이야기를 털어놓을 일이 있을 거라고는 상상도 못 했다. 심지어 그 상대가 수년 동안 매일같이 다퉈 온 바로 그 사람이라니….

"그럼 밤새 잠을 잘 필요가 없게 하면 되지."

킹이 내 어깨에 팔을 두르며 말했다. 내가 그의 얼굴을 올려다보자, 그는 눈을 찡긋거리며 속삭였다.

"날이 밝을 때까지 계속하자, 그럼 되겠지?"

난봉꾼 같은 모습을 보니 한숨만 나왔다. 그를 두고 먼저 길을 나섰지만 그의 눈에서 동정심이 보이지 않는다는 사실에 안도했다. 그랬다면, 정말 끔찍한 기분이었을 것이다.

하지만 어쩌면 내가 그에게 모든 것을 말하지 않았기 때문일 수도 있다.

어둠은 나쁜 기억을 떠올리게 하기 때문에 무서웠지만, 사실 어둠보다 더 무서운 것은 인간이었다.

내가 그에게 모든 것을 말했다면, 그는 분명… 나를 불쌍히 여겼을 것이다.

"다른 거 더 먹을래? 너 국수 반도 더 남겼잖아."

킹이 나를 따라오며 물었다.

"아니."

나는 주위를 둘러보며 고개를 저었다.

"근데 나 아직 필요한 게 있는데."

"그럼 가서 사."

그는 가볍게 웃으며 내 쪽으로 몸을 기울이고는 능글맞게 속삭였다.

"너. 널 갖고 싶어. 그래도 돼?"

나는 그의 얼굴을 홱 밀어냈다.

"으아, 날 좀 너그럽게 대해 줄래? 응? 제발."

"안 돼."

조금도 생각하지 않고 바로 대답했다.

도대체 몇 번이나 해야 만족하는 거야?

정말로 그를 종교 수련회에 보내야겠다고 생각했다.

"먹고 싶은 건 뭐든 사. 난 집에 갈 거야."

나는 작별을 고했지만 킹은 내 손목을 잡고 근처에 있는 선초 젤리 빙수를 파는 손수레를 가리켰다.

"저기 선초 젤리부터 먹자."

"난 싫…."

"내 선물이야."

나는 머뭇거리며 그 손수레를 보다가 대답했다.

"…알았어."

날씨가 너무 더워서 찬 것을 먹으면 좀 나아질 것 같았다.

"가자. 아빠가 사 줄게."

그가 윙크하며 나를 끌어당겼다.

내 손목을 잡은 사람의 넓은 등을 물끄러미 보던 내 입가에 엷은 미소가 떠올랐다.

평소에는 멀쩡하게 대화하는 시간이 2분을 넘길 않았는데, 킹에게 이런 면이 있다는 것을 처음 알았다. 상대의 말을 이렇게 잘 들어 주는 재주가 있을 줄이야…. 그는 내가 아픈 과거 이야기 같은 건 별로 하고 싶지 않아 하는 것도, 동정을 바라지 않는다는 것도 잘 알고 있었다. 그래서 마음이 더 편안했다.

친구….

대체로 짜증스럽긴 하지만, 가끔 킹을 친구로 두는 것이 그렇게 끔찍하지만은 않았다.

11
감정의 소용돌이

킹과 FWB가 된 지 두 달이 넘었고, 일찍이 우리가 합의한 조건 아래 모든 것이 순조롭게 흘러갔다. 침대에서는 여전히 별문제가 없었고, 각자 좋아하는 것과 싫어하는 것에 대해 자유롭게 이야기를 나누기도 했다. 그는 내가 원하지 않는다고 말하면 그 어떤 것도 강요한 적이 없고, 내가 좋지 않다고 말하면 즉시 그 일을 멈추곤 했다. 회사에서의 상황도 아주 좋아졌다. 적어도 예전보다 더 길게 문명화된 대화를 나눌 수 있게 됐다. 그리고 킹이 예전처럼 나를 자주 놀리지 않았기 때문에 나도 더 이상 킹에게 별로 짜증을 느끼지 않았다.

하지만 그는 오늘 처음으로 절대 해서는 안 될 일을 했다. 그래서 난 몹시 짜증이 난 상태다.

"킹!"

평일 이른 아침, 상당히 기분이 나쁜 상태로 목욕 가운을 입은 채 실롬의 고급 콘도의 킹사이즈 침대에 잠들어 있는 집주인을 흔들어 깨웠다.

"킹! 일어나!"

"흐음."

그는 여전히 눈도 뜨지 않은 채 웅얼거렸다. 조금도 일어날 기미가 없었다.

나는 한숨을 푹 쉬고 살갗이 드러난 그의 어깨를 찰싹 때렸다.

"아! 뭐야?"

"일어나!"

"알았어, 알았다고."

그는 결국 침대에 일어나 앉았지만, 아직 잠에서 깨지 못하는 듯 눈은 반쯤 감고 있었다. 그의 검은색 머리칼은 조금 헝클어져 있었다. 그럼에도 불구하고 막 잠에서 깨어난 모습조차 잡지 모델처럼 멋지다는 것을 인정할 수밖에 없었다.

"벌써 씻었어?"

그가 잠긴 목소리로 물었다. 그는 침대 옆에 서 있는 내 팔을 붙잡고 끌어당겨 두꺼운 팔로 허리를 꽉 껴안았다. 그대로 내 목덜미에 코를 묻자 나는 그에게서 멀어지려고 바둥거렸다.

"으아, 너한테서 진짜 좋은 냄새 나."

"하지 마."

나는 일이 더 이상 걷잡을 수 없게 되기 전에 재빨리 그를 밀어내고 차갑게 말했다.

"너, 이게 뭐야?"

목욕 가운의 칼라를 옆으로 당겨서 열어 보이자, 그는 머리를 흔들어 졸음을 쫓아내고는 여전히 멍한 눈으로 한참을 바라보았다. 곧 내가 가리키는 것이 무엇인지 정확하게 인지한 그는 눈을 치켜떴다.

"아, 자국 남았어?"

"이런 거 남기지 말라고 했잖아."

어젯밤에는 너무 흥분해서 전혀 눈치를 못 챘다. 그런데 오늘 아침 화장실에서 거울을 보다가 목 옆에 희미하게 붉은 반점이 있는 것을 발견했다. 나는 분명히 내 몸에 어떤 자국도 남기지 말라고 처음부터 말했다. 내 몸에 있는 어떤 흔적이나 키스 마크도 보고 싶지 않았고, 다른 사람들이 볼까 봐 두렵기도 했다. 셔츠 칼라가 가릴 수 있을 위치이지만 그래도 너무 불쾌하고 불안했다.

"깜빡했어. 너무 흥분했나 봐, 미안."

그는 엷은 미소를 띠고 제법 진지하게 사과했다. 나는 눈살을 찌푸렸다.

"얼굴 찌푸리지 마. 다시는 안 그럴게, 약속해."

그리고 내가 몹시 불만스러워한다는 것을 알아채고는 조금 더 진지한 말투로 덧붙였다.

나는 한동안 눈을 가늘게 뜨고 그의 미소를 띤 얼굴을 가만히 응시했다.

"…씻어. 늦게 출발하면 또 지각이야."

나는 더 이상 논쟁하기를 포기하고 옷장으로 가서 셔츠와 바지를 챙겼다. 그때 뒤에서 휘파람 소리가 들렸고, 나는 고개를 홱 돌려 침대에서 몸을 일으켜 걸어가는 커다란 사람의 뒷모습을 쳐다봤다. 그는 내 시선에도 개의치 않고 유유히 수건으로 하반신을 감싸고 화장실로 들어갔다.

정말로, 저 녀석을 믿어도 괜찮을까?

"먼저 올라갈게. 커피 한 잔 사다 줘, 너랑 똑같은 걸로."

회사 건물에 도착하자 킹이 말했다.

나는 고개를 끄덕이고 회사 1층에 있는 카페로 향했고, 그는 엘리베이터로 갔다.

커피를 사려고 기다리는 사람들의 줄이 매장 면적을 거의 다 채울 정도로 길었다. 나는 그 사람들을 힐끔거리며 셔츠 칼라 깃이 제 위치에 있도록 옷매무새를 정리했다. 동시에 지금쯤 사무실에 편히 앉아 있을, 나를 이렇게 편집증에 시달리게 만든 원흉을 떠올렸다. 그 웬수 때문에 나는 종일 누군가가 이 자국을 보기라도 할까 봐 혼자 걱정해야 했다.

내 차례가 되었을 즈음 카페에서 커피를 마시고 있는 아주 낯익은 여자를 발견했다. 킹이 피하려고 부단히 애를 쓰던 바로 그 여자였다. 킹이 그녀의 이름을 말했었는데… 이름이… '모'였던 걸로 기억한다.

"다음 분, 주문받겠습니다."

내 앞에 있던 손님이 떠나자 주문받는 직원이 나에게 말했다. 나는 그 여자가 있는 쪽을 한 번 더 돌아보며 카운터로 가까이 다가갔다.

"아이스아메리카노 주세요."

"한 잔 드릴까요?"

킹의 커피를 하나 더 주문하려고 입을 떼려다가 문득 그가 한 짓을 떠올렸다.

"네, 한 잔이요."

조용히 돈을 건넨 뒤 옆으로 가서 내 커피를 기다렸다.

잠시 후 아이스아메리카노를 한 모금 마시며 여전히 같은 자리에 앉아 있는 모를 슬쩍 보다가 서둘러 카페를 나와 엘리베이터로 향했다.

그가 지금 내려온다면 그녀를 만날 수 있을 터였다.

"어, 내 커피는?"

킹은 내가 커피를 한 잔만 들고 사무실로 들어오는 것을 보고 물었다.

나는 가방과 커피를 책상 위에 올려놓고 그에게 돌아서며 단호하게 대답했다.

"안 샀는데."

"아, 으아. 너무 매정하잖아. 내 것도 사다 달라고 부탁했는데."

그가 투덜거렸다.

나는 몰래 미소를 지은 뒤 정색하고 대꾸했다.

"그렇게 마시고 싶으면 직접 줄 서서 사 와."

"알았다, 알았어. 간다, 가."

그는 자리에서 일어나 지갑을 들고 다소 짜증스러운 표정으로 사무실을 나갔다.

나는 속으로 조용히 웃고 그의 뒷모습을 보며 만족스러운 기분을 느꼈다.

일단 그 여자를 만나면 짜증이 멈출지도. 대신 화가 나겠지만.

"너, 킹 만났는데도 커피 안 사다 준 거야?"

킹이 사무실에서 나가는 것을 본 제이드가 물었다.

"너 아래층에 있는 회사에 다니는 아가씨, 킹을 엄청 괴롭히는 데다가 징징거린다는 그 여자 기억나?"

"어… 응. 왜?"

"카페에서 봤거든. 킹이 그녀를 보고 싶어 할 것 같아서."

킹이 카페에서 그녀를 만났을 때의 얼굴을 상상하면서 나는 싱긋 웃었다. 제이드는 조금 놀란 표정을 지었다.

사실 나는 원한을 품는 편이 아니었지만 그가 먼저 나와의 약속을 어겼고 그간 종종 내 신경을 건드리기도 했으니, 내가 그에게 복수를 하고 싶어 하는 게 그렇게 나쁜 일은 아니지 않나?

행운을 빌어, 킹!

잠시 후, 커피를 손에 들고 사무실로 돌아온 킹은 상당히 스트레스를 받은 얼굴로 나를 노려보았고, 나는 아무것도 모르는 척 계속 일을 했다. 하지만 속으로는 나의 작은 복수가 성공한 것을 몹시 만족스러워하며 웃고 있었다.

"제이드, 작업한 거 메일로 보냈어."

"…."

"제이드. 제이드!"

"어… 어?"

"내가 작업한 거, 이메일로 보냈다고."

나는 공상에 잠긴 친구에게 메일함을 확인하라고 했다. 그는 고개를 끄덕였지만 여전히 멍한 얼굴이었다. 나는 그런 그를 의심스러운 눈으로 살폈다. 직감적으로 제이드의 인턴 때문인 것 같았다.

"마이가 그리워?"

일부러 짓궂게 말해 그의 반응을 확인했다. 그는 깜짝 놀란 표정으로 나를 쳐다보았다. 그는 한동안 패닉에 잠겨 있다가 이내 고개를 저었다.

"아니. 내가 왜 마이를 그리워해. 학교에 갔어, 곧 올 거야."

그래, 그렇겠지.

표정을 보니 그가 마이를 보고 싶어 하고 있다는 걸 확신할 수 있었다. 내 친구가 드디어 대단한 발전을 이룬 것이다.

얼마 지나지 않아 친구가 보고 싶어 하던 그 사람이 손에 간식 봉투를 들고 사무실로 들어왔다. 나는 마이가 대학에서 사 온 바나나튀김을 보고 눈이 반짝이는 제이드와 제이드의 반응에 행복해하는 마이의 얼굴을 번갈아 쳐다보며 덩달아 즐거워했다. 그러다 우연히 마이와 눈이 마주쳤고, 그는 입 모양으로 '고마워요'라고 말했다.

마이는 내 친구를 음식이라는 유인책으로 세심하게 유혹했고, 제이드는 (음식을 통해) 쉽게 그에게 빠져들었다. 제이드가 아무리 느리더라도 이제는 그가 이 인턴에 대해 무언가를 느끼기 시작했음은 틀림없었다.

그러고 보니 제이드를 공략하기 위한 마이의 접근법은 아주 영리했다.

오늘 점심시간은 평소와 달리 조용했다. 가장 말이 많은 제이드가 바나나튀김을 잔뜩 먹는 바람에 배가 불러 점심을 먹을 수 없었기 때문이다. 그는 점심을 건너뛰고 사무실에서 휴식을 취했고, 나와 킹, 마이만 사무실을 벗어나 회사 건물 옆 식당에 식사를 하러 왔다. 뜨거운 태양을 피해 일분일초라도 빨리 시원한 사무실로 들어가 쉬고 싶은 마음에 우리는 서로 아무 말 없이 각자의 음식을 먹었다.

식사를 마치고 사무실로 돌아오는 길에 앞서 걷고 있던 킹이 바지 주머니에서 휴대폰을 꺼냈다. 그때 우연히 그의 휴대폰에 전화가 걸려 온 것을 봤다. 발신자의 이름은 보지 못했지만, 섹시한 여성의 프로필 사진이 보였고, 나는 그의 수많은 여자 중 한 명일 것이라고 짐작했다.

"먼저 가. 난 담배 피우고 갈게."

그는 마이와 나에게 말하고 건물 뒤쪽으로 걸어갔다.

내 시선은 점점 멀어지는 그의 넓은 등을 좇았다. 갑자기 마음속에 원인을 알 수 없는 불만이 떠올랐다.

담배는 무슨. 그 여자랑 전화하려는 거잖아.

나는 깊이 숨을 내쉬고 이 일에 더 이상 관심을 기울이지 않기로 했다. 그는 원하는 것은 무엇이든 할 수 있다. 당연히 원하는 누구와도 이야기를 나눌 수 있다. 그리고 그건 내 알 바가 아니다. 나는 단지 그의 섹스 파트너일 뿐이니까 그의 사적인 부분에 간섭할 권리는 없다. 단지 그가 솔직하지 않은 것이 경멸스러운 것뿐이다.

"마이, 난 사무실로 바로 갈 건데. 넌 뭐 좀 사 갈래?"

옆에 서 있는 큰 후배를 향해 몸을 돌린 순간, 마이가 아닌 누군가의 격앙된 목소리가 끼어들었다.

"으아!"

목소리의 주인을 알아본 나는 깜짝 놀랐다. 내 전 남자 친구가 회사 건물 입구 근처에 인상을 잔뜩 찌푸린 채 서 있었다. 그는 아주 화가 난 얼굴로 성큼성큼 다가왔고, 나는 완전히 얼어붙은 채로 점점 가까워지는 그를 보고만 있었다.

그는 지난 몇 주 동안 다시 만나자는 연락을 하지 않았다. 그래서 이제는 완전히 포기했을 거라고 생각했는데, 갑자기 이렇게 내 직장에 나타날 줄은 생각도 못 했다.

이건 명백한 사생활 침해잖아!

"왜 여기 있어?"

"얘기 좀 하려고. 나 피하지 마."

그는 허락도 없이 내 손목을 붙잡고 목소리를 높였다.

옆에 서 있던 마이는 몹시 곤란해 보였다. 나는 폭의 손을 떼어 내고 그의 얼굴을 매섭게 노려보았다.

"우린 이미 예전에 끝났어. 더 이상 당신이랑 할 얘기 없어."

"난 아직 안 끝났어! 몇 달 동안이나 너랑 다시 만나려고 노력했다고. 도대체 왜 이렇게 비싸게 굴어?!"

그의 목소리가 너무 커서 주변 사람들의 시선이 우리 쪽으로 집중됐다. 나는 심호흡을 하며 이 분노와 당혹감을 진정시키려고 노력했다.

연애하는 동안, 그는 나에게 특별히 나쁜 행동을 한 적은 없었다. 나 몰래 다른 사람을 만나고 있었다는 걸 들키기 전까지는 확실히 그랬다. 하지만 그 이후엔 갑자기 돌변해서 화를 내고, 소리를 지르고, 거친 말을 퍼부으며 본모습을 여과 없이 드러냈다. 그래도 이렇게까지 위협적일 거라는 생각은 못 했었다.

"난 할 얘기 없다고. 다시 만나지도 않을 거야. 내가 당신과 만났던 사실 자체를 역겨워하게 만들지 마."

"으아!"

"마지막으로 한 번만 더 말할게. 가. 더 말할 건 없어."

"그냥 좀 오해한 것뿐이야. 왜 이렇게 일을 크게 만들어? 난 아직 할 얘기 남았어!"

그는 다시 내 팔을 잡으려고 빠르게 다가왔고, 그 사이 주변의 다른 사람들이 수군거리기 시작했다.

"가."

"못 가!"

그때 폭의 손을 떼어 낸 것은 마이였다. 그가 폭으로부터 나를 떨어뜨리고 그 앞을 막아섰다. 폭은 자신의 앞을 가로막은 마이를 보고 더 화가 난 표정을 지었다.

"넌 뭐야?! 남 일에 참견하지 마!"

"아니, 당신이야말로 그만둬."

나는 마이에게 가까이 다가가면서 그에게 대꾸했다.

"나랑 얘기하고 싶으면 내 남자 친구랑 먼저 얘기해."

"뭐?!"

폭은 마이의 얼굴을 쳐다보며 소리쳤다.

나는 마이의 얼굴이 어떤지는 보지 못했지만, 부디 그가 이 상황을 이해하고 잠깐만 협조해 주길 바랐다.

"네가 이런 꼬맹이랑 사귄다고? 하! 전혀 못 믿겠는데."

"글쎄, 그건 네가 생각하기 나름이지. 어쨌든 지금은 만나는 사람이 있으니까 더 이상 귀찮게 하지 마."

"야, 너…."

"이미 헤어진 사람을 이런 식으로 붙잡는 건 보기 좋지 않아요."

마이의 말투는 여전히 정중했지만, 말의 내용은 핵심을 꿰뚫었다.

"이런 짓 그만두는 게 좋을 거예요. 요즘 SNS에 소식들 금방 도는 거 알죠? 아마 여기 누군가가 당신의 한심한 행동을 공유할지도 몰라요."

"이 새끼가!"

폭이 우리 쪽으로 달려들려는 순간 근처 경비원들이 달려와 제지했다.

"잘 부탁드립니다."

마이가 경비원들에게 그를 인계하고는 내 손목을 잡고 건물 안으로 이끌었다. 나는 마이를 따라가며 여전히 뒤에서 소리를 지르고 있는 전 남자 친구를 돌아봤다. 그리고 스스로에게 연민을 느꼈다. 사람들은 한동안 우리를 보고 수군거렸다.

어떻게 저런 사람과 연애를 했지? 그와 헤어진 건 정말 천운이었다.

마이는 엘리베이터를 기다리는 동안 내내 내 손목을 잡고 있었고, 엘리베이터에 들어서 문이 닫히자마자 내 손을 놓고 옅게 미소를 지었다.

"정말 고마워."

그에게 감사의 인사를 전하자 마이는 가볍게 고개를 저었다.

"아니에요."

그 후 우리는 아무 말도 하지 않았고, 곧장 사무실로 돌아왔다. 하지만 책상에 앉자마자 다시 폭의 전화가 울려 댔고, 나는 바로 그의 전화를 차단했다.

내 입장에서는 이미 새로운 남자 친구가 생겼다고 말하는 것이 최선이자 최후의 수단이었다. 그러니 이제는 정말로 그가 나를 괴롭히는 일을 그만둬 주기를 바랐다. 그러지 않으면 남은 건 그를 경찰에 신고하는 것 등의 가혹한 방법뿐이다. 폭은 유명한 정치인의 아들이었고, 그의 아버지가 자신의 아들이 남자와 다시 만나기 위해 공개적인 장소에서 창피한 싸움을 벌였다는 사실을 알면 절대 가만둘 리 없다는 것을 생각하지 못한 것 같다.

점심을 먹으러 떠났던 사람들이 하나둘 사무실로 돌아왔다. 물론 조금 전 사건을 목격한 사람들이 많았기 때문에 그들이 나누는 대화는 필연적으로 나에 관한 것이었다. 나는 계속 일을 하면서 모두가 이야기하는 것이 내 일이 아닌 것처럼 행동했다.

"킹 형!"

잠시 후 들려온 건의 외침에 나는 무심코 사무실로 들어오고 있는 그 이름의 주인을 쳐다보았다. 그는 곧장 자신의 책상으로 가 앉았고, 제이드가 그에게 다가가 따져 물었다.

"도대체 어디 있었어? 무슨 일 있었는지 몰랐어?"

"담배 피우고 있었어. 무슨 일인데?"

"으아의 전 애인이 다시 만나자고 찾아와서 소란을 피웠어."

제이드가 그렇게 말하자 킹은 눈썹을 살짝 치켜올리더니 곧바로 나를 돌아보았다.

"맞아요, 형. 젠장, 진짜 심각했다니까요. 건물 앞에서 소리 지르고…. 마이가 으아 형 새 남자 친구인 척하다가 한 대 맞을 뻔했어요."

건이 재빨리 말했다. 킹의 얼굴은 잔뜩 굳었다.

"뭐? 마이, 그래서 어떻게 됐어?"

"경비원에게 인계하고 으아 선배를 데리고 나왔어요. 둘이 손도 잡았는데, 진짜 커플 같았다니까요."

나는 희미하게 미소를 띤 마이를 돌아보며 사과했다.

"남자 친구인 척하게 해서 미안해."

"괜찮아요, 이해해요. 그나저나 그 남자 하는 짓을 보니 이 대로 끝나진 않을 것 같은데…. 선배를 계속 스토킹할까 봐 걱 정이에요."

마이는 상당히 걱정스러운 표정을 지었고, 나는 고개를 저 으며 웃어 보였다.

"괜찮아. 알아서 할게."

다행스럽게도 쪽과 연애한 기간은 짧았고, 그동안 한 번도 내 콘도에 데려간 적이 없었기 때문에 그가 내 집까지 찾아오 지는 못할 것이라는 게 조금 위안이 됐다.

"다시 나타나면 경찰부터 불러, 꼭."

킹의 목소리는 어쩐지 평소보다 더 깊고 낮았다. 그의 날카 로운 눈도 더 강렬한 빛을 띠고 있었다.

그가 무슨 생각을 하고 있는지 짐작할 수가 없었다.

이 일이 그에게 영향을 주는 것도 아닌데 왜 그런 표정을….

날 걱정하는 거야…?

갑자기 가슴이 뜨거워지는 기분이었다. 나는 가까운 사람 이 별로 없다. 가족에게도 보살핌을 받지 못했고, 나를 챙기는 사람도 제이드뿐이다. 그런데 제이드 외에 나를 돌봐 주는 사람이 있을지 모른다는 생각이, 아니, 그런 기대를 하는 내가 너무 낯설었다. 킹이 실제로 그런 마음을 품었는지는 알 수 없지만, 그렇다고 킹에게 물어보는 것도 이상한 일이다.

어쨌든 그는 나를 친구라고 생각한다고 했으니, 그가 나를 걱정한다고 해도 전혀 이상한 일은 아닐 것이다.

"으아."

퇴근 후 지하 주차장으로 걸어가던 중, 사무실에서부터 계속 나를 따라오던 사람이 낮고 허스키한 목소리로 내 이름을 불렀다. 나는 돌아서서 킹의 얼굴을 보고 그의 다음 말을 기다렸다. 그는 평소 단둘이 있게 되면 신이 나서 나를 놀리곤 했는데, 조금 전 같이 엘리베이터에 탔을 때는 조용했다. 얼굴도 다소 경직돼 있다.

"바로 콘도로 갈 거야?"

"그럼 내가 어디로 가겠어?"

질문의 의도를 이해할 수가 없어서 되물었다. 그는 내 대답에 조금 더 스트레스를 받는 표정을 지었다.

"네 전 남자 친구가 거기서 기다리고 있을지도 모르잖아. 그 사람, 쉽게 포기하진 않을 것 같아."

이어진 그의 대답에는 조금 놀랐다. 그가 이런 말을 할 줄은 예상치 못했다.

"그 사람, 내가 어디 사는지는 몰라. 데려간 적이 없거든.

그리고 오늘 꽤 심하게 창피를 당했으니까…. 아버지가 정치인이라, 아버지의 명예 때문에라도 더 이상 이상한 짓은 안 할 거야."

"그렇다면 다행이고…."

그는 조용히 중얼거렸다. 그의 검은 눈은 한결 편안한 빛을 띠었지만 나는 이상하게도 가슴 한구석이 따끔거렸다.

킹은 단지 친구로서 걱정하는 것뿐일 텐데, 그가 정말로 걱정하는 모습을 보니 어떻게 반응해야 할지 당황스러웠다. 제이드만큼 가까운 사이도 아니었기 때문에 이런 상황이 어색하기도 했다.

보통 우리는 항상 다투기만 했지, 서로를 걱정하거나 보살핀 적은 없다.

"으아, 그 사람 무서워?"

갑자기 킹이 나에게 다가오면서 물었다. 그의 검은 눈은 어느새 의미를 알 수 없는 눈빛으로 내 얼굴을 응시했다.

"왜?"

"무서우면 내가 같이 자 줄게. 잠만 자는 게 아쉬우면 그 이상도 해 줄 준비가 돼 있어."

그의 능글맞은 얼굴은 내 불편하고 어색한 감정을 즉시 피곤하고 성가신 느낌으로 바꿔 주었다.

나는 한숨을 길게 쉬고는 등을 돌려 내 차로 향했다.

"으아, 내가 갈…."

"이번 주 할당량 끝났어."

그의 헛소리를 잘라 내고 차에 올라탔다. 문을 닫기 전 웃음소리가 들렸다. 나는 고개를 저으며 혀를 찼다.

그는 금방 원래대로 돌아왔다. 그의 행동에서 무언가 의미를 기대하는 것은 아주 어리석은 일이었다.

나는 내가 꽤 통찰력 있는 사람이라고 생각했다. 최소한 내지인들이 어떤 사람인지 잘 알고 있고, 그래서 그들이 어떤 상황에 어떻게 대처할지도 제법 정확하게 짐작할 수 있었다. 하지만 역시, 살다 보면 언제든지 예상치 못한 일이 일어나곤 한다. 그리고 이번에는 내가 뭔가를 단단히 잘못 생각했다.

나는 킹을 비롯한 다른 사람들에게 그날 폭이 경비원에게 끌려 나간 일로 크게 수치스러움을 느껴 다시는 나를 괴롭히지 않을 것이라고 장담했다. 내가 아는 그는 사람들의 시선과 평판에 몹시 민감했기 때문이다. 그래서 이제야말로 폭이라는 사람이 내 인생에서 완전히 사라질 것이라고 여겼고, 안심했다.

그 해방감은 단 일주일뿐이었다. 그가 회사에 왔던 날, 곧장 나에게 연락할 수 있는 모든 수단을 다 차단했는데 그는 이제 다른 사람의 전화번호로 나에게 연락하기 시작했다. 그는 나에게 이미 남자 친구가 있다는 사실을 믿지 않는다며 다시만나자는 말만 반복했다. 제이드는 마이와 내가 진짜 커플이라고 믿게끔 마이와 찍은 사진을 인스타그램에 올리라고 제안했다. 하지만 그렇게까지 할 필요가 없는 일이고, 후배를 이 이상 괴롭히고 싶지도 않았다.

그리고 무엇보다 제이드가 한 말을 통해 한 가지 사실을 알 수 있었다.

제이드는 마이가 나를 좋아하고 있다고 오해하고 있었고, 심지어 나와 마이를 짝지어 주려고 했다.

나는 제이드가 그런 오해를 하게 된 이유가 무엇인지 도무지 이해할 수가 없었다. 최근까지 마이와 나는 거의 말도 하지 않는 사이였다. 체육대회 날, 제이드를 좋아한다고 솔직하게 말한 이후에야 그가 나에게 제이드에 관한 조언을 구하기 시작하면서 더 자주 이야기를 나누었을 뿐이다. 그런데 제이드는 자신의 생각을 너무나 굳게 믿고 있었다. 그래서 나는 마이에게 직접 물어보라고 말했다. 마이에게 직접 듣지 않는다면 제이드는 그것을 믿지 않을 것이 분명했다.

나는 너무 늦기 전에 마이가 제이드에게 자신의 마음을 분명히 전하기를 바랐다.

수요일 저녁, 사무실을 나와 콘도로 돌아가기 위해 주차장으로 가는 중이었다. 제이드와 마이를 포함한 대부분의 직원들은 이미 오래전에 퇴근했고, 나는 6시 반까지 남아서 일을 하고 나왔다. 킹도 잔업이 있어서 야근을 하고 있었지만, 오늘은 그와 별다른 약속이 없기 때문에 기다리지 않고 바로 짐을 챙겨 먼저 나왔다.

나는 평소 건물 지하에 주차를 했지만 오늘은 야외 주차장으로 차를 가지러 가야 했다. 아침에 차가 너무 막히는 바람에 회사에 도착하니 이미 지하 주차장이 만원이었고, 그래서 부득이하게 그늘 한 점 없는 야외 공간밖에 주차할 곳이 없었기 때문이다.

마침내 야외 주차장에 다다른 나는 붉게 물든 어두운 하늘을 올려다보며 곧 비가 올 것 같다는 불안한 기운을 느꼈다. 비가 오면 도로 위 상황은 당장 최악으로 치달을 것이고, 9시는 되어야 콘도에 도착할 수 있을 것이다.

"이제 가는 거야, 으아? 오래 기다렸는데."

누군가의 거친 목소리가 내 발걸음을 붙잡았다. 목소리가 들리는 쪽을 보니 폭이 내 차 근처에 서 있었다. 그의 얼굴은 완전히 고요했지만 눈은 잔뜩 성이 나 있었다. 나는 그 모습을 보고 주먹을 꽉 쥐었다.

킹의 말이 맞았다. 그는 정말로 나를 쉽게 놓아줄 생각이 없었다.

"기다리라고 한 적 없어."

나는 내 차에 기대어 입꼬리를 잔뜩 비틀어 올린 폭을 향해 단호하게 말했다.

"네 남자 친구는 어디 가고?"

"무슨 상관이야."

가만히 서서 주위를 살폈다. 이쪽은 경비원이 볼 수 없는 사각지대였다.

"남자 친구라더니, 다른 사람이랑 차 타고 가던데? 아주 행복해 보이더라고."

말을 잇는 폭의 얼굴이 분노로 일그러지기 시작했다.

나는 본능적으로 뒷걸음질 쳤지만, 큰 소리를 지르며 달려온 폭보다 한참 느렸다.

"네 남자 친구는 어디 있는데? 어디 있냐고! 애초에 없었지? 나한테 거짓말한 거잖아!"

"우린 오래전에 끝났어. 내가 누구를 만나든 만나지 않든 상관없잖아."

나는 차갑게 대꾸하며 그에게 붙잡힌 팔을 빼내려고 몸부림쳤지만 소용없었다. 점점 더 세지는 그의 손아귀 힘에 고통스러워하며 눈살을 찌푸릴 뿐이었다.

"난 아직 안 끝났다니까! 나한테 돌아오라는 게 시발, 그렇게 힘드냐?!"

"다시 만나고 싶지 않다고!"

나도 목소리를 높여 소리쳤다. 그의 눈에 극도의 분노가 일었다. 그에게서는 희미한 술 냄새까지 풍기고 있었다.

"이거 놔!"

"못 놔!"

"놓으라잖아. 귀먹었냐?"

그때 몹시 익숙한, 아주 느릿하고 위협적인 말투의 깊고 허스키한 목소리가 들렸다. 순간적으로 폭의 관심이 나에게서 멀어졌다.

목소리의 주인은 내 팔을 움켜쥐고 있던 폭을 거칠게 떼어냈고, 동시에 나는 그를 보고 굳어 버렸다. 그의 잘생긴 얼굴에는 엷은 미소가 남아 있었지만, 그 미소는 평소 회사에서 수많은 소녀팬을 매료시키던 능청스러운 남자의 모습은 조금도 찾아볼 수 없는 차가운 미소였다.

나는 조금 두려워져서 가슴이 두근거렸다. 킹을 알고 난 후 이런 얼굴을 본 적이 없었다.

"시발, 끼어들지 말고 꺼져!"

폭은 또다시 소리를 지르고는 나를 쳐다봤다.

"으아, 나한테 거짓말한 거 알아. 그 애 네 남자 친구 아니지?!"

"그래, 맞아. 그 애는 으아의 남자 친구가 아니야."

킹이 나를 대신해 대답했다. 그는 몸을 돌려 나를 바라보았고, 그 강한 팔로 내 허리를 꽉 감싸안았다.

"그때 내가 거기에 없었으니까, 도와준 것뿐이야. 으아의 진짜 남자 친구는 나야."

"거짓말하지 마! 난⋯."

퍽!

그의 주먹이 묵직하게 폭의 얼굴을 강타했다. 깜짝 놀랄 만큼 큰 소리가 났다. 내가 충격에 빠져 있는 사이 킹이 바닥에 누워 있는 내 전 남자 친구를 향해 다가가 경고했다.

"믿거나 말거나 네 맘이지. 근데, 이건 경고야. 내 남자 친구 괴롭히는 걸 관두든지, 아니면 나한테 더 처맞든지. 골라."

"너⋯ 너, 내가 겁먹을 줄 알아?!"

그렇게 외치는 폭의 목소리가 떨렸다. 그의 입과 코에서는 피가 흘렀고, 킹이 다가서자 공포에 질린 얼굴로 뒷걸음질 쳤다. 그는 정말로 두려워하고 있었다.

그 순간 나는 폭의 기분을 이해할 수 있었다. 킹이 정말로 위협적으로 보였기 때문이다.

"마지막 경고야. 병원에 드러누워 있고 싶은 게 아니면 꺼져."

킹의 목소리는 인내심이 곧 바닥날 것임을 드러내듯 단호했다. 폭도 그것을 눈치챘는지 황급히 땅을 짚고 일어나 차를 몰고 떠났다.

곧 주변의 모든 것이 고요해졌다. 나는 가만히 서서 킹의 넓은 등을 보며 무슨 말을 해야 할지 고민했다.

그는 크게 숨을 한번 내뱉고는 나를 향해 돌아섰다. 그리고는 진지한 얼굴로 나를 훑어보며 물었다.

"괜찮아?"

"응, 괜찮아."

나는 조용히 대답했다.

그는 가까이 다가와 내 팔을 잡고 소매를 끌어 올린 뒤 이리저리 살폈다. 나는 그의 눈을 차마 마주 볼 수 없어서 시선을 돌렸다.

"멍들었잖아."

"없어지겠지."

공포에 질려 요란하게 뛰던 내 심장은 아직도 비정상적인 리듬으로 쿵쾅거렸다. 킹이 내 손목에 든 멍을 조심스럽게 쓰다듬어 주자 심장이 더 심하게 뛰었다.

심장이 왜 이렇게 뛰는 거지…?

"어떻게 여기 있어? 너… 아직 일 안 끝났다며."

"마무리하고 가려고 했는데, 그렇게 급한 일은 아니어서 그냥 나왔어. 때맞춰 와서 다행이야. 큰일 날 뻔했네."

킹은 폭의 차가 지나간 방향을 바라보다가 나를 돌아보며 단호하게 말했다. 조금 화가 나 보였다.

"내가 말했잖아. 저 사람 이대로 쉽게 포기할 것 같지 않다고."

"네가 이렇게까지 했으니까 다시는 안 올 거야. 정말로."

"이전에도 그렇게 말해 놓고…."

킹이 투덜댔다.

잠시 우리 사이의 공기를 침묵이 메웠다.

"당분간 우리 집에 있어, 일주일만. 지금은 혼자 있지 마."

"괜찮…."

"차는 여기 두고, 오늘은 내 차로 가."

킹은 대답을 듣는 것조차 거부하고 내 팔을 잡아당겨 걷기 시작했다. 나도 더 이상 저항하지 않고 얌전히 그를 따랐다.

솔직히 말하면, 폭이 집까지 따라올까 봐 무서웠다. 킹의 집에 있으면, 적어도 혼자는 아닐 테니까….

차 안은 조용했다. 킹은 차에 시동을 걸었지만 출발하지는 않았고, 감정을 조절하려는 듯 굳은 얼굴로 앞만 보았다. 나는 한동안 그를 몰래 관찰하다가 조용히 말을 꺼냈다.

"아까, 정말 고마웠어."

"별거 아니야."

그는 생각에 잠긴 얼굴로 나를 보며 살짝 고개를 끄덕였다.

"그런 사람이랑은 사귀지 말았어야지."

"나도 알아. 잘못 판단했어."

나도 나 자신에게 꽤 화가 났다. 그 사람을 충분히 잘 안다고 생각했지만, 처음 만난 날 그토록 예의 바르게 보이던 사람이 이렇게 폭력적으로 변할 줄은 몰랐다.

"다음에 연애할 땐 잘 보고 결정해. 겉모습으로 사람을 판단할 수는 없어. 처음엔 천사였어도, 언제 악마로 돌변할지 몰라. 연애하다가 문제가 생기면 이렇게 후회하게 될지도 모른다고."

그의 말은 좀 놀라웠다. 수년 동안 킹을 알고 지냈지만, 그가 이렇게 길고 진지하게 충고를 할 수 있다는 것은 전혀 몰랐다.

"그래서 너 같은 사람 안 만나잖아."

나는 일부러 무표정한 얼굴로 진지하게 말했다. 그는 웃음을 터뜨렸다. 굳어 있던 얼굴이 한결 편안해졌다.

"너 진짜 못되게 군다? 방금 널 구해 준 사람한테 그런 말을 해?"

"이건 이거고, 그건 그거지. 도와준 건 이미 고맙다고 했잖아."

그 말을 듣자 그의 날카로운 눈빛이 순식간에 교활한 빛을 띠어서 조금 놀랐다. 킹은 내 쪽으로 몸을 기울여 나와 눈을 마주쳤다.

"고맙단 말로는 부족하다고 하면?"

"그럼 뭘 원하는데?"

나는 그의 숨은 의도와 점점 뜨거워지는 눈빛을 알아채지 못한 척 고개를 살짝 기울였다. 사실 그 대답을 예상하는 일은 어렵지 않았다. 이미 그가 원하는 것이 무엇인지 정확하게 알고 있었다.

"감당할 수 있겠어?"

킹의 속삭임을 따라 그의 따뜻한 숨결이 내 목덜미를 스쳤다. 그는 커다란 손으로 내 몸을 쓸며 입 맞췄다.

갑자기 차 안의 온도가 치솟기 시작했다. 나는 두 팔을 들어 그의 목을 감싸안고 키스했다. 우리의 혀끝은 아주 오랫동안 경쟁하듯 서로를 탐했다.

"내 차, 선팅해 놨어."

입술 근처에서 깊고 낮은 목소리가 그르렁대며 속삭였다. 나는 내 벨트를 풀려고 하는 그의 손을 붙잡았다.

"여긴 너무 좁아. 우선 네 콘도로 가자."

나는 부드럽게 속삭이고 매혹적인 미소를 지어 보이며 그의 가슴을 밀어냈다.

차 안에서 하는 것도 재미는 있겠지만, 이곳은 회사 주차장이다. 이런 곳에서 장난을 치는 건 좀 불안하다.

킹은 이미 불이 붙은 욕정을 조절하려는 듯 심호흡하고 운전석에 등을 기댔다.

"하고 싶으면, 빨리 가."

나는 웃으며 말했다.

몇 초 후, 차는 서둘러 주차장을 떠났지만, 쏟아지는 비로 도로 위는 마비 상태가 되었다.

"빌어먹을, 도대체 뭐가 문제야?!"

초록색으로 바뀔 기미가 전혀 보이지 않는 전방의 빨간불을 보며 그가 화를 냈다.

그가 짜증스럽게 혀를 차는 소리를 들으며 나도 모르게 살짝 미소를 지었다.

"진정해."

또 다른 의미로 끓어오르는 그를 보며 문득 장난이 치고 싶어진 나는 그의 무릎에 손을 얹었다. 그리고 조금씩 허벅지를 쓸고 점점 위로 올라가…

"내가 아무 길가에나 차 세우길 바라는 거야?"

내 손이 그의 물건을 어루만지자 그는 더욱 세게 운전대를 움켜쥐고 이를 악물었다.

바지 아래 그것이 내 손길에 즉각적으로 반응하는 것을 보자 웃음이 나왔다. 그 순간 신호등이 녹색으로 바뀌었고, 나는 앞서 달려가는 자동차를 힐끗 보았다.

"운전해."

나는 바지가 터질 듯 자라난 물건을 장난스럽게 문지르며 말했다.

운전자의 숨이 거칠어졌고, 나는 더 짙게 미소 지었다. 그리고 천천히 그의 바지 지퍼를 내리고 안으로 손을 넣어 그의 것을 직접 어루만졌다. 킹이 낮게 으르렁거렸고, 차는 점점 속도를 올려 앞으로 나아갔다.

나는 그를 놀릴 수 있다는 사실에 즐거워하며 웃었지만, 너무 지나쳤던 것인지 킹은 콘도에 도착한 후 꽤 거칠게 나를 몰아붙였다.

"으아, 자?"

거의 밤새 그와 침대 위를 뒹굴다 지쳐 반쯤 잠이 들었을 때, 나를 부르는 허스키한 목소리가 들렸다. 나는 대답 대신 얼굴을 베개에 묻었다. 내 옆에 누워 있던 그가 침대에서 일어났고 허전함이 느껴졌다. 조금 떨어진 곳에서 뭔가 달그락거리는 소리가 들렸다. 곧 그가 내 오른팔을 들어 올려 무언가를 바르고 문질렀다. 코끝에 닿는 은은한 향이 멍을 진정시켜 주는 연고라는 걸 알 수 있었다.

주변의 모든 것이 점점 흐릿해지고 있었지만, 그 아득함 속에서 무언가가 내 마음속으로 스며들었다. 잠이 드는 순간 내 마음은 이루 말할 수 없이 따뜻하게 차올랐다.

어쩌면 내 인생이 그렇게 나쁘지만은 않을지도 모른다.

12
유대

나는 폭이 또다시 나타날까 봐 일주일 내내 킹의 콘도에 머물렀다. 그 일주일 동안은 아무 일 없이 평화로웠다. 나를 찾아왔다가 킹에게 얻어맞은 날 이후로는 그에게서 메시지나 전화가 오지 않았고, 또 그가 어딘가에서 나를 기다리는 일도 없었다. 마침내 확실하게 교훈을 얻은 것 같았다.

킹에게 이제는 내 집으로 돌아가겠다고 말했다. 그의 사적인 공간을 너무 많이 침해하고 싶지 않기도 했고, 또 다른 이유를 말하자면….

"오늘 돌아갈 거야? 그 사람이 네가 방심할 때까지 기다렸다가 다시 괴롭히면? 일주일만 더 있어. 난 괜찮아."

출근 준비를 하기 위해 침실에 있는 큰 거울 앞에서 머리를 빗고 있는 동안 그의 끈적한 손이 내 등허리를 어루만지며 말했다.

나는 눈을 가늘게 뜨고 고개를 절레절레 저었다. 여전히 수건으로 아래만 가린 채 옷 입을 생각도 없이 내 몸을 매만지는 그를 보며 약간 짜증이 났다.

바로 이 사람 때문에 빨리 내 집으로 돌아가고 싶었던 것이다. 그의 성욕이 이렇게 엄청날 줄 몰랐다. 일주일에 3회 이내로 합의했지만, 그는 그의 집에 머무르는 대가로 내게 그보다 더 많은 임대료를 요구했고, 나는 그때마다 그가 선사하는 전희에 휩쓸리고 말았다. 정신을 차렸을 때는 너무 잦은 것 같다는 느낌이 들었다.

아직 그에게 말하지는 않았지만, 다음 주에는 우리 집에 오지 말라고 할 것이다. 일주일 정도 안 한다고 죽지는 않겠지, 설마.

"갈 거야. 그 사람도 다시는 안 올 거고. 옷이나 입어, 7시야."

나는 그에게 이번 달만 벌써 세 번째로 회사에 지각하게 생겼다고 서두르라고 재촉했다. 그의 얼굴에는 따분하다는 표정이 떠올랐다.

"금요일만 되면 너무 나른해. 휴가 낼까?"

"안 돼. 오늘 마이 송별회야."

다시 내 허리로 다가오는 그의 손을 피하고 단호하게 말한 뒤, 거실로 나가 그를 기다렸다가 함께 출근했다.

다음 주면 마이가 우리 회사에 인턴으로 온 지 4개월이 되는, 우리 회사에서 인턴으로 일하는 마지막 주였다. 그래서 부서에서는 그를 위한 송별회를 열어 주기로 했다. 많은 사람들이 마이에게 졸업 후 우리 회사에 지원하라고 권유했지만, 제이드와 나는 마이 같은 인재는 이런 소규모 회사에 갇히는 것보다 큰 회사에서 커리어를 쌓으며 더 많은 기회를 누리는 것이 낫다고 생각했다.

나는 마이의 멘토였던 내 옆 책상 주인을 바라보았다. 그는 지금 아무것도 하지 않은 채 작업이 켜져 있는 컴퓨터 화면을 멍하니 보고 있었다. 지난 한 주 동안 내 친구는 평소보다 말수가 적었고, 그와 마이 사이에는 이전까지 볼 수 없었던 어색한 분위기가 감돌았다.

마이는 어제도 나에게 조언을 구했다. 그는 이미 제이드에게 좋아한다고 말했지만, 제이드가 그를 피한다고 했다. 나는 나이가 들면 누군가를 가볍게 만나 일시적인 즐거움을 누리기보다는 안정적인 사람을 찾게 되기 때문에 제이드에게 조금 더 생각할 시간이 필요할 수도 있다고 말하며 위로했다. 마이는 아직 어렸고 다른 사람을 만날 기회도 많지만, 내 또래의 사람들은 더 이상 그런 피상적인 관계에 시간을 낭비하고 싶어 하지 않는다.

물론, 킹을 제외하고. 그는 여전히 아주 오랫동안 자유로운 독신 생활을 즐기고 싶어 하는 것 같다.

제이드는 확실히 혼자만의 시간이 필요한 것 같았지만 이렇게까지 멍한 모습을 본 적이 없어서 낯설었다. 그래서 정오쯤, 회의가 끝난 뒤에도 여전히 회의실에 남아 있는 그에게 물었다.

"무슨 일 있어? 너 너무 조용해."

내 물음에 그는 조금 놀란 듯한 표정을 짓다가 이내 메마른 미소를 지었다.

"넌 날 너무 잘 알아, 하하!"

"넌 오픈북이나 다름없어, 제이드. 네가 마음속에 근심거리를 가지고 있다는 걸 누구나 알 수 있을걸."

"그래 보여?"

그는 몹시 지친 표정으로 등받이에 기대어 중얼거렸다.

나는 그를 잠시 바라보다가 물었다.

"응, 무슨 일이야?"

제이드는 눈을 뜨고 잠시 멍하니 천장을 보다가 중얼거렸다.

"네가 마이에게 물어보라고 해서, 그렇게 했어."

"음."

"마이가 날 좋아한대."

글쎄, 아마 회사에 있는 모든 사람이 그 사실을 이미 알고 있을걸.

"계속 얘기해."

"음…. 요 며칠 마이가 나에게 거리를 두는 것 같아."

"너희 둘이 좀 떨어져 다니는 것 같긴 하더라."

제이드는 더욱 우울해 보였다. 아마도 자신이 마이를 이렇게까지 좋아하고 있었다는 사실을 깨닫지 못했을 수도 있겠다는 생각이 들었다.

"마이한테 무슨 심경 변화라도 있는 걸까? 내가 뭘 잘못한 거야?"

"넌 마이의 고백을 받고 어떻게 했는데?"

"당황해서… 어떻게 해야 할지 정말 하나도 모르겠어서 아무 말도 못 했어. 생각할 게 많기도 했고…. 근데 지금은 마이가 너무… 이상해."

"마이는 네가 자길 좋아하지 않는다고 생각하네."

"어? 아니, 난 아직 아무 말도 안 했는데 왜 그런 생각을 하겠어?"

"네가 아무 말도 하지 않았기 때문에 그렇게 생각하는 거야, 제이드. 누군가에게 고백을 했는데 그 사람이 아무 말도 없고 자길 피한다고 생각해 봐. 너라면 어떻게 생각하겠어?"

제이드는 몹시 당황한 얼굴이었다. 그는 이전까지 제대로 된 연애를 해 본 적이 없기 때문에 이런 일에 너무 느렸다. 이렇게 가만히만 있는 것으로도 상대가 오해할 수도 있다는 것을 알지 못했던 것이다.

"하지만… 난… 마이를 좋아해…."

"글쎄, 그 사람은 그걸 모르잖아. 내 생각엔 마이가 자신감을 좀 잃은 것 같아. 네가 같은 감정이 아니라고 생각할 테니까. 또 그렇다고 무례하게 대하고 싶지는 않을 거야."

"아…."

제이드는 고개를 떨궜다.

나는 그에게 다가가 어깨를 토닥이며 용기를 북돋웠다.

"일단 점심 먹자. 매점은 사람이 많을 것 같네. 그 일에 관해서는 마이가 더 우울해지기 전에 서둘러서 대화를 해 보는 게 좋겠어."

나는 조금 밝게 말했다.

그는 순순히 고개를 끄덕였고, 나는 그의 보슬보슬한 머리카락을 조금 헝클었다. 같은 나이인데도 제이드는 항상 동생 같았다.

이야기를 마친 후, 우리는 함께 먹을 것을 사러 밖으로 나갔다.

평소 점심시간의 불편한 분위기는 킹과 사이가 좋지 않은 나로부터 비롯됐는데, 이번 주는 완전히 뒤바뀌었다. 킹과 나는 말없이 밥을 먹고 있는 마이와 어색하게 눈치를 보고 있는 제이드 사이를 오가며 몰래 서로의 눈을 쳐다봤다.

이 둘에게서 이런 우울한 분위기가 나올 줄 누가 알았겠는가.

"그래서, 제이드한테 무슨 문제가 있는 거야?"

점심을 먹고 사무실로 돌아가는 동안 킹이 나에게 속삭였다.

나는 질문에 대답하기 전, 제이드가 긴급 업무로 호출되는 바람에 평소처럼 내 친구가 곁에 없는 상태로 우리의 앞을 걸어가고 있는 커다란 젊은 남자를 흘끔 보았다.

"제이드는 열심히 생각만 하느라, 마이가 왜 그러는지 모르고 있었어. 내가 설명해 줬고."

"몰랐다고? 생각보다 더 느리네."

킹은 조용히 웃다가 뒤를 돌아보았다. 그는 아무도 우리를 따라오지 않는 것을 보고는 돌아서서 능글맞은 눈빛으로 나를 보았다.

"제이드는 느리지만, 난 배우는 속도가 빨라."

"그래. 네 손은 머리보다 빠르고."

내 엉덩이를 세게 한번 움켜쥐는 굵은 손의 힘이 느껴지자 나는 이를 악물고 속삭였다.

내가 잰걸음으로 그에게서 멀어지자 킹은 교활하게 미소 지었다. 나는 한숨을 쉬며 무표정을 유지하려고 노력했지만 심장은 자꾸만 더 세게 뛰었다.

이 증상은 킹이 퐁에게서 나를 구해 준 날부터 시작됐다. 그가 나를 보호해 주었을 때, 나는 그가 단지 퐁을 단념시키기 위해서 한 행동이었을 뿐이라고 스스로를 다독였지만 떨리는 가슴은 진정이 되지 않았다. 하지만 킹이 내 팔에 연고를 발라 주었을 때는 도무지 이 감정을 부정할 수 없었다.

너무… 행복했다.

외로움 때문인지, 아니면 지금껏 날 이렇게까지 돌봐 준 사람이 없었기 때문인지는 모르겠지만 가슴이 너무 떨렸다. 그래도 선을 넘지 않도록 자제할 수는 있을 것 같았다. 내 삶에 들어온 누군가에게 이런 느낌을 받은 적은 몇 번 있었는데 얼마 지나지 않아 그것이 일시적인 감정의 소용돌이에 불과하다는 것을 깨달았다. 나는 그들을 별로 좋아하지 않았고 곧 잊어

버렸다. 이번에도 다른 때와 마찬가지로, 같은 방식으로 지나
갈 것이다.

그럼에도 불구하고….

나는 내 옆에서 엘리베이터를 기다리며 마케팅 부서의 젊
은 남자 직원과 웃으며 이야기하고 있는 키 큰 남자를 바라보았
다. 이전에는 킹의 얼굴을 보면 짜증부터 치밀어 오르곤 했다.
시간이 지나면서 점점 무덤덤해졌지만 요즘은 그를 볼 때마다
걱정스러운 기분이 들었다. 항상 무언가가 마음에 걸렸다.

FWB가 된 지 3개월이 지났고, 나는 인간의 감정을 가지
고 노는 것이 얼마나 위험한지를 깨달았다.

보통 금요일 오후에는 급한 일이 많지 않아서 여유롭게 일
을 하곤 했다. 하지만 이번 금요일은 달랐다. 나에게는 끝내야
할 일이 산더미처럼 쌓여 있었고, 상사가 작업 결과에 대해 너
무나 많은 수정을 반복적으로 요구하는 바람에 컴퓨터에서 한
시도 눈을 뗄 수가 없는 건 제이드도 마찬가지였다. 그렇게 종
일 일에만 시달리다가 시계를 확인했을 때는 어느새 퇴근 시
간이었다.

컴퓨터를 끄고 가방을 챙긴 후, 나는 사무실 동료 두 명을
태워 마이의 송별회가 열리는 식당으로 갔다. 사람들은 즐겁
게 이야기하고 술을 마시며 일어나 노래를 부르기도 했지만,
나는 조용히 식사만 했다.

"맥주?"

제이드가 나에게 맥주 한 병을 건넸다.

나는 그 갈색 병을 물끄러미 보다가 마지못해 고개를 저으며 탄산음료 한 병을 가져다가 잔에 부었다.

지난 회식에서 술을 너무 많이 마시는 바람에 큰 사고를 쳐 버렸고, 나는 아직도 그 일을 조금도 떠올리고 싶지 않았다. 결국 킹과 FWB가 되긴 했지만, 그 일은 분명히 실수였다. 지금이라도 시간을 되돌릴 수만 있다면 그 일을 막기 위해 무슨 일이든 했을 것이다.

나는 가만히 앉아서 다양한 술을 섞어 마시며 더욱 신나게 놀기 시작한 사람들과 함께 탄산음료를 마시며 시간을 보냈다. 킹 옆에 앉아 있던 마이는 파이 선배에 의해 반쯤 강제로 작별 인사 겸 노래를 부르게 됐다. 그가 부르는 슬픈 노래를 들으며 나는 내 옆에 앉아 여전히 뭔가를 심각하게 고민하는 제이드를 바라보았다.

노래가 끝나고, 마이는 파이 선배에게 마이크를 건네고 테이블로 돌아왔다. 제이드는 마이에게 무언가 말을 하려다가 바지 주머니에서 휴대폰을 꺼내더니 자리에서 일어나 전화를 하러 방 밖으로 나갔다.

"천천히 마셔. 진짜 쓰러진다?"

킹은 노래를 부르고 돌아온 뒤 끊임없이 술을 마시고 있는 마이의 손에서 잔을 빼앗았다. 하지만 마이는 잔을 다시 빼앗아 단숨에 들이켰다. 마이가 이렇게 어린아이처럼 고집을 부리는 모습을 본 것은 처음이었다.

"아오, 이 고집불통 꼬마. 무슨 일인데? 너 차였어?"

킹이 답답해하며 물었다.

나도 그에게 다가가 조용히 물었다.

"제이드가 아직 아무 말도 안 했어?"

"아직이요."

마이는 슬픔에 잠긴 얼굴로 술을 더 따르며 대답했다.

"걔는 또 뭘 그렇게 질질 끌고 있는 거야."

킹이 중얼거렸다.

"아마 저에게 상처를 주고 싶지 않은 거겠죠."

"그런 게 아닐 거야."

나는 그의 말을 부인했다.

마이는 쓴웃음을 지으며 답했다.

"침묵도 답이겠죠?"

나는 자리에 앉아 끊임없이 술을 들이켜며 아픈 가슴을 달래는 젊은 남자를 말없이 바라보았다. 지금은 킹과 내가 아무리 그를 말리려고 노력해도 더 이상 듣지 않을 것 같았다. 우리가 할 수 있는 일은 제이드가 돌아와서 스스로 문제를 해결하기를 기다리는 것뿐이었다.

"오늘은 펩시만 마시는 거야?"

마이가 술을 마시지 못하게 막는 것이 소용없다는 것을 깨달은 킹은 마이를 그대로 두고 대신 나에게 말을 걸었다. 그 날카롭고 검은 눈은 내 손에 든 탄산음료 잔을 보며 교활하게 웃었다.

"맥주 한잔 안 할래? 지난번 파티가 생각나서 그래?"

"닥쳐."

나는 몹시 짜증스럽게 대꾸했다. 그 일 때문에 아직도 술을 마시는 것이 두렵다는 것은 절대로 말하지 않을 것이다.

킹은 짜증이 난 내 얼굴을 보고 웃음을 터뜨렸다. 하지만 몇 초 뒤, 어묵튀김을 입에 넣다가 사레가 들려 질식할 때까지 콜록거리는 그를 보며 웃음을 터뜨린 건 나였다. 나는 그 우스꽝스러운 모습에 그의 얼굴이 벌게질 때까지 박장대소했다.

"여기."

나는 유쾌하게 웃으며 그에게 물 한 잔을 건네주었다. 킹은 유리잔에 담긴 물로 목구멍으로 씻어 낸 후 이상한 표정을 지었다. 그 얼굴은, 이상하게도 또다시 나를 불편하게 만들었다. 어쩐지… 유난히 다정해 보였다.

"뭘 봐?"

"처음이야…."

"…?"

"…네가 그렇게 웃는 거."

"…."

나는 그의 눈을 피해 고개를 돌렸다. 그러고 보니 그 말이 사실이었다. 나는 거의 웃지 않았고 특히 이런 식으로 웃는 법은 없었다. 게다가 그와 사이가 좋지 않았기 때문에 대화할 때면 대부분 노려보거나 정색을 하곤 했다.

킹이 이렇게 세심하게 나를 보고 있었을 것이라고도 전혀 생각하지 못했다.

킹은 조용히 맥주를 마시기 시작했고, 나는 접시에 담긴 음식을 조금씩 먹었다. 그리고 동료들이 번갈아 가며 즐겁게 노래하는 모습을 보다가 점점 몸을 가누기 힘들어하는 마이를 흘끔거렸다. 한참 후, 제이드가 파티룸으로 돌아왔고, 마이가 고개를 떨군 채 앉아 있는 것을 발견한 제이드의 눈이 커졌다.

"제이드, 네 꼬마 정신 놓은 것 같아. 차인 사람처럼 계속 술 마셨거든."

킹은 옆에 앉은 사람을 향해 고갯짓했고, 제이드가 곧장 그를 쳐다보며 질책하는 듯한 표정을 짓자 재빨리 덧붙였다.

"야, 그런 표정 짓지 마. 난 천천히 마시라고 했다고. 마이가 내 말을 안 들은 거지."

"9시 다 됐어. 넌 마이 데리고 집으로 가."

내가 말했고, 제이드는 마이에게 다가서며 깊은 한숨을 내쉬었다. 그리고 그의 팔을 들어 목에 감고 일으켰다.

"알았어. 나 먼저 들어갈게. 너희들도 조심해서 가."

"너도. 아, 조심히 운전해라. 마이 차 사고 나면 네 월급으로 감당 안 된다."

킹이 기회를 놓치지 않고 그를 놀렸다.

제이드가 일부러 겁을 주는 킹의 다리를 걷어차는 모습을 보며 나는 살짝 미소 지었다. 그리고 룸 앞쪽에 나와 즐겁게 노래를 부르던 동료들의 환한 얼굴을 보며 또 웃었다.

그 이후로도 음료수를 홀짝이며 다른 사람들이 노는 모습을 지켜보았다. 손목시계를 확인하니 벌써 9시 30분이었다. 이제 집에 갈 시간이었다.

"난 이제 갈게."

옆에 앉은 킹에게 말하고는 선배와 동료들에게 작별 인사를 하는데 갑자기 킹도 다른 사람들에게 인사를 하고 일어나 나를 따라왔다. 나는 눈을 찡그렸지만, 우리가 완전히 밖으로 나올 때까지 아무 말 하지 않고 기다렸다.

"왜 따라와?"

"네 차로 가면 안 돼?"

"네 차는?"

"여기에 두고 내일 찾으러 오게. 나 술 마셔서 운전 못 해."

나는 이해할 수 없다는 듯이 그를 머리부터 발끝까지 쭉 훑었다. 그가 맥주를 여러 잔 마신 것은 사실이었지만, 그다지 취한 얼굴은 아니었다. 그의 눈도 여전히 또렷하다.

"안 취한 것 같은데."

"맥주 몇 잔이나 마셨어. 가는 길에 음주 단속 걸리면 큰일 나."

"알코올 농도가 그다지 높지 않을 수도….."

킹은 두꺼운 눈썹을 찌푸리며 나에게 다가왔다.

"음주 운전 하라고? 그럴 순 없지. 이 사회의 구성원으로서 마땅히 지녀야 할 준법정신을 좀 가져, 아논 씨."

"좋아. 태워다 줄게."

나는 그를 상대하는 것에 지쳐서 대화를 짧게 끊고 차를 향해 빠르게 걸음을 옮겼다.

"시간 낭비하지 말고 그냥 네 콘도로 가. 거기서 잘래."

그의 말에 나는 휙 고개를 돌리고 얼굴을 잔뜩 찌푸렸다.

"네가 왜 내 콘도에서 자?"

"그래야 네가 나 내려 주고 돌아갈 필요가 없지."

"하지만…."

"난 널 일주일 내내 우리 집에서 재워 줬는데, 난 하루도 안 돼? 너무한 거 아냐?"

교활한 눈빛을 하고는 꽤 오래 이어진 불평에 나는 짜증스럽게 눈을 치켜떴다.

내가 네 생각을 모를 줄 알아?

술에 취했다는 건 핑계에 불과하다. 그는 그냥 내 콘도에서 하룻밤을 보내고 싶을 뿐이다. 그리고 분명, 무언가를 더 바라고 있을 것이다.

"그냥 잠만 자."

나는 먼저 선수를 쳤다. 오늘 밤은 너무 피곤하다. 그와 장난을 칠 체력도 없다.

킹은 웃으며 대답했다.

"알았어. 졸리니까 오늘 밤은 그냥 자겠다고 약속할게."

"좋아."

"내일도 있으니까."

그가 나를 향해 눈을 찡긋거렸다.

나는 고개를 젓고 차 문을 열었다. 뒤에서 신경질 나는 휘파람 소리가 들렸고, 나는 심호흡을 하며 감정을 억눌렀다. 그리고 그가 조수석 문을 여는 것을 노려보며 속으로 욕을 퍼부었다.

넌 뇌에 그런 생각밖에 없어? 변태냐고!

결국 나는 가짜로 취한 남자를 내 콘도로 데려와야 했다. 그는 잠만 자겠다는 약속은 지켰지만, 아침에 눈을 뜨자마자 수작을 부렸다. 하지만 나는 그의 자극적인 손길에 휩쓸리지 않을 만큼 강한 의지를 발휘했고, 킹은 결국 포기하고 아침 식사를 마친 후 10시쯤 콘도를 떠났다.

내 콘도에는 다시 평화가 찾아왔고, 나는 주중에 하지 못했던 방 청소를 하고 집을 정리하면서 하루를 보냈다. 막 청소를 마치고 방 안을 둘러보는데 벽에 걸려 있던 달력이 눈에 들어왔다.

내일을 가리키는 빨간 숫자가 완전히 잊고 있던 것을 떠올리게 했다. 나는 그것을 한참 동안 바라보다 달력에서 눈을 떼고 샤워를 하러 화장실로 들어갔다.

그날 밤, 나는 평소보다 일찍 잠자리에 들었다. 그리고 다음 날 아침 8시, 계속해서 울리는 메시지 알림에 잠에서 깨어났다. 휴대폰을 확인하니 가장 먼저 제이드가 보낸 장문의 메시지가 보였다.

'Happy Birthday!'

'으아, 스물일곱 번째 생일 축하해! 앞으로 더 행복하고, 더 건강하길 바라! 나처럼 너무 빨리 허리 망가지지도 말고, 좋은 사람들 많이 사귀고, 좋은 남자 친구도 만나고! 3천만 바트 로또에도 당첨되길! (당첨되면 나 잊지 말고)'

'네 생일 선물은 달아 놔. 지금은 돈이 부족해서…. 헤헤. 대신 내일 닭국수 사 줄게ㅋㅋㅋ'

나는 웃으며 제이드에게 답장을 보냈다. 또한 그가 마이와 이야기를 나눴는지 물어보는 것도 잊지 않았다. 모든 것이 잘 해결됐다는 짧은 답변 덕분에 나는 안심하고 채팅방에서 빠져나와 쉴 새 없이 메시지가 쏟아지기 시작한 IT 부서 단체 채팅방에 들어갔다. 동료들의 생일 축하 메시지와 스티커들이 가득 채팅방을 채웠다.

그 메시지를 읽으면서 가볍게 미소 지었다. 우리 부서는 직원들 개개인의 생일을 기록해 두었고, 생일에 맞춰 다들 축하 메시지를 보내곤 했다. 그래서 지난 몇 년 동안 제이드와 동료들의 메시지 덕에 내 생일을 기억했다. 사실 어제도, 우연히 달력을 보지 않았다면 오늘이 내가 태어난 날이라는 사실을 잊어버렸을지도 모른다.

나에게 생일은 그저 평범한 날 중 하나일 뿐이다. 생일엔 보통 하루 종일 집에서 조용히 쉬거나, 아침 일찍 스님들에게 공양을 하고 집으로 돌아오기도 했다. 특별히 기념하지도 않았고, 그럴 만한 일도 아니었다. 나는 내 생일에 별로 관심을 가져 본 적이 없다. 그리고 한 번도 신경 써 본 적이 없는 것은 내 엄마도 마찬가지다.

나는 정말 오랫동안 엄마에게 생일 축하를 받지 않았다. 아마 엄마는 인생에 최악의 날이자, 나 같은 기생충을 낳는 고통을 겪은 그날을 기억하고 싶지 않을지도 모른다.

휴대폰을 내려놓고 침대에서 일어났다. 씻고 아침으로 커피 한 잔을 마신 뒤 콘도를 떠나 인근 사찰로 향했다. 1년 넘게 절에 가지 않았는데, 지난 1년이 머리 아픈 일들로 가득 차 있던 것을 떠올리면 내 삶에 상서로운 기운을 조금이라도 불어넣을 수 있도록 공덕을 쌓아야 할 것 같았다.

공휴일이라 절에 공양을 하러 온 사람들이 꽤 많았다. 나는 스님께 공양을 올리고서 손바닥을 합장하고 축복을 받았다. 그 후 물고기에게 먹이를 주고는 가만히 서서 바람에 몸을 맡기고 눈앞에 펼쳐진 밝은 하늘과 드넓은 강을 감상했다.

나는 강이나 해변 같은 곳이 정말 좋다. 물을 보고 있으면 불안한 마음이 진정되기 때문이다.

떵!

그때 메시지 알림이 울렸고, 킹이 보낸 생일 축하 메시지를 보고는 눈살을 찌푸렸다.

'HBD, 으아 동생. 이제 우리 동갑 됐네. 선물을 뭘 줘야 할지 모르겠는데, 대신 날 가지는 건 어때? ㅋㅋㅋ'

급격하게 피곤해지는 느낌에 깊은 한숨을 내쉬었다. 생일에도 그는 여전히 내 신경을 긁는다.

동생은 무슨! 멍청이.

나랑 같은 해에 태어났으면서.

휴대폰을 잠그고 다시 바지 주머니에 넣으려는데 다시 진동이 울렸다. 동시에 화면에 떠오른 발신자 이름을 보고 나도 모르게 미소가 지어졌다.

"안녕."

"오빠아아아아아, 생일 축하해! 너무 보고 싶어!"

전화 너머로 들려온 생기 넘치는 목소리는 내 여동생인 톤카오의 목소리였다. 이 명랑한 열일곱 살 소녀는 우리 가족 중 내가 불편함 없이 이야기를 나눌 수 있는 유일한 사람이었다. 비록 그녀는 나와 열 살이나 나이 차이가 났고 내가 가족과 문제를 겪고 있다는 것을 알고 있었지만, 여전히 나와 연락을 계속했고 단 한 번도 나와 거리를 두려고 한 적이 없다.

"나도 보고 싶어."

내가 화답하자 그녀가 낄낄거렸다.

"나 보고 싶으면 놀러 와."

"네가 날 보러 오면 돼."

톤카오는 잠시 침묵하다가 조심스럽게 말했다.

"그게…."

"왜 그래?"

"사실 엄마가 오늘 오빠한테 전화해서 집에 초대하라고 했어. 엄마가 전화하면 받지 않을 거라면서…. 몇 달 동안이나 못 봤잖아. 오늘 오빠 생일이니까, 집에 와서 가족들 좀 만나래."

그녀의 말에 가슴이 심하게 떨렸다. 모든 감정에 무감각해졌다고 생각했는데 전혀 아니었다. 나는 오랜 세월 엄마로부터 생일 축하를 받은 적이 없었고, 그래서 엄마가 그것을 기억하고 있을 거라고는 전혀 생각하지 못했다.

엄마가 내 생일을 기억하고 있다는 건 내가 아직 엄마 마음속에 있다는 뜻이겠지…?

"오늘 시간 돼? 잠깐 들를 수 있어? 같이 저녁 먹자. 보고 싶어, 오빠."

하나뿐인 여동생의 애원하는 목소리가 내 마음을 녹였다.

"알았어. 저녁에 들를게."

"정말?! 먹고 싶은 거 있어? 엄마한테 만들어 달라고 할게!"

"뭐든 다 먹을 수 있어. 저녁에 보자."

나는 전화를 끊고 앞에 있는 강을 바라보았다. 조금 전까지 평화롭던 내 마음에 잔물결이 일기 시작하며 수많은 감정이 솟아올랐다. 기대와 기쁨, 걱정과 불안이 뒤섞인 감정이었다.

엄마가 내 생일을 기억하고 있다는 것이 너무 좋았지만, 그곳에 가면 보기 싫은 얼굴도 봐야만 했다. 엄마와 여동생과의 시간을 보내기 위해 그 집에 한두 시간쯤 있는 건 참을 수 있었다. 다만, 가능하다면 그 사람이 집에 없기를 바랐다.

그 남자의 얼굴을 보는 건 정말… 역겹다.

절에서 나와 콘도로 돌아온 나는 오후 5시쯤 다시 콘도를 나섰고, 내 차는 곧 의붓아버지의 집 앞에 멈춰 섰다. 사실 내가 살고 있는 콘도는 여기서 그다지 멀지 않았다. 집을 구하면서 가족에게서 멀리 떨어져야겠다는 생각을 하기도 했지만, 또 한편으로는 엄마와 여동생이 걱정됐기 때문에 같은 지역에 있는 콘도를 선택했다. 혹시라도 엄마나 여동생이 아프거나 일이 생기면 즉시 돌아갈 수 있도록 말이다.

혈연관계는 완전히 끊어질 수 없다. 본능 때문인지도 모른다. 엄마가 나를 사랑하지 않더라도 나는 그녀에게서 태어났고, 여전히 그녀를 사랑한다. 그게 너무 고통스럽지만….

"오빠!"

차에서 내리자마자 예쁜 소녀의 명랑한 목소리가 들려왔다. 톤카오는 집 밖으로 뛰쳐나와 나를 꼭 안아 주었다. 마지막으로 봤을 때보다 키가 조금 더 커진 동생의 머리를 애정을 담아 쓰다듬었다. 그리고 고개를 돌려 아래층에 세탁 서비스가 있는 집들이 줄지어 늘어서 있는 동네의 모습을 둘러봤다.

대학에 들어갈 때까지 거의 10년 동안 살았던 곳이 바로 이곳이었다. 그 이후로 나는 이곳에 거의 돌아오지 않았다.

"드디어 오셨네. 집으로 오는 길을 잊어버린 줄 알았는데."

엄마는 톤카오를 따라서 밖으로 나왔다. 몇 달 만에 아들을 만났는데도 아주 심드렁한 표정이었다. 나는 톤카오를 놓아주고 손을 모아 엄마에게 공손히 인사했지만, 엄마는 오히려 눈살을 찌푸리며 날카롭게 쏘아붙였다.

"빨리 들어와! 문 열어 놔서 모기 들어오잖아!"

나의 작은 희망은 눈 깜짝할 사이에 무너졌다. 엄마의 말을 듣고 초조하게 웃고 있는 여동생을 보다가 그녀의 손을 잡고 함께 집으로 들어갔다. 거실에 들어서자 나를 반기는 또 다른 목소리에 정신이 아찔해졌다.

"오랜만이구나, 으아."

톤카오의 손을 잡지 않은 다른 손을 꽉 쥐었다. 의붓아버지와 눈이 마주치자 몸이 저절로 긴장됐다.

"잘 지내셨어요."

속으로는 그를 무시하고 싶었지만, 지켜보고 있는 엄마를 보고 결국 마지못해 인사를 했다. 나의 의붓아버지라는 사람이 미소를 지어 보였다.

"돌아와서 기쁘구나, 으아. 정말 보고 싶었어."

그는 거리감이 느껴지는 내 딱딱한 말투를 듣지 못한 척 말을 이었다. 나를 보고 있는 그의 얼굴은 여느 아버지처럼 다정하고 인자해 보였다. 누군가 그의 이런 얼굴을 본다면 의붓아들을 몹시 아껴 주는 인정 많고 따뜻한 사람이라고 생각할 것이 분명했다. 그 거짓 미소가 얼마나 역겨운 얼굴을 가리고 있는지는 나만 알고 있다.

마음씨 좋은 어른이라는 가면 아래에는, 의붓아들을 추행할 기회만 노리는 역겨운 노인밖에 없다.

중학교 때까지 엄마가 별 관심을 주지 않았다는 것만 빼면 나는 다른 아이들처럼 꽤 평범한 삶을 살았다. 내가 게이라는 것을 들키기 전까지 말이다. 그 이후로는 내 인생의 내리막길이 시작됐다. 당시 의붓아버지는 엄마가 나를 심하게 욕보일

때마다 나를 옹호했고, 엄마 때문에 울고 있는 나를 안아 달래
주기도 했다. 그때의 나는 그 행동을 친절로 착각했다.

열네 살의 나는 누군가의 진짜 속내를 알아차리기에는 너
무 순진했다.

고등학교에 들어가면서부터 의붓아버지가 나를 자주 쳐다
보고, 불필요하게 가까이 다가오려고 애를 쓰며, 엄마보다 나
에게 더 많은 관심을 보인다는 것을 인지하기 시작했다. 이상
함을 느끼긴 했지만 의심하지는 않았다. 그저 나를 동정하고
있다고만 생각했다.

어느 날 학교에서 돌아와 거실 소파에 누워 있던 나는 나
도 모르게 잠이 들었다가 엉덩이를 강하게 움켜쥐는 불쾌한
손길에 잠에서 깨어났다. 흐릿한 시야가 점점 또렷해지고 눈
앞의 형상을 선명하게 인식하고서는 온몸이 마비될 정도로 커
다란 충격에 빠졌다.

"어… 뭐, 뭐 하시는 거예요?"

"널 깨우는 중이야, 으아. 엄마가 식사 준비를 마치셨단다.
저녁 먹을 시간이야."

그의 두꺼운 손이 내 엉덩이를 두드렸고, 그의 눈은 내 몸
을 더러운 시선으로 훑고 있었다. 나는 겁에 질려 방으로 도망
쳤고, 밤새 그곳에 숨어 몸을 떨었다.

그날 엄마가 집에 없었다면 무슨 일이 일어났을지 감히 상
상도 할 수 없다.

내가 그의 더러운 속내를 알아차린 후부터 그는 더 이상

자신의 의도를 숨기지 않았다. 그는 끊임없이 매스꺼운 눈빛으로 추행하기를 일삼았고, 엄마에 의해 내가 아래층 화장실에 갇혀 있는 동안에도 몰래 문을 열려고 몇 번이나 시도했다. 그래서 나는 그 어둠이 더욱 공포스러웠다. 다행히 엄마에게 발각되어 문을 여는 데 성공하지는 못했지만, 그 후에도 계속해서 그 비슷한 짓들을 자행했다. 이대로 두면 정말로 곧 일이 벌어질 것만 같은 두려움을 느낀 나는 엄마에게 사실을 알렸다. 그런데도 엄마는 오히려 나를 때리고 악을 쓰며 미친 듯이 저주를 퍼부었다.

"너만 변태인 걸로는 모자라? 어떻게 네 아버지가 널 추행하려 했다는 말을 할 수가 있어?! 그는 남자라고, 너 같은 호모가 아니야! 네 아버지가 얼마나 잘해 줬는데 감히 그의 명예를 이렇게 훼손할 수가 있어?! 이 배은망덕한 악마의 자식!"

그것이 내가 처음이자 마지막으로 누군가에게 이 일에 대해 언급한 때였다. 결과적으로 살아남기 위해서 의지할 곳은 나 자신뿐이라는 것을 깨달았다.

고등학교 시절은 내 인생에서 가장 힘든 시기였고, 나에게 이 집은 지옥과 다르지 않았다. 나는 미치기 일보 직전의 편집증 속에서 살았고, 너무 무서워서 다른 누구에게도 이 사실을 말하지 못했다. 그저 평범해 보이려고 노력했기 때문에 학교 친구들과 선생님은 내가 어떤 상황에 처해 있는지 결코 알지 못했다.

운 좋게도 내가 11학년이 되었을 때 의붓아버지는 새롭게 영업 일을 하게 되었고, 지방으로 출장이 잦아져 집에 돌아오는 일이 뜸해졌다. 그래서 고등학교를 졸업하고 대학에 들어갈 때까지는 한 달에 한두 번 정도 그 사람이 집에 있는 날만 조심하면 됐다. 그리고 마침내 대학에 입학했을 때, 다른 사람들이라면 처음으로 가족과 떨어져 기숙사에 들어가는 것이 두려웠을지도 모르지만 나는 그날 처음으로 내가 안전하다고 느낄 수 있었다.

그래, 이곳은 내게 전혀 안전한 곳이 아니었고, 집이라 부를 수 있는 곳도 아니었다. 그래서 정말로 꼭 필요한 일이 아니라면 다시는 오지 않으려고 했다.

하지만 오늘은….

"빨리 먹어. 다들 너만 기다리고 있었잖아!"

엄마가 또 윽박을 지르자 나는 나 자신을 불쌍히 여기며 엄마를 따라 부엌으로 갔다.

내가 뭘 기대한 걸까.

따뜻한 환영?

너 그런 거 받아 본 적… 없잖아.

나는 서둘러 내 접시에 밥을 퍼 담는 여동생 옆에 앉아 말 없이 밥을 먹었다. 맞은편에 앉은 엄마는 나를 쳐다보며 눈살을 가득 찌푸리고 있었고, 테이블 한쪽 끝에 앉은 의붓아버지도 나를 흘끔거렸다. 톤카오는 한 사람 한 사람에게 말을 걸며 테이블 위 분위기를 밝게 만들려고 노력했지만, 어른들은 그녀의 노력에 보답하지 않았다. 덕분에 테이블을 둘러싼 공기는 식욕을 잃을 정도의 몹시 불편한 기운으로 가득 찼다. 행복한 가족과는 거리가 먼 모습이었다.

"어떻게 지냈니?"

한참 후에 의붓아버지가 나에게 물었다.

"네 아버지가 물으시잖아, 대답 안 해?!"

엄마는 내가 마치 그 질문을 듣지 못한 것처럼 밥만 먹는 것을 보고 다그쳤다.

나는 손에 쥔 숟가락을 더욱 꽉 쥐며 냉랭하게 대답했다.

"그럭저럭 지냈어요."

"오랜만에 보니까 더 좋아 보이는구나, 으아. 다행이야."

다정하게 내 이름을 부르는 그의 목소리에 나는 방금 먹은 음식을 토하고 싶은 기분을 꾸역꾸역 참아 냈다.

"넌 편하게 지냈는지 몰라도, 요즘 네 동생은 아주 열심히 공부하고 있거든. 수학 수업을 들어야 하는데 우린 그렇게 돈을 많이 벌지 못하잖아. 그 돈을 다 어디서 구해야 할지 모르겠다."

그리고 엄마가 갑자기 꺼낸 말을 듣고는 완전히 얼어붙었다. 나와 닮은 눈이 무언가를 바라는 눈빛으로 뚫어져라 나를 응시하고 있었다.

"돈 있지? 5천 바트만 줘."

접시에 담긴 밥은 반밖에 먹지 않았지만, 배 속은 불편한 포만감으로 가득 찼다. 나는 식욕이 더 없어져서 수저를 내려놓았다.

엄마가 톤카오에게 나를 집에 초대하라고 한 이유를 이제야 알았다.

"그럼, 오늘… 그 얘기 하려고 날 여기로 부른 거예요?"

"당연하지. 내가 부르면 안 오잖아. 제발 내 전화 좀 받아. 너 혼자만 잘 살면 다야? 우린 이렇게 내팽개쳐 두고?"

엄마는 명백하게 아주 불쾌하다는 얼굴로 쏘아보았다. 그녀의 비난 어린 말소리가 식탁 위 분위기를 더 최악으로 치닫게 했다.

나는 엄마의 시선을 외면하고는 인내심을 발휘하기 위해 숨을 깊게 들이마시고 내쉬었다.

화가 났다. 동시에 슬펐다. 그리고 이곳에서 당장 벗어나고 싶었다. 그들을 보살피는 일도 멈추고 싶었다. 하지만 톤카오의 창백해진 얼굴을 마주하자 도저히 그럴 수 없었다.

엄마의 세탁소는 불안정했고, 의붓아버지의 월급만으로는 안정적으로 모두를 돌볼 수 없었다. 가장 마음이 아픈 건, 내가 학교에 다닐 때 나에게 필요했던 것들은 돈 낭비일 뿐이라며 하지 못하게 했던 엄마가 여동생에게는 무조건적으로 다 해 주려고 한다는 사실이었다. 이런 부당한 차별과 편애에 이제는 그만 매몰차게 굴고 싶었지만…. 나는 그 당시 내가 남들처럼 학원에 다니지 못해서 얼마나 괴로웠는지 잘 기억하고 있다. 그래서 여동생은 그런 일을 겪지 않도록 돕고 싶었다. 무엇보다 그것은 톤카오의 잘못이 아니었다.

"먼저 일어날게요."

나는 결국 자리를 박차고 일어났다.

톤카오의 얼굴은 더 하얗게 질렸다.

"오빠, 더… 더 먹고 가…."

"아냐, 그만 가 볼게."

"으아, 서두를 필요 없어. 여기서 하루 자고 가면 돼. 지금도 네 방을 자주 청소하거든."

의붓아버지가 말했지만 나는 그 말을 무시하고 굳은 얼굴로 엄마를 향했다.

"월급 받을 때까지 좀 기다리세요. 톤카오의 계좌로 보낼테니까. 학원 등록하고 영수증 보내 주세요."

그렇게 말하자 엄마의 표정은 한결 편안해졌고, 내 마음은 더 아팠다. 나는 곧장 차 키를 챙겨 집 밖으로 나왔다.

내가 엄마의 전용 ATM일 뿐이라는 사실을 오래전에 깨달았어야 했다.

"오빠! 오빠!"

톤카오는 금방이라도 울음을 터뜨릴 것 같은 얼굴로 나를 따라 뛰어나왔다. 그녀는 내 팔을 붙들고 떨리는 목소리로 말했다.

"어, 엄마가 그런 말 할 줄 몰랐어. 내… 내가 전화하지 말았어야 했는데…."

"괜찮아."

나는 희미하게 미소를 지으며 그녀의 머리를 쓰다듬었다.

"넌 가서 저녁 마저 먹어. 밥 얼마 안 먹었잖아. 나 만나고 싶으면 주말에 학원 마치고 전화해. 내가 갈게."

"미안해…."

"괜찮아. 난 갈게."

비구름으로 가득 찬, 해 질 녘의 하늘은 검붉은 빛으로 뒤덮여 있었다. 나는 액셀러레이터를 밟아 그 지옥으로부터 빠르게 벗어났다. 핸들을 꼭 쥐고 눈물이 쏟아져 나올 것만 같은 기분을 억누르며 눈을 부릅뜨고 쓰게 웃었다.

스물일곱 살이나 먹고도 나는 아직 엄마의 이런 요구를 끊어 낼 만큼 영리하지도, 결단력이 있지도 않았다. 아직도 엄마가 나에게 어느 정도 애정을 가지고 있진 않을까, 이제라도 엄마의 작은 보살핌을 받을 수 있지 않을까 하는 어리석은 희망을 품었다. 하지만 오늘 일로 그것은 완전히 헛된 희망이라는 것이 입증됐다. 엄마는 아마 내 생일조차 기억하지 못했을 것이다. 그녀에게 그것을 말해 준 사람은 톤카오일 것이고, 그저 그 기회를 노려 나를 집에 부르고 숨통을 조이려고 했을 뿐. 엄마가 나를 부른 이유는 그게 전부다.

올해 내 생일은 그 어느 해보다 나빴다.

나는 목적지 없이 운전을 계속했다. 아직 내 콘도로 돌아가고 싶지 않았다. 홀로 그곳에서, 이 비참함에 잠식되고 싶지 않았다. 아주 잠깐 이대로 제이드를 만나러 갈까 생각했지만, 그는 이제 겨우 마이와 서로의 마음을 확인했고 오늘이 휴일이기도 하다는 사실을 떠올렸다. 데이트하러 갔을지도 모르니 두 사람의 시간을 방해하고 싶지 않아 생각을 접었다.

이후 내 머리는 그대로 마비되어 더는 아무 생각도 하지 못했다. 그래서 길가에 차를 세우고 등받이에 몸을 기댄 채 눈을 감았다. 그리고 한참 후에야 다시 눈을 떴다.

조수석에 아무렇게나 놓인 휴대폰을 멍하니 보다가 순간적으로 홀린 듯 누군가에게 전화를 걸었다.

"나한테 먼저 전화를 다하고, 웬일이야. 내가 보고 싶어졌어? 아논 씨."

"킹, 너 집이야?"

"응."

"가도 돼?"

"어제는 나 쫓아내려고 기를 쓰더니, 오늘은 만나러 온다고?"

"가도 되냐고."

나는 진지한 목소리로 다시 물었다. 전화 너머의 상대가 대답하기까지는 조금 시간이 걸렸다.

"와. 도착하면 전화해. 데리러 내려갈게."

나는 전화를 끊고 곧장 실롬에 있는 고급 콘도로 차를 몰았다. 목적지까지 20분도 채 걸리지 않았다.

킹에게 다시 전화를 걸자, 흰색 티셔츠와 면바지를 입은 편안한 차림의 키 큰 남자가 내려와 로비에서 나를 데리고 그의 집으로 향했다.

"갑자기 무슨 일이야?"

콘도의 문이 닫히자마자 킹은 의문을 품은 눈으로 나를 보며 물었다.

"선물 받으러."

나는 꽤 무감각하게 말했다. 여전히 이해가 되지 않는다는 듯 눈썹을 치켜올리는 그에게 가까이 다가가 그의 넓은 가슴에 손을 얹고 올려다보았다.

"생일 선물로 널 주겠다며. 그래서 받으러 왔어."

그렇게 대답하고는 그대로 그의 목을 끌어당겨 키스했다. 킹은 잠시 가만히 서 있다가 곧장 반응해 왔다. 두툼한 입술은 오랫동안 다정하게 내 입술을 어루만졌고, 내 허리를 감싸안은 그의 호흡이 점점 짧아졌다. 욕망에 잠긴 그의 검은 눈이 내 눈을 들여다보고 있다.

"너 무슨 일 있어?"

"조금."

그의 품 안에 몸을 밀어 넣어 가득 안기자, 배에 닿는 뜨겁고 단단한 물건에 조금 미소 지었다. 나는 두 팔을 들어 올려 킹의 목을 감싸안고 끌어당겼다. 그리고 그의 귓가에 장난스럽게 속삭였다.

"기분 전환 좀 시켜 줄래?"

"물론."

깊고 허스키한 목소리가 조금도 주저하지 않고 대답했다.

우리는 다시 키스했다. 어느새 벌거벗은 몸이 침대 위를 뒹굴었고, 넓은 침실에는 신음만 울려 퍼졌다. 나는 그의 탄탄한 등 근육에 손톱을 박아 넣으며 더 크게 신음했고, 그의 손길에 내 모든 것을 완전히 내맡겼다.

감각이 모든 잡념을 압도하는 순간, 실망과 절망에 절었던 마음이 한결 편안해졌다.

우리의 뜨거운 여정이 끝났을 무렵엔 때 만족감이 내 몸을 휘감았다. 나는 눈을 감고 여전히 내 목덜미에 얼굴을 묻은 채 움직이지 않는 킹의 두꺼운 몸 아래에서 헐떡거렸다. 해소하는 올바른 방법은 아닐지 모르지만, 적어도 일시적으로 고통에서 벗어나는 데는 더할 나위 없이 완벽했다.

"으아."

낮고 허스키한 목소리가 나직이 내 이름을 불렀다.

나는 긴 한숨을 섞어 작게 대답했다.

"하고 싶은 말 있어?"

그의 말에 힘겹게 눈을 뜨고 그와 눈을 맞췄다. 고요한 방 안에는 우리의 숨소리만 울렸다.

"…오늘 집에 갔었어."

결국 나는 입을 열었다. 더 이상의 질문을 하지 않는 킹은 내 말을 알아들은 것 같았다. 그는 내 목덜미에 입 맞추고는 어깨까지 내려가며 온기를 남긴 뒤 다시 올라와 귓불을 깨물고 부드럽게 속삭였다.

"아직 9시도 안 됐어."

"근데?"

"생일 아직 안 지났다고. 생일이 지날 때까지 계속 선물을 줄게, 어때?"

그가 특유의 그 능글맞은 얼굴을 해 보이며 유쾌하게 웃었다.

나는 한숨을 쉬며 눈을 가늘게 뜨고 피곤한 표정으로 그를 바라보았다. 하지만 이어진 다음 말에는 목구멍에 뭔가 탁 걸린 것만 같은 기분을 느꼈다.

"생일 축하해."

오똑한 코끝이 내 코끝에 닿더니 곧 두꺼운 입술이 내 입술에 내려앉았다. 오랜만에 돌아간 집에서는 엄마의 축하도 받지 못했는데, 가족도 아닌 킹이 내 마음을 더 따뜻하게 보듬어 주고 있다는 사실에 눈시울이 뜨거워졌다.

정말 우스운 일이다.

그에게 다시 키스했고, 새로운 여정의 닻을 올렸다. 그의 이름을 몇 번이고 불렀고, 내 목소리는 내 안으로 몇 번이고 파고드는 그의 움직임을 따라 울리는 젖은 소리와 뒤섞였다. 깊숙이 치고 들어오는 열기와 타오르는 욕정에 잠식돼 이대로 현실로 돌아가지 않기만을 바랐다.

눈물이 고여 점점 시야가 흐려졌다. 그것이 육체적인 쾌락 때문인지 정신적 고통 때문인지는 알 수 없었다.

13
본능

내 스물일곱 번째 생일 밤은 여느 해와는 전혀 다른 방식으로 지나갔다. 언제 잠이 들었는지도 모른다. 휴대폰 알람 소리에 겨우 눈을 떴고, 이곳이 내 콘도가 아니고 옆에 누군가 있다는 것을 깨닫는 데까지는 시간이 좀 걸렸다. 허리에 감긴 두꺼운 팔의 온기는 어제의 일이 꿈이 아니라는 증거였다.

이 방 주인의 커다란 몸이 나를 뒤에서 감싸안고 있었다. 우리의 몸은 거의 빈틈 없이 밀착해 있었고, 내가 몸을 뒤척이는데도 킹은 여전히 일정한 리듬으로 숨을 쉬며 자고 있었다. 그는 귀 바로 옆에 알람을 두어도 일어나지 못하는 사람이었는데, 과연 그가 알람을 끄기는 하는지가 늘 의문이었다.

빨리 일어나서 샤워를 하고 출근 준비를 해야 했는데, 나는 오히려 가만히 누워 킹의 숨소리를 계속 듣고 있었다. 그의 숨소리는 어제 일로 괴로웠던 내 마음을 이상하리만치 편안하게 만들어 주었지만, 또 한편으로는 내 마음을 뒤흔들었다.

킹이 나에게 점점 더 많은 영향을 미치기 시작했다.

혼자 있고 싶지 않은 순간 무의식적으로 그를 찾아왔다. 그 상황에 킹을 떠올린 것이 놀라웠다. 그리고 나는 왜 그토록 많은 사람이 그에게 매력을 느끼는지 알게 됐다. 그는 함께 있는 사람을 편안하게 할 줄 아는 사람이었다. 나에게 세심하게 주의를 기울였고, 나를 배려했으며, 불편해하는 것을 알고 더 이상 묻지도 않았다. 나에게 고민을 털어놓으라고 강요하는 게 아니라, 아무 말 없이 내가 괴로운 마음을 덜 수 있도록 보듬어 주었다. 적어도, 나는 그렇게 느꼈다.

킹과 나 사이에 너무 많은 감정이 끼어드는 것은 도움이 되지 않는다. 내가 그에게 느끼는 감정은 성적 만족감에만 국한되어야 한다. 어젯밤처럼 그를 의지할 수 있는 사람, 위로를 얻는 사람으로 여기지 말았어야 했다. 내 본능은 처음 의도했던 대로 인제 그만 이 관계에서 벗어나 정상적인 삶으로 최대한 빨리 돌아가라고 경고했지만… 나는 아직 그렇게 하고 싶은 마음이 조금도 없다.

그가 나를 안아 주는 게 너무 좋다. 그의 옆에 있으면 마음도 편안해진다. 내 삶은 스트레스가 너무 많았고, 이런 정신적 도피처를 잃는 것을 견딜 수가 없다.

이 관계가 아무리 위험하다고 해도… 내가 인지하고만 있으면 문제없지 않을까?

"벌써 아침이야?"

낮고 허스키한 목소리가 들리고, 뒤이어 그의 따뜻한 입술이 내 목덜미에 살짝 닿았다.

나는 몸을 반쯤 돌려 아직 잠이 덜 깬 킹을 보다가 내 허리에 올라와 있는 그의 손을 떼어 냈다.

"응. 조금 더 자도 돼. 씻고 나와서 깨워 줄게."

"아냐, 깼어. 시간 아끼려면 같이 씻어야겠다."

졸음에 잠겨 멍한 눈에 일순간 번뜩이는 빛이 스쳤지만, 그는 자신을 빤히 바라보는 내 시선에 가볍게 웃고는 항복의 의미로 두 손을 들어 보였다.

"알았어, 알았어. 가서 씻어."

침대에서 일어나 곧바로 옷장에 있는 수건을 챙겨 화장실로 들어갔다. 그리고 평소보다 더 크게 문을 쾅 닫았다.

시간을 아끼려면 같이 씻어야겠다고? 웃기시네.

결국 더 오랜 시간이 걸릴 게 뻔했다. 자칫 내가 동의했다면 우리 몸을 훑는 액체는 샤워기에서 흘러나온 물이 아니라 전혀 다른 종류의 액체였을 것이다.

나는 절대, 또 지난달처럼 지각해서 월급을 깎아 먹는 일은 만들지 않겠다고 다짐했다.

다시는 킹의 말에 속지 않겠다는 각오를 다진 덕분에 평소보다 빨리 콘도를 나왔다. 하지만 오늘 아침 도로는 꽤 상황이 좋지 않았고, 오히려 평소보다 조금 더 늦게 사무실에 도착했다. 그 시간에도 사무실에는 평소보다 더 적은 사람들만 있었는데, 그들도 혼잡한 도로 상황에 영향을 받았을지도 모른다고 생각했다. 그리고 그것은 내 옆 책상의 주인도 포함돼 있었다.

"제이드가 마이랑 잘 얘기했을 것 같아?"

킹은 오랫동안 다른 부서를 돌아다니다가 다시 사무실로 돌아와 나에게 말을 걸었다. 나는 그의 손에 들려 있는 (어떤 여자가 주었을지 모르는) 커피를 보며 혐오스러운 표정으로 그의 얼굴을 쳐다보았다.

그는 여전히 사람들의 선물을 받는 일을 멈추지 않았다. 이걸 보고 내가 어떻게 그가 사람들에게 헛된 희망을 주는 게 아니라고 생각하겠는가.

나쁜 놈.

"와, 나이스하게 물었는데 왜 그런 표정이야? 왜 그래? 아, 아니면 요즘 인기도 떨어지고 나처럼 선물 주는 사람도 없어져서 질투하는 거야?"

"조용히 해."

나는 짜증스럽게 시선을 돌렸다. 그는 무언가 더 중얼거렸지만 잘 들리진 않았고 무엇을 말하든 신경 쓰지도 않았다. 그대로 이어폰을 끼고 외부 소음을 차단해 버렸다.

폭의 사건이 유일하게 긍정적으로 작용한 게 있다면, 사람들이 나를 귀찮게 하는 일이 줄었다는 것이다. 그래서 여전한 인기를 누리는 킹과 달리 나는 제이드를 통해 선물을 받는 일이 많이 줄었다. 게다가 그는 모든 사람에게 여지를 주었으니, 아무리 동료로서 친근한 제스처를 한 것뿐일지라도 일반적인 사람들은 그런 행동을 쉽게 착각했다.

어쨌든 나는 그가 누구에게서 선물을 받든, 받지 않든 간에 그에게 관심을 기울이지 않기로 했다.

컴퓨터를 켜고 업무를 시작할 준비를 마친 나는 휴대폰을 만지며 시간을 때웠다. 다른 동료들도 서서히 사무실에 도착하기 시작했고, 얼마 지나지 않아 제이드와 마이도 사무실로 들어왔다. 두 사람의 밝은 표정을 보니 확실히 모든 문제가 잘 해결된 것 같았다.

"안녕, 마이. 회식 때 정신을 완전히 놨던데, 기억나?"

킹은 머쓱해하며 손을 모아 인사를 건네는 인턴에게 짓궂게 말했다. 그리고 마이가 그다지 반응하지 않는 것을 보고는 곧장 타깃을 제이드로 바꿨다.

"제이드, 마이 집에 잘 데려다줬어? 마이 자는 동안 이상한 짓 한 건 아니지?"

"내가 너냐! 난 자는 사람한테 이상한 짓 안 해!"

제이드가 발끈하자 킹은 즐겁게 웃었다.

"나도 자는 사람한텐 뭐 안 해. 동의하에 하는 걸 좋아하거든."

하! 그럼, 그날은 의식이 온전했다는 거야?

"너 괜찮아, 으아?"

내가 너무 격분한 티를 냈는지 제이드가 나에게로 돌아섰다.

나는 친구를 바라보며 아무렇지 않게 핑계를 댔다.

"코 막혀서 그래."

"야돔 줄까?"

제이드가 걱정스럽게 물었지만 나는 노트북을 켜고 있는 마이를 보며 고개를 저었다.

"네 마음, 분명히 말했지?"

나는 의자를 밀고 친구에게 가까이 다가가 목소리를 낮추고 재차 확인했다. 평소보다 더 반짝이는 그의 눈빛을 보고 나서 나도 안도의 한숨을 쉬고 함께 웃었다.

제이드처럼 좋은 사람은 똑같이 좋은 사람을 곁에 둘 자격이 있다. 그리고 마이가 그 사람이라는 게 정말 기뻤다. 나는 마이가 내 친구를 잘 보살펴 주고 그를 슬프게 하지 않을 것이라고 믿었다.

내 친구가 사랑 때문에 상처받고 슬퍼하는 모습은 보고 싶지 않다.

나는 일을 하기 위해 다시 컴퓨터 앞으로 돌아갔다. 파이 선배는 이번 주가 마이와 함께 일하는 마지막 주라는 것을 몹시 아쉬워했다. 노상 그렇듯 그에게 플러팅하며 장난을 쳤지만, 이어진 마이의 말에 모두가 깜짝 놀랐다.

"전 더 이상 싱글이 아니에요. 다른 누구에게도 제 마음을 줄 수 없어요."

나는 제이드의 반응을 보고 웃음을 터뜨릴 뻔했다. 내 친구는 수군거리는 여자들을 돌아봤고, 누군가 마이에게 그 행운을 거머쥔 사람이 누구냐고 물었을 때는 몰래 웃었지만, 마이가 제이드의 어깨에 손을 얹고 자랑스러운 얼굴로 선언을 하자 깜짝 놀라 눈을 크게 떴다.

"여기, 그 행운을 가져간 사람이요. 근데 운이 좋은 사람은 저인 것 같아요. 제이드 선배가 제게 기회를 줬으니까요."

그 순간 휘파람 소리와 함께 환호가 터졌고, 모두가 달려들어 그를 놀리기 시작했다. 제이드의 하얀 얼굴은 너무 빨개져서 토마토 같았다. 지금까지 사무실의 누군가에게 애인이 생겼다고 하면 제이드가 앞장서서 놀려 대곤 했는데, 이번에는 그동안의 업보를 치르는 순간이었다. 하지만 그동안 마이가 제이드를 좋아하고 있다는 것을 조금도 숨긴 적이 없기 때문에 놀리는 사람은 없었다.

이미 모두가 알고 있었지만, 단지 그를 놀릴 기회를 잡은 것뿐이었다.

"축하해."

나는 진심을 담아 부드럽게 말했다.

"고마워."

제이드가 대답했다.

나는 그의 어깨를 두드리며 진지한 얼굴로 말했다.

"나한테 점심 빚진 거야. 내가 엄청 도와줬잖아."

제이드의 입이 떡 벌어졌다. 내가 다른 사람들처럼 그를 놀릴 것이라고는 예상치 못한 것 같았다. 마이는 살짝 미소를 짓고는 대신 감사 인사를 하겠다고 말했다. 나는 고개를 끄덕이고 다시 일에 집중했다.

이로써 내 걱정 중 하나가 해결되었다.

오늘은 내 상사가 오후 5시에 급한 일을 주는 바람에 잔업을 해야 하는 또 다른 날이었다. 다른 사람들은 이미 집에 갔는데 나는 월요일부터 이러고 있어야 한다는 사실이 조금 짜증이 났다. 하지만 일개 월급쟁이 직장인이 할 수 있는 것은 달리 없었기 때문에 빨리 작업을 끝내는 데 몰두했다. 제이드가 계속 집에 가지 않고 나를 도와주겠다고 하는 바람에 그를 마이와 함께 돌려보내기 위해 서너 번 같은 말을 반복해야 했다. 할 일이 그렇게 많지도 않았고, 친구의 달달한 휴식 시간을 빼앗고 싶지도 않았다.

"거의 다 끝났어?"

오늘도 야근을 하던 킹이 내 쪽으로 걸어왔다.

나는 상체를 돌려 상대의 꺼진 컴퓨터 화면을 보고 되물었다.

"넌 벌써 끝냈어?"

"어."

"그럼, 잘 가."

"너 기다리고 있어. 오늘은 네 콘도로 가자. 배경을 바꾸는 거지."

그는 애써 진지한 표정을 지으며 말했다. 다행히 오후 7시가 가까워진 시간이었고 사무실에는 그와 나밖에 남지 않았기 때문에 이런 상상을 초월하는 대화를 누군가 들을 일은 없었다.

"그럴 기분 아니야."

"난 그럴 기분인데."

"어젯밤에도 여러 번 했잖아."

"어제는 어제고, 오늘은 오늘이지."

"너 의사 좀 만나 봐. 너무 심하다고. 호르몬에 문제 있는 거 아냐?"

얼마 전에는 제이드에게 성적인 부분에 문제가 있는 건지 걱정했던 것 같은데, 지금 보니 킹은 너무 과한 성욕을 가지고 있는 것 같았다.

나는 두 사람 모두 문제가 만성화되기 전에 의학적 도움을 받아야 한다고 진심으로 생각했다.

"아, 또 무슨 그런 생각을 해. 하하하."

킹이 웃음을 터뜨렸다.

나는 다시 컴퓨터 화면으로 고개를 돌리고 작업을 계속했다. 뭐가 그렇게 웃긴지 이해할 수 없었다. 킹은 의자를 끌어와 내 옆에 앉았다.

"아논 씨, 전 괜찮아요. 그냥 너랑 자주 하고 싶을 뿐이야. 그렇다고 나한테 문제가 있는 건 아니라고."

"근데 넌 강박 수준이야."

킹은 어깨를 으쓱했다. 그의 얼굴은 여전히 즐거운 듯 웃고 있었다.

"그래, 그렇게 생각하고 싶으면 그렇게 해. 그래서, 오늘은 어디?"

"네 콘도로 돌아가."

그의 계속되는 징징거림을 참을 수 없어 그를 쫓아냈다.

킹은 고개를 저은 뒤 등받이에 몸을 기댔다.

"싫어. 같이 있어야 해. 네가 유령 보고 기절이라도 하면 어떡해?"

나는 그를 빤히 바라보다가 다시 작업을 이어 갔다. 가슴속에는 무언가가 눈부시게 번쩍였다. 조용히 일하는 걸 좋아해서 사무실에 혼자 남아 있어도 외롭지 않았다. 그런데 오늘은, 옆에 누군가 함께 있어 주는 것이 너무 행복했다.

이런 기분은… 오히려 나를 점점 더 불안하게 만들었다.

"제이드는 남자 친구가 생겼고, 이제 우리 둘만 남았네."

조용하던 킹이 다시 침묵을 깨뜨렸다.

나는 그를 쳐다보며 되물었다.

"근데? 너도 갑자기 애인 갖고 싶어졌어?"

"넌? 너도 갖고 싶어?"

그는 나에게 되물었다.

"모르겠어."

킹이 3개월 전에 이런 질문을 했다면, 나는 주저 없이 그렇다고 대답했을 것이다. 늘 누군가가 내 곁에 있어 주었으면 했지만, 지난 연애에 실망이 너무 커서 대신 FWB를 갖기로 했을 뿐이다. 하지만 지금 내 대답은 그때와 같을지라도, 그 이유까지 여전한지는 확실하지 않았다.

정말로 너무 지쳐서 남자 친구를 만들 생각을 하지 않는 것인지, 아니면 킹과의 FWB를 끝내고 싶지 않아서인지 알 수 없다. 나는 이 관계가 편안하면서도 불편했다. 모든 것이 너무 혼란스럽고, 눈앞에 치명적인 위험이 도사리고 있다는 것을 알면서도 제 발로 절망의 구렁텅이를 향해 걸어가고 있는 것 같았다.

하지만 그 길을 걷고 있는 나를 멈추고 싶지는 않았다.

"넌 어떤데?"

내가 킹에게 재차 물었다.

그는 날카로운 눈빛으로 가만히 내 얼굴을 바라보다가 엷은 미소를 지으며 대답했다.

"아니."

"…."

"이대로가 좋아."

그 대답은 예상한 것과 크게 다르지 않았다. 쿤나콘 수티쿨 같은 사람이 누군가를 원한다면 쉽게 가질 수도 있었겠지만, 그는 누구에게라도 얽매이고 싶지 않아 했기 때문에 지금까지도 여전히 바람둥이로 살고 있었다. 그리고 아마 앞으로도 꽤 오랫동안 그럴 것 같았다.

우리의 대답은 비슷했지만, 그 이유는 달랐다.

나는 킹이 나의 혼란스러움을 알아채지 못하길 바라며 무표정을 유지하려고 노력했다. 정신을 가다듬고 내가 걱정하는 일이 일어나지 않기를 간절히 바랐다.

나는 바람둥이를 좋아하지 않는다. 그러니 내가 그를 진심으로 좋아하는 일은 없을 것이다.

…그럴 수 있을까?

환상은 우리가 늘 바라고 꿈꾸는 일이지만, 현실은 우리가 예외 없이 직면해야 하는 일이다.

환상은 너무 달콤하고 매혹적이지만, 현실은 그 환상보다 단순하거나 예측할 수 없을 정도로 잔인할 수 있다. 그래서 일부 사람들은 현실을 직시하는 것을 너무 무서워하고, 그것을 받아들이고 인정하기보다는 환상 속에 자신을 가둬 버리기도 한다.

어렸을 때는 나 역시 다른 아이들과 마찬가지로 환상을 갖고 있었다. 가족들이 화해해서 다시 행복하게 살기를 꿈꿨고, 엄마가 동생처럼 나를 사랑하고 보살펴 주길 바랐다. 하지만 자라면서 아주 우스꽝스러운 공상일 뿐 절대로 실현 불가능한 일이라는 것을 깨달았다. 밤에 어떤 꿈을 꾸었든, 아침에 일어나면 엄마의 무관심한 눈빛과 짜증 섞인 목소리가 늘 이것이 현실이라는 것을 되새겨 주었다.

나는 그런 현실 속에 있는 게 오히려 익숙했다. 하지만 그 현실을 받아들이는 것은 매번 너무 괴롭고 무서웠다. 그리고 지금, 이 순간 나는 내가 또 다른 무서운 현실에 처해 있다는 것을 깨달았다.

퇴근 후 해 질 녘, 킹과 제이드 그리고 나는 회사 근처 백화점에서 함께 저녁 식사로 샤브샤브를 먹고 있다. 옆에 앉은 제이드는 식사 중에도 틈틈이 채팅 앱으로 마이와 대화를 했고 반대편에 앉은 킹은 어머니와 통화를 하고 있었다. 그의 얼굴을 보자마자 내 마음속에 또다시 불편한 감정이 꿈틀거리며 고개를 들었다.

지난 몇 달 동안 많은 일이 있었다. 한 대학생이 우리 부서에서 인턴십을 했고 어느덧 내 가장 친한 친구의 남자 친구가 되었다. 나는 오랜 시간 진심으로 싫어하던 사람과 5개월째 FWB 관계를 이어 오고 있다. 그리고 그 사람에게 묘한 감정을 느끼기 시작한 지도 벌써 두 달쯤 지났다.

지금 내가 그를 어떻게 생각하는지 확실하게 정의할 수가 없었다. 킹이 때론 친구로, 때론 섹스 파트너로 나를 잘 보살펴 주었기 때문에 너무나 외로웠던 나머지 마음이 조금 흔들렸다. 하지만 정말로 그게 전부일까?

내 감정은 이대로 멈출 수 있을까, 아니면 그 이상이 될까.

나는 나 자신을 겁쟁이라고 생각한 적은 없었다. 하지만 이상하게도 이 불확실한 문제에 대해 명확한 답을 내리는 것은 계속 꺼려졌다. 킹도 다른 어떤 행동을 하지는 않았기 때문에 나는 이 불편한 감정을 무시한 채 원래 약속대로 서로의 성적 욕구만을 해소하기 위한 섹스 파트너가 되기로 결정했다. 그리고 내가 옳은 일을 하고 있다고 여겼다.

"뭐라서? 어머님께 혼났어?"

킹이 전화를 끊자마자 제이드가 물었다.

"어. 귀가 먹는 줄 알았네."

아주 질려 버린 듯한 얼굴을 해 보인 킹은 맥주잔을 들고 크게 한 모금 마셨다.

제이드는 웃음을 터뜨렸다.

"이번에는 무슨 일인데?"

"똑같지, 뭐. 집에 안 온다고 뭐라 하고, 여기저기 떠돌아다니면서 장난치는 거 그만두라고 하고, 어쩌고저쩌고."

"어머님 잔소리 그만 듣고 싶으면 가끔 집에 좀 가."

"얼굴 보면 더하면 더했지, 덜하시진 않을걸."

그는 고개를 저었다. 나는 그 자리에 앉아 두 소꿉친구가 이야기하는 것을 조용히 들었다. 그러면서 혼자 생각했다.

그의 부모님이 회사를 소유하고 있으며 집안이 꽤 부유하다는 사실 외에 나는 킹의 가족에 대해 거의 아는 바가 없었다. 지난 5개월 동안 그는 종종 자신의 개인적인 일들을 흘리긴 했지만, 가족에 대해서는 거의 언급하지 않았다. 마찬가지로 나도 가능한 한 가족에 대해 이야기하지 않았다.

사실 그가 부모님의 회사를 놔두고 남의 회사에서 일반 직원으로 일하고 있다는 게 좀 이상하긴 했다.

"우리 엄마가 너한테 전화하면 나 너무 바빠서 시간 없다고 해. 알겠지?"

"알았어, 알았어. 근데 그렇게 말했는데도 어머님이 믿지 않으시면, 나도 몰라."

제이드는 재빨리 대답하고는 젓가락으로 얇게 썬 돼지고기 한 조각을 집어서 입에 넣었다.

킹이 전혀 개의치 않는다는 듯 고개를 끄덕이고는 맥주를 한 잔 더 마시는 것을 보고 궁금해졌다. 혹시 킹도 나처럼 가족과 문제가 있었던 건 아닐까?

제이드가 연하의 남자 친구 이야기를 계속하며 대화를 나누는 가운데 식사는 계속됐다. 요즘 그는 항상 마이 이야기를 했다. 그가 말한 열 단어 중 적어도 한 단어는 마이의 이름일 정도였다. 나에게 연애와 관련해 고민되는 일들의 조언을 구하거나, 남자 친구가 있었을 때의 경험을 이야기해 달라는 경우도 많았다. 한번은 지금까지 부엌에 들어가는 상상조차 해본 적이 없는 그가 순수하게 마이를 놀라게 해 주고 싶다는 이유로 요리를 가르쳐 달라는 부탁을 한 적도 있다. 제이드는 모르겠지만, 제삼자의 눈에 내 친구는 그의 남자 친구에게 정말로 푹 빠져 있다.

"마이가 데리러 왔어. 난 이제 갈게."

제이드는 휴대폰에서 눈을 떼고 우리에게 작별 인사를 한 뒤 돌아서서 곧장 마이가 있을 백화점 입구로 향했다. 나는 빠르게 멀어져 가는 뒷모습을 바라보며 친구의 행복한 모습에 진심으로 기뻐했다.

"우리도 가자. 얼른 돌아가고 싶어."

제이드가 떠나자 킹이 몸을 기울여 속삭였다. 그의 두꺼운 팔이 내 어깨 위에 올라왔고, 엄지손가락으로 내 어깨 끝을 부드럽게 쓸었다.

나는 한숨을 쉬고 몸을 살짝 비틀어 그의 팔을 떨어뜨린 뒤 주차장으로 빠르게 걸어갔다.

"으아, 이번 주말에 어디 가?"

"안 가."

"그럼 내가 갈게."

그 말에 나는 홱 고개를 돌려 그 키 큰 남자를 쳐다봤다. 그리고 눈살을 찌푸린 채 되물었다.

"주말 내내 와 있는다고?"

"응, 내일부터는 평일 내내 야근해야 해서 못 갈 것 같거든. 주말에 보충할게."

"네 집에 다녀오는 건 어때? 어머니가 집에 오라고 전화하신 거 아냐?"

킹은 조용히 혀를 찼다. 그리고 아주 지겹다는 표정을 지었다.

"집에 가면 하도 까여서 완전히 넝마가 돼서 나올 텐데, 내 발로 거길 왜 가?"

킹의 얼굴을 보자 더 물어도 될지 망설여졌다. 그의 개인적인 부분에 대해 내가 얼마나 많은 것을 물어볼 수 있는 입장인지 알 수가 없었다. 게다가 가족과 관련된 것은 그중에서도 가장 민감한 문제였다.

"내가 왜 집에 안 가는지 안 물어봐?"

그런데 그 말을 꺼낸 사람은 바로 킹이었다.

나는 조금 용기를 얻어 그에게 물었다.

"왜… 안 가? 가족들이랑… 문제 있어?"

"어느 정도는. 우리 엄마는 유난히 나한테 잔소리를 많이 하셔. 형이 워낙 완벽한 사람이라 부모님은 내가 형처럼 되길 기대하고 압박하시거든. 난 그게 너무 싫어서 집에 가고 싶지 않아."

장난스러웠던 그의 눈빛이 진지하게 변했다. 그런데도 그는 계속 웃으며 말을 이었다.

"당신들 말씀대로 경영학을 공부하고 형처럼 가업을 잇지 그랬냐는 말, 집에 갈 때마다 듣는데 솔직히 너무 지겹고 피곤해."

나는 그가 하는 말을 조용히 듣기만 했다. 그렇게나 자유로운 영혼으로 보였던 짓궂은 바람둥이의 모습 뒤에 뭔가가 숨겨져 있었다. 나는 쭉 가족들에게 무시당해 왔고, 킹은 부모님의 비교와 압력을 견디다 못해 저항하고 있었다.

다른 사람과 비교당하는 기분을 이해할 수 있다. 특히 그 대상이 친형제라면 더 상처가 되었을 것이다.

누구에게나 자신만의 아픔이 있었다.

"너무 조용하네. 나 불쌍해?"

나는 그를 올려다보며 눈을 맞췄다. 그의 얼굴에 걸려 있던 무감각한 표정이 사라지더니 곧 익숙한 능글맞은 표정이 다시 나타났다.

"그럼 이번 주말에 네 콘도로 가게 해 줄 거야?"

잠시나마 그를 안쓰럽게 여겼던 나 자신을 가엾게 여기며 고개를 돌렸다. 그리고 뒤도 돌아보지 않고 서둘러 주차장으로 갔다.

이 섹스 중독자는 동정을 받을 자격이 없어!

사회에 나와 직장인으로 살다 보니 시간이 흐르는 걸 전혀 눈치채지 못할 때가 있다. 이 회사에 입사하기 위해 면접을 본 것이 1년도 되지 않은 것 같은데 벌써 3년이라는 시간이 흘러 있었다. 이 회사에서 보냈던 시간들은 꽤 괜찮았다. 간혹 몽콩 같은 문제가 있긴 했지만 전반적으로는 모든 일이 순조로웠고 동료들 대부분 친절했다. 회사의 규모는 크지 않지만 복지가 괜찮은 편이었는데, 그 복지의 일환으로 매년 1년 동안 열심히 일한 직원들에게 감사의 뜻을 담은 선물을 주기도 했다.

"여기, 인사팀 툰 선배가 적어 달래요. 부모님이나 배우자, 자녀를 여행에 데려오고 싶은 사람들은 같이 적어 주세요. 제가 같이 방 쓸 사람들 목록을 만들게요!"

2월의 어느 날 오후, 건은 종이 한 장을 팔랑팔랑 흔들며 사무실로 들어섰다. 부서의 다른 사람들이 이야기하는 동안 나는 책상 위에 있는 달력을 힐끗 보았다.

"너 누구 데리고 갈 거야? 난 남자 친구를 데려갈까 생각 중이야."

"네가 남자 친구를 데려가면 난 누구랑 방을 써?"

"난 아내와 아이들을 데리고 갈 것 같아."

"정말이에요, 바스 선배? 우리끼리 가는 게 좋을 것 같은데. 아내와 아이들이 같이 가면 술을 못 마시잖아요."

"어? 벌써 여행 갈 때가 됐어?"

주변 사람들의 웅성거림 속에서 컴퓨터 화면만 보고 작업을 하고 있던 제이드가 놀란 목소리로 끼어들었다.

"시간이 왜 이렇게 빠른 것 같지? 그럼, 우리 어디로 가?"

"파라다이스 사멧섬으로요! 툰 선배가 색다른 곳에 가고 싶다면서 작년에는 산으로 갔으니까 올해는 바다로 간다고 했어요. 완전 좋아요!"

아주 쾌활한 몸짓으로 설명하는 건의 모습이 웃음을 자아냈다.

작년에는 랏차부리 수완퐁으로 여행을 갔다. 여행 자체는 괜찮았지만, 대부분의 남자들이 산에서는 비키니를 입은 여자를 볼 수 없으니 해변으로 가는 것이 더 좋겠다고 앓는 소리를 냈었다.

"제이드! 남자 친구 꼭 데려와!"

파이 선배의 날카로운 목소리가 들려왔고, 이름의 주인은 눈만 깜박였다.

"왜요?"

"우리 마이가 보고 싶으니까! 안 데려오면 툰한테 인사 평가 점수 깎으라고 할 거야. 그럼 임금 인상이 더 어렵겠지?"

"그래, 그래. 마이가 너무 그리워."

다른 여자 직원들도 한목소리로 말했다.

제이드는 사무실 여자 동료들을 보며 눈을 가늘게 떴다.

"잠깐. 지금 맞장구치는 사람들, 다 짝이 있잖아요!"

"우린 남자 친구를 데려가지 않을 거거든. 거기서 싱글 라이프를 즐길 거야! 우리의 마음은 마이에게만 줄 거라고!"

파이 선배가 그들을 대표해 대답했고, 제이드를 포함한 부서 사람들이 웃음을 터뜨렸다. 마이는 사무실 사람들에게 정말 인기가 많았다. 인턴을 마친 지 오래되었음에도 사람들은 여전히 그가 보고 싶다는 말을 자주 했다.

"여기요. 먼저 마이 이름부터 적어 주세요. 형이 안 가는 건 아무도 신경 안 쓸 거니까."

건이 웃으며 제이드에게 종이를 건넸다.

"웃기네, 이 자식! 일이나 해!"

제이드는 종이를 낚아채 책상 위에 올려놓으면서 후배를 쫓아냈다.

나는 그에게 가까이 다가가 물었다.

"마이 데려올 거야?"

"다들 원하니까 그럴 것 같아. 아, 잠깐만. 내가 마이 데려오면 넌 누구랑 방 써?"

제이드의 말에 나도 생각에 잠겼다. 보통 회사에서 여행을 가면 매번 제이드와 룸메이트가 되었지만, 제이드가 마이를 데려오면 난 혼자 남게 된다.

"나랑 써도 돼."

킹이 끼어들었다. 어느새 다가온 그가 내 책상 위에 손을 짚고 서서 나를 보고 싱긋 웃었다.

"난 아무도 데려가지 않을 테니까, 나랑 써."

"살인사건이라도 나면 어떡해? 이렇게 하자. 으아는 나랑 쓰고, 마이는 너랑 쓰고."

"네 남편한테 누구랑 자고 싶은지 물어는 봤어? 으아는 나랑 쓰게 해. 아무도 안 죽일 거야, 안 그래?"

그는 나를 향해 고갯짓했다.

나는 얼굴을 찌푸렸다. 마음 한편에서는 편하게 제이드와 방을 쓰고 싶었지만, 또 다른 한편에서는 친구를 연인과 떨어뜨려 놓고 싶지 않았다.

"괜찮아. 킹이랑 방 쓸게."

결국 다른 선택의 여지 없이 그렇게 말해야만 했다.

킹은 만족스러운 미소를 지으며 내 어깨를 세게 두드렸다. 그의 눈에 드러난 속셈이 너무나 뚜렷해서 나도 모르게 입술을 꽉 물었다. 그는 확실히 머릿속으로 그것에 대해 생각하고 있을 것이었다.

회사에서 가는 여행에서도 그 생각만 한다고?

변태 섹스 중독자!

"정말 괜찮아?"

제이드가 재차 물었다.

나는 행복하게 자신의 책상으로 돌아가며 콧노래를 흥얼거리는 킹을 보며 마지못해 고개를 끄덕였다.

직감적으로 이번 여행은 꽤 머리가 아플 것 같았다.

14
함정

[킹 시점]

고양이는 편집증적인 동물이다.

고양이를 너무 좋아하는 선배가 이런 말을 한 적이 있다. 독립적이고 오만하며 인간인 주인보다 우월한 위치에서 행동하기를 좋아하면서도, 보살핌과 관심에 대한 욕구를 동시에 가지고 있는 것이 고양이의 습성이자 본능이라고. 나는 왜 그런 생물을 좋아하는지 도무지 이해할 수 없었다. 고양이와 똑닮은 성격을 가진 누군가를 만나기 전까지는.

지금, 그 누군가는 막 이층버스에 올라타 그의 옆에 앉는 나를 몹시 경계하는 얼굴로 바라보고 있었다.

그는 정말 고양이 같다.

"뭐 보고 있어?"

다른 동료들과는 달리 바다로 여행을 가는데도 별로 행복해 보이지 않는 그에게 물었다. 으아는 입술을 꼭 깨물고 나에게서 얼굴을 홱 돌렸다. 그러고는 아무 말 없이 창밖만 내다봤다.

그의 팔꿈치를 쿡 찔러 우리 옆줄에 앉은 마이와 제이드를 가리키고 웃었다. 마이가 제이드를 위해 싸 온 간식 꾸러미를 뜯고 있었다.

"봐. 나 여기 앉아야 해. 저 둘이 커플이니까 같이 앉혀야 할 거 아냐. 아님, 내가 저 둘 갈라놔?"

"아무 말 안 했어."

그는 무미건조하게 대답했지만, 살짝 찌푸려진 그의 가느다란 눈썹을 보면 내가 옆에 앉은 것을 그다지 좋아하지 않는 게 분명했다. 으아는 늘 다른 사람들이 우리의 특별한 관계를 의심할까 봐 걱정했다. 하지만 난 다른 사람들이 어떻게 생각할지는 별로 신경 쓰지 않았다.

"나랑 앉는 게 그렇게 싫어? 오늘 밤엔 같이 자야 하는데."

낮게 속삭이자 그의 동그란 눈이 사납게 변했다. 그는 아마 오늘 밤 나와 같은 방에 있어야 한다는 사실에 긴장한 나머지 편집증에 빠진 것 같았다. 내가 무슨 짓을 저지를지도 모른다고 생각하는 것 같기도 했다. 하지만 난 처음부터 아무 생각도 없었다. 뭐, 사실 조금 생각은 했지만 그게 주된 목적은 아니었다. 단지 제이드와 마이를 방해하고 싶지 않았다. 나 또한 마이가 제이드와 함께 시간을 보낼 수 있기를 바라는 사람이다.

하지만 내가 진실을 말해도 으아는 내 말을 믿지 않을 것이다.

그의 눈에 나는 아마 섹스 중독자이고, 끊임없이 파트너를 바꾸는 가볍고 태평하기 짝이 없는 바람둥이일 것이다. 하지만 내 눈에 으아는 다가가기 어렵고, 주인이 자신을 만지는 것을 좋아하지 않는 아름다운 흰 고양이 같았다.

그를 처음 만난 날부터 오늘까지, 한결같이 그랬다.

키가 크고 늘씬한 체형에 화사한 하얀 피부, 잘록한 허리에서 검은 스키니 팬츠에 감춰진 엉덩이로 떨어지는 매혹적인 라인. 그 옆을 지나가는 사람들이 다시 돌아볼 정도로 매력적이었다. 그는 다리를 꼬고 앉아 술이 물이라도 되는 것처럼 들이부어서 목구멍을 씻어 낼 뿐, 주변 그 어떤 일에도 관심을 보이지 않았다. 클럽에 울려 퍼지는 시끄러운 음악 속에서도 혼자만의 세계에 있는 것 같았다.

나는 대학교 2학년 때 처음으로 으아를 만났다. 우연히 클럽에서 본 그에 대해 아무것도 알지 못했지만, 한 가지는 확실히 알았다. 그는 정말로 내 타입이었다. 그래서 그날, 나는 그에게서 눈을 뗄 수가 없었다.

그날 나는 이제는 이름도 기억나지 않는 데이트 상대와 함께 클럽에 갔다. 혼자 가지 않았던 것을 아직도 후회한다. 그에게 접근할 기회가 없었기 때문이다. 나는 그날 꽤 멋진 모습이라고 자신했지만, 화장실 앞에서 마주친 그의 동그란 눈에 담긴 경멸이 그의 생각은 전혀 그렇지 않다는 것을 짐작하게 했다.

그가 내 의도를 오해했을지도 모른다는 생각이 들었다. 술에 취해 몸을 잘 가누지 못하는 것을 보고 밖으로 데려가 택시를 잡아 주려고 했는데, 그는 내가 수작을 부린다고 생각한 것 같았다. 그때 나는 그와 다시 만날 일이 없을 거라고 생각했기 때문에 그 오해를 바로잡지 않았지만, 나중에 알고 보니 으아는 내 소꿉친구인 제이드의 대학 룸메이트였다.

우연히 다시 만났을 때, 우리의 재회를 기뻐한 건 나뿐이었다. 으아는 나와 엮이고 싶지 않다는 의사를 분명하게 밝혔다. 내가 보는 그의 아름답고 동그란 눈매는 늘 무관심과 불만이 차 있었다. 그렇다고 그에게 화가 난 것은 아니었다. 오히려… 흥미로웠다.

그랬다. 나는 그가 몹시 흥미로웠다. 처음 만났을 때부터 으아에 대한 내 생각은 쭉 그랬고, 호감이라고 할 수 있는 감정이었다. 나는 특별히 상대의 성별을 가리지 않았고, 남자든 여자든 데이트를 했다. 제이드는 이런 나를 보고 그저 사람이기만 하면 다 만나려고 하는 거냐며 잔소리하고는 했지만, 그런 건 아니었다. 그 와중에도 난 내가 좋아하는 타입의 사람만 만났다. 그리고 그중에서도 으아는 정말 내 타입이었다.

대학에 다니는 동안 으아를 그렇게 자주 만나지는 못했다. 게다가 당시에는 내 자존심이 나를 좋아하지 않는 사람에게 매달리는 일을 허락하지 않았기 때문에 그에 대해 크게 생각하지 않으려고 애썼다. 일시적인 감정일 뿐이라며 무시했고, 그렇게 대학을 졸업해 직장인으로 살아가던 어느 날, 으아는 제이드의 권유로 나와 같은 회사에 입사했다.

동시에 지루하던 직장 생활이 갑자기 재밌어졌다.

사무실에서 처음 으아를 만났을 때 그의 눈빛을 아직도 기억하고 있다. 그는 다소 놀란 표정이었고, 나와 이야기하는 것을 피하려고 했다. 나를 피하는 모습이 너무 뻔해서 제이드에게 으아가 나에 대해 편견이 있는지 물을 수밖에 없었다. 제이드는 으아가 바람둥이를 너무 경멸하기 때문에 나 같은 사람과 어떤 식으로든 엮이고 싶지 않아 할 거라고 말했다. 만약 으아가 다른 사람이었다면, 나 또한 나와 대화하는 게 싫다는 사람과 아무 관계도 맺지 않았을 것이다. 하지만 으아라면….

그 세상 모든 것에 무심한 듯한 얼굴에 어떤 감정이라도 드러나게 만들고 싶다는 생각이 들었다.

같은 부서에서 근무하는 데다가 제이드의 친구이기도 했기 때문에 나는 그와 친하게 지낼 수 있을 거라고 생각했다. 그래서 그가 어떤 사람인지 알아보려고 노력했지만 내가 얻은 것은 공허함뿐이었다. 그는 늘 무표정하고 감정이 없어 보였다. 말수도 너무 적어서 하루 동안 그가 몇 마디를 했는지 셀수 있을 정도였다. 특히 나와 대화할 때는 그의 입에서 나오는 거의 모든 문장에 미묘하게 썩 좋지 않은 감정이 담겨 있었다.

그때 나는 단순히 흥미로운 일을 원했고, 우리 사이의 두껍고 차가운 얼음벽을 깨고 싶은 승부욕도 들었다. 그래서 어떤 식으로든 그의 반응을 끌어내기 위해 끊임없이 그를 놀렸고, 성공했다. 그는 마침내 나를 얼마나 싫어하는지 분명하게 표현했다. 처음에는 그가 화를 내는 모습이 재미있었다. 세상 모든 것에 무심하던 으아의 무표정한 얼굴이 순식간에 일그러지게 만드는 것이, 그것을 내가 유도해 냈다는 것이 만족스러웠다.

점점 시간이 지나면서 그의 개인사를 알게 되었다. 으아가 겪어 온 많은 일들을 생각해 보면, 그가 이렇게 냉랭한 사람이 된 것은 놀라운 일이 아니었다.

우리 사이는, 확실히 순탄한 관계는 아니었다. 업무상으로는 상의할 수 있는 수준이었지만, 그 외의 주제로 대화를 하면 시작과 동시에 다투곤 했다. 물론 으아의 신경을 긁고 그 대가로 모진 욕설을 듣는 건 나였다. 그런 모습은 사무실 사람들에게는 아주 익숙한 풍경이었고, 나는 그에게 연애 감정에 가까운 관심을 가졌음에도 불구하고 그에게 진지하게 다가갈 생각은 한 번도 해 본 적이 없었다.

우리 관계는 늘 그런 식일 것 같았는데, 어느 순간 상황이 바뀌었다.

나는 가만히 앉아 창밖을 내다보며 제 검은 눈동자를 시시각각 변화하는 풍경에 고정한 사람을 힐끔거렸다. 그가 나와 FWB를 맺겠다며 별별 조건을 늘어놓은 지 거의 반년이 지났다. 나는 그의 제안에 일말의 망설임도 없이 동의했고, 단 한 번도 그 결정을 후회한 적이 없다. 하지만 으아도 같은 생각을 하고 있는지는 알 수 없었다.

손목을 들어 올려 시계를 확인하니 오전 9시가 다 되어 가고 있었다. 회사 직원들과 그 지인을 포함한 100여 명이 버스 두 대에 올라타 므앙 라용으로 향하는 중이었다. 버스 앞쪽에서는 사람들이 즐겁게 노는 소리가 시끄럽게 들렸다. 건은 운전기사에게 태국 북동부 컨트리 음악을 틀어 달라고 부탁하고 파이 선배와 함께 춤을 췄다.

솔직히 나는 회사에서 여행을 가는 걸 별로 좋아하지 않았다. 여기에도 상사, 저기에도 상사, 경영진과 함께 여행을 가는 게 무엇이 즐겁겠는가. 전혀 편안하지도 않았다. 하지만 연간 인사 평가 항목에 사내 활동 참여 태도도 포함되어 있었다. 나처럼 회사에서 주최하는 행사라면 무조건 빠지고 싶어 하는 사람들을 겨냥한 사규인 것이 분명했다. 어쨌든 절대 피할 수 없는 일이었다.

우리는 바다를 건너 코사멧으로 가는 페리를 타기 전에 므앙 지역에 있는 식당에 들러 점심을 먹었다. 방콕에서 섬까지 이동하는 데는 총 네 시간이 걸렸고, 예약한 해변 리조트에 도착해 체크인을 한 뒤 각자 방 키를 받았다. 나도 리조트 직원에게서 키를 받아 로비에서 제이드, 마이와 함께 기다리고 있는 내 룸메이트에게 걸어갔다.

"아논 씨. 얼른 가시죠, 우리 방으로."

짓궂은 표정을 지으며 으아에게 말했다.

이름의 주인은 한숨을 푹 쉬었다. 그리고 그 가느다란 손으로 내 손에서 키를 빼앗듯 가져간 뒤 객실로 향했다.

"제발, 으아 괴롭히지 마."

제이드는 진지한 표정으로 나에게 경고했다.

"내가 뭘 어쨌다고 그래. 마이, 얼른 네 남자 친구 데리고 가라."

나는 친구의 머리를 세게 헝클이고 으아를 따라갔다. 내 뒤에서 제이드의 다채로운 저주의 말과 마이가 부드럽게 달래는 소리가 들렸다. 나는 나보다 훨씬 앞서서 가는 룸메이트를 따라잡기 위해 빠르게 걸었다. 입가엔 자꾸만 감출 수 없는 미소가 걸렸다.

올해 회사 매출이 작년보다 줄었다고 들었는데, 4성급 리조트를 준비해 준 걸 보면 사장님이 직원들의 복리후생에 인심이 꽤 후한 편이라는 것을 인정할 수밖에 없었다. 가족과 함께 오고 싶다면 추가 요금을 내고 리조트 본관 옆에 있는 방갈로 숙소로 업그레이드할 수도 있었다. 리조트 주변은 그늘과 햇살이 적당히 조화를 이루어 쾌적했고, 해변에는 음료와 다양한 수상 액티비티를 제공하는 카운터도 있었다. 사장님이 이번 여행에 수십만 달러를 썼을지도 모른다는 생각이 들었다.

"싱글 침대라니… 이게 뭐야?"

방에는 더블 침대가 아닌 싱글 침대 두 개가 준비되어 있었다. 불평하며 룸메이트를 돌아보니 그는 몹시 만족스러워 보였다. 으아는 침대를 예약하기라도 하듯 가방을 들고 발코니 창문 옆 침대로 가서 앉았다. 나는 그 모습을 보고 곧바로 내 가방을 가져가 그 옆에 놓았다.

"뭐야?"

"이 침대에서 자고 싶어."

그는 나를 향해 눈을 크게 뜨며 차갑게 말했다.

"내가 먼저 왔어."

"내 의견은 묻지도 않았잖아. 이건 민주적이지 않아."

으아는 약간 화가 난 표정을 지었다. 그러더니 일어나서 가방을 들고 다른 침대로 가려고 했다. 나는 재빨리 그의 손목을 잡고 끌어당겨 그 날씬한 몸을 내 무릎 위에 앉혔다. 그리고 그가 도망가기 전에 한쪽 팔로 그의 허리를 단단히 감고, 그대로 목덜미에 얼굴을 묻은 채 깨끗한 피부에서 은은하게 풍기는 상쾌한 시트러스 향을 즐겼다.

나는 이 향수가 아주 마음에 들었다. 한번 써 봤지만, 으아의 몸에서 나는 향만큼 좋지 않았다. 같은 향수인데도 체향이 달라서인지 뿌리는 사람마다 다른 향을 풍겼다. 그러니까 나는 그에게서 나는 이 향기가 좋았다. 그래서 이렇게 그의 몸에서 나는 향기를 계속 맡을 수밖에 없다.

아주 완벽한 사람이다. 향기까지도 취향에 딱 맞는 남자라니.

"다른 침대로 가게? 그럴 필요 없어."

"너 여기서 자고 싶다며."

도망치려는 으아의 동그란 엉덩이가 내 페니스 주변을 문질렀다. 나는 그의 가느다란 허리를 더 꽉 붙잡고 그를 움직이지 못하게 하려고 애썼다.

"나 잘 때 별로 안 움직여. 침대 같이 써도 돼."

"싱글에서 어떻게 둘이 자? 봐."

그는 내 팔을 내려치며 더 세게 움직였고, 결국 그 부드러운 살덩이가 내 아들을 완전히 깨워 버렸다.

실수였다. 조금 장난을 치려던 것뿐이었는데, 함정에 빠지게 된 것은 나였다.

"바다 경치를 즐기러 나가고 싶으면 그만 움직이는 게 좋을 거야."

나는 그에게 진지하게 경고했다.

으아는 내 말을 이해한 듯 바싹 몸을 굳힌 채 가만히 앉아 있었다. 그의 놀란 시선이 나에게 향해 있는 와중에 나는 꽤 오랜 시간 진정하기 위해 노력해야 했고, 한참 후에야 그의 몸을 무릎 위에서 침대로 내려놓을 수 있었다.

"나갈까? 아니면 다른 일을…."

"나가자."

그는 내 말이 끝나기도 전에 재빨리 대답했다.

나는 모자와 휴대폰을 들고 서둘러 방을 빠져나가는 사람을 보며 웃었다.

으아의 반응을 지켜보는 건 너무 재밌다. 어떻게 하면 그를 놀리는 것을 멈출 수 있을까?

회사 여행 일정에는 매년 저녁 만찬과 레크리에이션 활동이 포함됐고, 그 전에는 두세 시간 정도 각자 자유 시간을 가졌다. 일부는 방에서 낮잠을 잤고, 일부는 리조트에서 제공하는 액티비티를 즐기거나 사진을 찍으러 돌아다녔다.

으아와 나는 비치 바에서 마이와 제이드를 기다리는 중이었다. 조금 전, 그가 같이 바나나보트를 타자고 메시지를 보냈기 때문이다.

"젠장. 왜 이렇게 안 와? 10분이나 지났는데, 지금 선배 놀리는 거야?"

내가 반쯤 진심을 담아 장난스럽게 투덜거리자 내 옆에 있던 사람이 나를 흘끔 바라보았다.

"조금만 더 기다려. 10분 후에도 안 오면 전화할게."

으아는 평소보다 여유로운 표정으로 눈앞에 펼쳐진 바다를 바라보며 말했다.

나는 몰래 그의 옆모습을 관찰했다. 으아의 얼굴에는 정말 모든 요소가 조화롭게 어우러져 있다. 특히 동그란 눈매와 매혹적인 색깔의 도톰한 입술이 유독 매력적이었는데, 평소에는 차갑고 우호적이지 않은 분위기를 풍겨서 사람들은 자주 그를 매우 오만한 사람이라 여기기도 했다. 나도 그중 한 명이었지만, 지난 몇 달 동안 그를 알아 가면서 그가 전혀 그런 사람이 아니라는 것을 알게 됐다. 그러한 모습은 그저 으아가 더 이상 상처를 받지 않기 위해 스스로 만들어 낸 방어기제였을 뿐이다.

그는 어린 시절부터 너무나 많은 끔찍한 일을 경험한 탓에 늘 편집증에 시달렸고, 자신을 보호할 수 있는 무언가를 고안해 내야만 했던 것이다.

주위를 둘러봐도 여전히 마이와 제이드의 머리 털끝도 보이지 않았다. 보이는 거라곤 오로지 해변에 있는 사람들이 끊임없이 우리를 힐긋거리는 모습뿐이었다. 지나가는 여성들은 나를 향해 수줍게 미소를 지었고, 나도 그들을 향해 웃어 주었다. 문제는 이쪽을 향하는 시선에는 몇몇 남자들의 것도 섞여 있었다는 것인데, 그들은 주로 내 옆 사람을 보고 있었다.

으아가 그렇게 불친절한 분위기를 풍기는데도 여전히 그에게 대시하는 사람이 많았다. 우리 회사 사람들만 해도 그랬으니, 해변에 있는 남자들이 이런 식으로 그를 쳐다보는 것은 놀라운 일이 아니었다. 동시에 내 가슴속에 불쾌한 감정이 피어올랐다.

지금 어딜 보고 있는 거야? 네놈들이 다 장님이었으면 좋겠다.

"바다 좋아해?"

그 성가신 시선들이 모처럼 좋은 분위기를 망쳐 버리기 전에 나는 서둘러 입을 열었다.

그는 잠시 나를 쳐다보더니 다시 바다로 시선을 던지며 대답했다.

"응. 대신 한적한 바다가 좋아. 어딜 가나 관광객이 넘쳐서 찾기 어렵지만."

"좀 그렇지. 나도 사람 많은 곳은 별로야. 추천할 만한 곳 있어?"

그는 잠시 침묵했다.

"람팡이 경치가 좋아. 국립공원이랑 폭포가 있거든. 다른 곳보다 붐비지 않아서 좋아."

"가 봤어?"

"이모가 거기 계셔. 어렸을 때는 방학 때마다 이모랑 지냈는데, 지금은 거의 연락 안 해."

으아는 담담한 말투로 덧붙였다. 목소리에 어떤 불편한 기색도 없었지만, 그에게 가족이라는 것은 민감한 주제였기 때문에 화제를 바꾸기로 했다.

"으아, 저기 봐. 마이가 제이드를 팔로 감싸안고 걸어오는 거. 인턴 할 때도 소유욕이 강하긴 했지?"

으아는 별다른 말 없이 나와 같은 방향으로 고개를 돌렸다. 나는 그에게 더 가까이 다가가 팔꿈치로 그의 팔을 쿡쿡 찔렀다.

"나도 소유욕 강해서, 마이 기분 이해해."

"그걸 왜 나한테 말해?"

그의 반응에 나는 약간 당황했다.

"그냥 말한 거야. 진지하게 받아들이지 마."

나는 혹시라도 그의 기분이 상하기 전에 빠르게 변명했다.

으아는 우리가 FWB로서 할 수 있는 것과 없는 것을 정확하게 구분해 놓았다. 어쩌면 내가 그 경계선을 넘은 것인지도 모르지만, 그를 불쾌하게 하려는 의도는 없었다.

솔직히 말하면, 나는 지금 당장 으아의 FWB를 그만둘 준비가 되어 있지 않다.

바나나보트는 정말 짜릿했다. 마이와 나는 둘 다 익스트림 스포츠를 좋아했다. 제이드가 흠뻑 젖은 채로 투덜거리는 모습을 구경하는 것은 더 즐거웠다. 으아는 평소와 다름없이 조용했지만, 그의 얼굴에 짜증스러운 기색이 없어서 어느 정도는 즐기고 있다는 것을 짐작할 수 있었다.

"여기요."

해변가 코코넛 나무 아래에서 쉬는 동안 마이가 근처 가게에서 사 온 차가운 생수를 건넸다.

거의 5시가 되어 가고 있었다. 햇빛이 약해진 틈을 타 물에 들어가기 위해 해변으로 나오는 사람들이 많아졌고, 덕분에 우리를 보는 시선도 많아졌다. 딱히 자랑하려는 게 아니라, 정말로 많은 사람들이 우리를 쳐다보고 있었다. 잘생긴 사람이 모여 있으니 당연한 일이었다.

물을 마시는 동안 제이드는 안절부절못했다. 그의 눈은 내 뒤쪽에서 마이를 바라보며 수군거리는 여자 무리를 보고 있었다. 나는 제이드가 이런 상황에서 어떻게 반응할지 너무 궁금했고, 그 여자들이 마이를 더 잘 볼 수 있도록 한 발짝 물러섰다.

"왜 그리로 가?"

제이드는 즉시 반응을 보였다.

"햇빛 피하려고. 더워."

"여긴 그늘이잖아."

"그 자리는 너무 눈부셔."

"킹, 원래 자리로 다시 돌아가."

나는 상황을 모른 척하며 그를 무시하고 계속 물을 마셨다. 제이드는 망설이는 기색이 역력한 얼굴로 내가 조금 전까지 서 있던 자리로 움직였다. 하지만 제이드의 머리는 마이의 어깨까지밖에 닿지 않았기에 난 조금 웃을 뻔했다. 비록 제이드는 마이를 완전히 숨길 수는 없었지만, 남자 친구를 다른 사람들 눈에 띄지 않게 하려는 의지는 매우 강해 보였다.

키는 작지만, 그 의지는 높게 살 만했다.

그의 이런 어린아이 같은 질투심을 깨닫지 못한 마이는 제이드와 이야기하기 위해 그에게 다가갔고, 나는 잠시 근처 쓰레기통에 빈 병을 버리러 갔다가 다시 합류했다.

"이제 방으로 돌아가서 씻고 저녁 먹으러 가면 될 것 같아. 가자, 가자. 빨리!"

제이드가 재촉했다.

"아직 5시도 안 됐어. 조금 더 있다가 가면 되잖아."

내가 그의 의견에 반기를 들자 제이드가 눈을 흘겼다.

"제시간에 못 갈지도 모르잖아. 사람이 많아서… 어… 빨리 샤워하지 않으면 저녁 식사에 늦을 거고, 약속된 시간에 늦는 건 실례야!"

"아, 그래. 그건 맞지. 예의에 어긋날까 봐 걱정하는 거지? 질투하는 게 아니고?"

"닥쳐, 킹!"

발끈한 제이드가 소리쳤다.

나는 화를 내기 시작한 소꿉친구를 보며 시원하게 웃었다. 다행히 마이는 뭔가를 알아챈 듯 재빨리 남자 친구의 어깨를 감싸안고 숙소로 데려갔다. 나는 높낮이가 다른 두 사람의 뒷모습을 보며 또 웃었다.

제이드가 질투하는 모습이라니, 진짜 너무 재밌다.

"그만 좀 놀려."

그때 으아의 부드러운 목소리가 들렸다. 그의 얼굴은 조금 피곤해 보였다.

나는 어깨를 으쓱하고 무슨 말인지 모르겠다는 시늉을 하며 그를 따라 숙소로 돌아갔다.

돌아가는 길에는 나를 쳐다보는 몇몇 여자들을 향해 적당히 미소를 지어 주었다. 그 순간, 나는 으아가 어떻게 생각할지 궁금해졌다. 제이드가 마이에게 그랬던 것처럼 소유욕을 드러낼까? 그는 자신의 감정을 숨기는 데에 능숙했기 때문에 무심한 표정 뒤에 무엇이 있는지 알 수 없을 때가 많았다. 하지만 지금 그의 시선이 다른 곳에 있는 것을 보면 아무것도 느끼지 않고 있는 것 같았다.

그는 평소와 마찬가지로 나에게 아무런 관심도 보이지 않았다.

샤워를 하고 옷을 갈아입은 후에는 해변에 위치한 리조트 식당으로 내려가 다른 사람들과 함께 저녁 식사를 했다. 식사 전에는 작년 한 해 동안의 성과와 올해의 목표를 주제로 한 사장님의 연설이 있었다. 식탁 위에 놓인 먹음직스러운 해산물을 안타까운 눈으로 바라보며 억지로 미소를 짓고 있는 사람들과 마찬가지로, 나도 사장님의 말을 한 귀로 듣고 흘리며 빨리 식사가 시작되기를 바랐다.

30분에 걸친 경영진의 인사말이 끝나고 만찬이 시작되었다. 임원들 대부분이 자리를 떠났고, 본격적으로 진짜 축하 파티가 열렸다.

현대 태국 민속음악과 컨트리 음악, 북동부 컨트리 음악 등 다양한 음악이 연이어 연주되었다. 늘 파티에 생명을 불어넣는 존재인 바스 선배와 파이 선배, 건과 제이드는 돌아가며 지칠 줄 모르고 노래를 불렀다. 나도 그들과 함께 노래를 부른 뒤 다시 테이블로 돌아와 시공간을 초월한 듯 모든 것을 내려놓고 즐겁게 노는 동료들을 구경했다. 그리고 여유롭게 바닷바람을 쐬며 술잔을 기울였다.

"좀 마실래?"

나는 (직원들에게 무제한 주문을 허용한 관대한 사장님 덕분에) 방금 가져온 레드와인 한 병을 옆에 있는 늘씬한 남자에게 건넸다. 으아는 요즘 술에 전혀 손을 대지 않았지만, 망설임 끝에 내 손에서 와인 병을 가져가 자신의 잔에 따랐다. 그가 와인을 좋아한다는 것을 알고 있었고, 눈앞에 놓인 가장 좋아하는 음료를 거부할 수 없을 것이라는 것도 알고 있었다.

여행인데, 조금 취해도 괜찮잖아?

몇몇 직원들은 여전히 앞쪽에서 춤을 추고 있었다. 나와 으아, 마이를 포함한 나머지 직원들은 테이블에 앉아 이야기를 나눴다. 마이의 눈은 계속 남자 친구를 보고 있었다. 제이드의 목소리는 노래라기보다는 울부짖는 것에 가까웠지만, 어쨌든 이 젊은 남자의 얼굴에는 미소가 만연했다.

제이드가 저주라도 걸었어? 왜 그렇게 내 친구를 미친 듯이 사랑하는 거야?

"화장실 다녀올게."

잠시 후 으아는 손에 쥐고 있던 와인 잔을 내려놓고 자리에서 일어났다.

"같이 갈래?"

나는 의미심장한 미소를 지으며 그를 놀리듯 물었다.

그는 곧 특유의 야멸찬 눈으로 나를 쏘아보고는 재빨리 떠났다. 나는 그가 시야에서 사라질 때까지 그의 뒷모습을 쫓다가 맥주를 마시고 있는 다른 사람에게로 고개를 돌렸다.

"또 취하지 마."

"오늘은 취하지 않을 거예요."

마이가 대답했다. 그 짙은 갈색 눈은 여전히 식당 앞쪽에서 마이크에 대고 비명을 지르고 있는 제이드를 보며 꽤나 수상쩍은 미소를 지었다.

"오늘은 일찍 잠들고 싶지 않아서요."

"얼씨구. 진정해, 진정. 우리 내일도 할 게 많다고."

나는 와인을 마시며 웃었지만, 마이의 부드러운 목소리가 나를 깜짝 놀라게 했다.

"선배 방은요? 오늘 밤엔 일찍 잠자리에 들 것 같아요?"

나는 와인 잔을 내려놓고 그 어린 남자와 눈을 맞췄다. 평범한 질문처럼 보였지만, 마이의 눈빛에는 다른 뜻이 숨겨져 있었다.

"…언제 알았어?"

"인턴십 끝날 즈음이요. 그냥 추측이었는데, 진짜일 거라고는 생각 못 했어요."

그의 눈이 초승달 모양으로 휘었다. 나는 조금 피곤해진 느낌에 한숨을 쉬었다. 그는 똑똑하고 관찰력도 뛰어나며 제법 교활한 면이 있었다. 그러니 으아와 나 사이에 흐르는 낯선 기류를 처음으로 눈치챈 것이 그라는 것은 별로 놀라운 일도 아니었다.

"그럼, 둘이 연애 중이세요?"

"아니. 그냥… 베네핏이 있는 친구 사이. 아무한테도 말하지 마, 제이드한테도. 으아가 날 죽일지도 몰라."

"알겠어요."

그 젊은 남자는 웃으며 대답하고 다시 앞쪽으로 시선을 돌렸다. 나는 와인 잔을 집어 들고 검붉은 액체로 어쩐지 좀 칼칼한 목구멍을 씻어 냈다.

어쨌든 마이라면 어디다 비밀을 누설하지는 않을 것이다. 나는 이 비밀을 아는 사람이 마이라는 것이 차라리 다행이라고 생각했다.

파티는 늦은 시간까지 계속됐다. 음악은 쉬지 않고 계속 이어졌고, 여직원들은 나와 끊임없이 술을 마시고 이야기를 나눴다. 나는 그들이 나를 어떻게 생각하는지 알고 있었지만 처음부터 냉정하게 선을 긋는 으아와 달리 누구의 마음도 아프게 하고 싶지 않았다. 어쨌거나 나에겐 같은 회사 동료일 뿐이고 종종 함께 일해야 하는 사이였기 때문에 그들의 마음을 상하게 해서는 안 된다고 생각했다. 그래서 나는 서로를 괴롭히지 않는 선에서 평범하게 대화를 나눴다. 그럼에도 불구하고 누군가 자신의 감정을 진지하게 고백해 오면 그때는 분명하게 거절했다.

같은 직장에 있는 누군가와 연애하는 것이 업무에 너무 많은 영향을 미칠까 봐 걱정됐다. 그래서 같은 회사 사람과는 사적으로 엮이지 않으려고 했지만 역시 미래의 일은 예측할 수가 없다. 내가 같은 부서 사람과 FWB가 될 거라고 누가 알았을까.

시간이 늦어질수록 한산해졌고, 우리는 곧 해변에 있는 바로 이동했다. 제이드는 몇 시간 동안이나 노래를 부른 뒤 칼칼해진 목을 맥주로 헹구며 숨을 고르고 있었고, 나는 와인을 홀짝이며 돌아오지 않는 룸메이트를 찾기 위해 주위를 두리번거렸다.

조금 전 으아는 와인을 더 가져오겠다고 하고 떠났지만 10분이 지났는데도 여전히 테이블로 돌아오지 않았다. 와인을 가지러 가던 시점에 그는 이미 취한 모습이었다.

혹시 술에 취해 어딘가에서 잠들어 버렸나?

"으아 찾아보고 올게."

제이드와 마이에게 말하고 곧장 테이블에서 일어났다. 그를 발견한 곳은 바 근처였는데, 그는 자신을 아주 수상한 눈길로 바라보고 있는 외국인 관광객을 향해 웃고 있었다.

그 모습에 순간 짜증이 치밀어 올랐다. 편안했던 분위기에 갑자기 긴장감이 감돌았다.

"으아."

그에게 재빨리 다가갔다. 내 부름에 고개를 돌린 그의 검은 눈동자는 평소보다 달콤해 보였다. 그는 분명히 평소와 다르게 행동하고 있다.

그는 지금… 완전히 취했다.

"너 취했어. 방으로 돌아가자."

"아직이야."

그가 느릿느릿 대꾸했고, 취한 사람에게 취했다고 말한 것이 큰 실례라도 된다는 듯 얇은 눈썹을 찡그렸다.

나는 으아의 팔을 잡아서 바에 기대 있던 그의 몸을 일으켰고, 내가 있던 테이블로 데리고 갔다.

"우린 그만 올라갈게."

제이드와 마이에게 말했다. 내 친구는 손에 들고 있던 집게발을 접시 위에 내려놓고는 으아를 괴롭히지 말라고 재차 소리쳤다. 나는 휘청이는 옆 사람을 보고 혀를 찼다. 그러고는 그의 어깨를 단단히 감싸안고 서둘러 우리 방으로 돌아왔다.

"왜… 왜 그렇게 서둘러?"

내가 침실로 데려가자 술에 취한 남자가 물었다.

"누구한테 웃어 주고 있던 거야?"

나는 그의 질문에 대답하지 않고 되물었다.

졸음에 잠긴 검은 눈이 나를 쳐다보더니 고개를 조금 흔들었다.

"몰라… 나 보고 웃길래 나도 웃었어. 너도 아무한테나 웃어 주잖아."

나는 절망적인 기분에 깊은 한숨을 내쉬었다. 나야 보통 모든 사람에게 웃어 주곤 하지만, 으아는 그런 사람이 아니었다.

낯선 사람에게는 그렇게 쉽게 웃어 주면서, 왜 나한테는 웃어 주지 않아?

"킹, 왜 그렇게… 불만스러운 얼굴이야?"

으아가 내 쪽으로 비틀거리며 걸어왔다. 그의 가느다란 두 팔이 내 목을 감싸고, 그의 도톰한 입술이 달콤하게 웃었다.

"웃어 봐."

"내가 지금 웃음이 나오겠어?"

나는 자연스럽게 여린 남자의 허리에 팔을 얹었지만, 불만이 해소된 것은 당연히 아니었다. 으아는 발끝으로 서서 내 얼굴로 더 가까이 다가왔다.

"왜 안 웃어…? 기분이 별로야?"

그가 느릿하게 속삭이며 부드러운 입술로 내 턱에 키스했다. 날씬한 몸이 내 아랫부분이 반응하기 시작할 때까지 가까이 닿아 왔다.

나는 그의 허리를 꽉 조여 안으며 이를 악물었다.

"넌 왜 자꾸 내 빌어먹을 인내심을 시험하는 거야?"

"인내심…?"

그는 고개를 조금 기울였다. 그의 손가락 끝이 셔츠 밖으로 드러난 내 가슴을 쓰다듬었고, 그 손길이 닿은 곳마다 불꽃이 튀었다. 그러고는 끝내 날 정말로 미치게 만드는 말을 뱉었다.

"하고 싶으면 해. 왜 참아?"

하… 빌어먹을.

이를 악물고 그를 침대 위로 밀어냈다. 그리고 내 몸과 마음이 갈망하는 일을 하지 않기 위해 내가 가진 모든 인내심을 그러모았다. 그와 너무나 놀고 싶지만, 내 양심이 나를 만류했다. 우리는 그동안 수도 없이 관계를 맺었지만 지금 그는 술에 취한 상태였고 난 그것을 이용하고 싶지는 않았다.

"아니면 나한테 질렸어? 더 이상… 나랑 하고 싶지 않아?"

내가 대답하지 않자 그가 나직하게 물었다. 확실한지는 모르겠지만, 그 목소리에서 상처받은 마음이 느껴졌다.

"존나 하고 싶어. 근데, 네가 취한 걸 기회로 삼고 싶진 않아."

으아는 눈살을 찌푸렸다. 그의 오뚝한 콧날이 내 목선을 따라 움직이며 간지럽히더니 웅얼거렸다.

"상관없어… 우리 이미… 취해서 했잖아."

그의 말에 나는 깜짝 놀랐다. 마이의 환영회가 있던 날 밤, 으아는 술에 취했다. 나도 꽤 취했기에 자제하지 못하고 일을 저질렀다. 그 후로 그것은 내 마음속에서 해소되지 않는 죄책감으로 남아 있었다. 내가 아무리 으아에게 관심이 있었어도, 그런 식으로 접근할 생각은 단 한 번도 해 본 적이 없었다. 시간을 되돌릴 수만 있다면, 그런 일이 일어나지 않도록 제이드에게 으아를 데려다주라고 부탁했을 것이다.

"미안해."

내 품에 안겨 있는 으아에게 진심을 담아 다시 한번 사과했다. 그리고 알아들을 수 없는 말을 중얼거리는 그를 침대로 데려갔다.

"으아."

"으응…."

"침대로 가자."

그를 침대에 눕히고 내 목에 감긴 그의 팔을 풀어냈지만 으아가 다시 나를 붙잡고 그 달콤한 눈동자로 올려다보며 애원했다. 나는 도저히 참을 수가 없어서 몸을 숙여 그 붉은 입술에 한참 동안 키스했다. 그러고는 부드러운 뺨에 한참을 머무르다가 다시 뒤로 물러나 그의 몸 위로 이불을 끌어 올렸다.

"으음… 킹…."

"얼른 자. 내일 일찍 일어나야 하니까."

나는 조용히 속삭였다. 술에 취한 남자는 한동안 나에게서 눈을 떼지 않았지만, 결국 몰려오는 잠기운에 점령당해 눈을 감았다.

남은 것은 뻣뻣해진 아랫도리뿐. 나는 다시 한숨을 쉬었다. 엄마가 잠들어 있는 동안 우리 아들은 아주 힘든 시간을 보내야 한다. 결국 나는 곧장 화장실로 들어가 샤워를 하며 흥분한 아들을 진정시켰다.

화장실에서 나와 침대 위에 곤히 잠들어 있는 사람을 복잡한 심경으로 바라보았다. 나 같은 사람이 이렇게 오랫동안 그런 불공정한 합의에 얌전히 묶여 있길 선택했다는 것이 이상했다. 나는 쉽게 지루함을 느꼈고, 자유를 사랑했으며, 누군가에게 헌신하고 싶지 않았다. 그래서 누구와도 진지하게 사귀려 하지 않았고, 아무것도 책임질 필요가 없는 관계를 훨씬 편하게 여겼지만, 이제는 여전히 그렇게 생각하는지조차 확신할 수 없었다.

나는 으아와 하는 섹스가 좋다. 우리는 잘 맞았고, 희고 매끄러운 몸을 안을 때마다 더할 나위 없이 만족스러웠다. 그 순간은 그가 나를 무관심하고 불쾌한 눈으로 보지 않는 유일한 시간이었고, 안겨 있는 동안 숨김없이 쾌감을 드러내는 그의 얼굴을 보는 것이 좋았다.

과거의 다른 섹스 파트너와 비교했을 때, 으아는 단순한 파트너일 뿐만 아니라 친구였고 나는 처음부터 그에게 관심이 있었기 때문에 더 아끼고 배려했다. 하지만 그 관심이 그 이상의 것으로 발전한 것인지를 아직 잘 모르겠다.

나는 소유욕이 강하고 이기는 것을 좋아한다. 그래서 으아처럼 정복하기 힘든 사람을 더 매력적으로 느꼈는데, 지금 느끼는 감정이 늘 그랬듯 결국은 사그라들 감정인지 아닌지 너무 혼란스러웠다.

아니면 내가 정말로 그를 좋아하게 된 걸까?

벽에 걸린 시계는 11시 30분을 가리키고 있었다. 나는 불을 끄기 위해 걸어가면서 침대 사이에 있는 테이블 위 램프를 켜는 것을 잊지 않았다. 으아는 어둠을 무서워했고, 밤중에 화장실이라도 가려고 일어났다가 방이 어두운 걸 알면 공포에 떨게 될지도 모르니까.

이후 침대에 누워 모든 것을 뒤로한 채 눈을 감았다.

달그락거리는 소리에 잠에서 깨어났다. 눈을 뜨자 커튼이 열려 있었다. 방 안으로 햇빛이 쏟아져 들어왔다. 새 옷으로 갈아입은 룸메이트가 화장실에서 나오는 것을 보고 나는 침대에서 일어나 앉아 머리를 긁적였다.

"몇 시야?"

"여덟 시."

그는 침대에 앉아 담담한 목소리로 대답하고 짐을 꾸리기 시작했다.

나는 그의 침대로 가서 그의 옆에 앉았다. 하얗고 매끈한, 그 매혹적인 목덜미에 키스하지 않고는 버틸 재간이 없었다.

"씻기나 해."

으아는 나를 쫓아내려고 내 어깨를 밀었다.

"아침이 오면 널 얻기가 다시 어려워져. 어젯밤에 엄청나게 유혹한 거, 기억 안 나?"

그는 나를 쳐다보지 않으려 했지만, 조그만 귀가 희미하게 붉게 물드는 것을 보니 어젯밤 일을 기억하는 것 같았다. 나는 더 가까이 다가가 날씬한 몸을 뒤에서 껴안고 귓불을 깨물었다. 그의 몸이 바짝 긴장하는 것이 느껴졌다.

"어젯밤에 나 진짜 신사적이었는데, 보상 없어?"

"무슨 보상?"

"예를 들면, 오늘 밤에 네 콘도에서 자게 해 준다거나."

하지만 그는 매정하게 나를 밀어냈다.

"어젯밤에 안 하겠다고 한 건 너야. 왜 지금 와서 그래? 그리고 내일은 출근하는 날이니까, 오늘 밤은 쉴 거야."

"너 진짜 못됐어."

나는 그의 무표정한 얼굴을 보며 탄식했다.

으아는 나와 눈을 마주쳤다. 그의 눈은 미묘하게 즐거움을 담고 있었지만, 말투는 여전히 단조로웠다.

"아침 먹을 시간이야. 씻고 나와."

그는 방을 떠났고, 나는 침대에 멍하니 누워 천장을 바라보았다.

기껏 나이스하게 굴어도 정작 나이스한 일이 하나도 없잖아. 젠장.

"아, 왔네. 너무 늦었어, 킹."

리조트 식당에 들어서자 파이 선배가 말했다. 나는 주위를 둘러보며 다른 직원들을 살폈다. 정말로 내가 제일 늦게 도착한 것 같았다.

"주인공은 원래 가장 마지막에 등장하는 법이죠."

나는 웃으며 파이 선배 옆 빈자리에 접시를 내려놓았다. 옆에 앉은 제이드가 토할 것 같은 표정을 지었고, 마이도 그런 제이드를 보며 활짝 웃었다. 반대편에 앉아 있던 으아는 접시에 담긴 소시지를 잘라 입에 넣으며 못 들은 척 시선을 돌렸다.

"우리보다 일찍 방으로 갔으면서 제일 늦었잖아. 으아 너무 괴롭힌 거 아냐? 늦잠 잘 정도로."

파이 선배의 심문이 이어졌다.

"아무 짓도 안 했어요. 도대체 저를 어떤 인간이라고 생각하는 거예요?"

나는 빵을 씹으면서 불평했다. 파이 선배는 왜 제이드 같은 말을 하는 걸까. 아마 둘이 너무 많은 시간을 보내서 서로의 습관이 몸에 뱄는지도 모른다.

"네가 으아 괴롭히는 걸 맨날 봤으니까 그렇지. 네 안위를 걱정해서 하는 말이야. 으아는 팬이 많잖아. 회사 남자들이 너 때리기라도 하면 어쩔래?"

파이 선배의 심문은 잔소리로 이어졌다.

나는 속으로 몰래 웃으며 계란프라이를 입에 넣었다.

파이 선배 말대로다. 으아에게는 팬이 많았지만, 그 누구도 그와 함께할 기회는 얻지 못했다. 그를 안을 수 있는 사람은 오직 나뿐이다.

모두가 이 사실을 알게 된다면, 어떤 반응을 보일까?

아침 식사를 마친 후, 우리는 모두 각자의 방으로 돌아가 가방을 싸고 체크아웃 준비를 했다. 나는 제이드의 뒤를 따라 카운터 직원에게 방 키를 돌려주러 가면서 어젯밤 마이가 그에게 전혀 손을 대지 않았을지도 모른다고 생각했다. 그랬다면 이렇게 멀쩡하게 걷고 있을 리가 없었다.

"여러분, 사장님이 해변을 배경으로 다 같이 사진 찍자고 하시는데요!"

후배 건이 소리를 지르며 손짓했다.

삼각대 위에 카메라가 놓여 있었고, 타이머가 설정됐다. 나는 으아의 옆에 서서 드물게 여유로운 미소가 걸려 있는 그의 매력적인 얼굴을 바라보았다. 그리고 나도 모르게 따라 웃었다.

그동안 내가 그에게 어떤 감정을 느끼고 있는지 확신할 수 없었다. 하지만 어젯밤 일 이후, 나는 그가 다른 남자에게 웃어 주는 것이 싫고, 내 옆에 있지 않은 것도 싫고, 나에게 어떤 감정도 없는 것처럼 행동하는 것이 싫다는 것을 깨달았다. 이 감정의 정체는 명확했고, 지금까지 유지해 오던 우리 관계를 모조리 뒤엎을 만한 위험 신호이기도 했다.

FWB 관계에서 이런 감정은 용납되지 않는다. 으아가 이 관계에 동의한 이유가 우리 사이에 감정이 영향을 미치는 일은 없을 것이라고 확신했기 때문이라는 것을 알지만, 나는 이제 그 룰을 깨고 싶어졌다. 우리의 미래가 어떻게 될지는 알 수 없지만, 운이 좋다면 으아가 나에게 마음을 열어 줄 수도 있다. 운이 없다면 우정마저도 지키지 못하겠지만….

그런 위험을… 감수해 봐도 될까?

"셔터 누를게요! 다 같이, '치-즈'!"

건의 목소리가 울렸다. 나는 옆 사람의 어깨에 팔을 얹고 카메라를 향해 웃었다. 그리고 룸메이트 명단에 이름을 적던 날 건이 했던 말을 떠올리며 더 활짝 웃었다.

코사멧은 모두에게 지상 낙원이겠죠?

응, 맞는 것 같아.

15
감정의 조각

휴가는 하룻밤 꿈처럼 너무나 빠르게 지나갔고, 어느새 월요일 아침, 모두들 산더미처럼 쌓여 있는 업무와 마주해야 하는 현실로 돌아왔다. 그럼에도 불구하고 올해 여행은 이전과 비교했을 때 훨씬 좋았던 것 같다. (나에게 작업을 걸려고 했던 사람들이) 아무도 성가시게 굴지 않았기 때문일 수도 있고 매년 그랬던 것처럼 킹이 내 신경을 긁지 않았기 때문일 수도 있다. 어쨌든 상상했던 것만큼 두통을 유발하는 일은 없었다.

음… 솔직히 말하면, 그런 일은 그 이후에 있었다.

늘 그랬던 것처럼 휴대폰 알람 소리에 잠에서 깨어난 나는 손을 뻗어 알람을 끄고 침대에서 몸을 일으켰다. 수건을 들고 화장실로 들어가 문을 닫기 전, 우연히 아직 내 침대 위에 잠들어 있는 FWB의 모습이 눈에 들어왔다. 그 광경에 나는 입술을 깨물고 곰곰이 생각에 잠겼다.

코사멧에서 돌아온 후로 뭔가 달라졌다. 킹이 내 콘도로 잠을 자러 오기 시작했다. 약속대로 일주일에 세 번씩 왔지만, 평소처럼 섹스를 하는 대신, 피곤하다며 쉬고, 그냥 잠만 잤다. 다음 날도, 그다음 날도 그랬다. 그러더니 일주일에 3일을 침대 위에서 뜨겁게 뒹굴 생각만 하던 그가 이제는 거의 매일 밤을 내 집에서 보냈다. 지금도 나를 놀리긴 하지만 이전만큼 괴롭게 하는 정도는 아니었고, 나를 자주 쳐다봤다. 그 눈에는 알수 없는 뭔가가 있었다. 그래서 그의 눈을 똑바로 쳐다보는 것이 점점 두려워졌다.

그는 섹스를 할 때도 종종 내 눈을 들여다보곤 했다. 그 날카로운 눈동자에 담긴 다정함이 우리가 진짜 연인이라고 착각하게 만들 정도였다.

심장에 너무 해로운 일이었다.

생각하지 않으려고 노력했지만 킹의 행동 때문에 그러기가 어려웠다. 물어보고 싶기도 했지만 내 착각일지도 모른다는 생각에 겁이 났다. 킹은 지금까지 모든 파트너들을 이렇게 돌봤을지도 모르는 일이었다. 내가 착각한 것이 아니라고 해도 어차피 우리는 불가능한 사이였다.

사랑과 애정은 한순간에 생길 수도, 사라질 수도 있다. 나는 누군가를 사랑할 때 모든 고통을 감수하고 온 마음을 다해 헌신했다. 그런 만큼 나를 한결같이 사랑해 줄 누군가를 사랑하고 싶었다. 하지만 킹이라는 남자가 언제까지고 한 사람만을 사랑한다는 게 가능한 사람인지 확신할 수 없었다.

킹처럼 자유를 사랑하는 바람둥이가 정말 누군가에게 정착할 수 있을까?

경험에 의하면, 거의 불가능했다. 가능하다고 할지라도, 나 같은 사람이 그를 매어 놓을 수 있을까?

이 문제에 있어서는 정말로 조금도 자신이 없었다.

샤워기에서 나오는 차가운 물줄기가 몸 위로 쏟아졌다. 잠시 모든 번거로운 생각들을 접어 두고 빠르게 샤워를 한 뒤, 침실로 돌아가 아직 자고 있는 사람을 깨웠다. 그는 겨우 눈을 뜨고는 한참을 침대에 멍하니 앉아 있다가 일어나 화장실로 들어갔고, 나는 재빨리 옷을 입고 거실에서 그를 기다렸다.

10분도 채 안 되어 킹이 허리에 수건을 묶은 채 화장실에서 나왔다. 내 눈은 물방울이 흩뿌려진 그의 구릿빛 넓은 등에 꽂혔다. 미학적인 관점에서 보면 그의 등 근육은 정말로 아름다웠다. 여기저기 흩어져 있는 붉은 상처만 아니었다면 더없이 완벽했을 거다.

나는 킹의 뒷모습을 보다가 무의식적으로 내 손톱을 내려다봤다.

"으아, 오늘은 어떤 색을 입으면 좋을 것 같아?"

킹은 바지를 입고 상의는 걸치지 않은 채로 탄탄한 복근을 과시하며 침실 밖으로 고개를 내밀고 물었다.

"네가 원하는 거."

나는 잠시 그를 빤히 보다가 대답했다.

"결정 못 하겠어. 와서 골라 주면 안 돼?"

그는 계속 징징거렸다.

시계를 확인하니 더 지체했다가는 늦을지도 모르는 시간이었다. 나는 한숨을 쉬고 그에게 다가갔다. 킹은 내가 열려 있는 옷장 쪽으로 갈 수 있도록 비켜섰다.

나는 내 사이즈보다 더 큰 셔츠들이 나란히 걸려 있는 옷장 안을 살폈다. 킹은 이곳에 자주 머물렀고, 그래서 이제는 그의 옷이 내 옷장을 가득 채울 정도였다.

언젠가… 그에게 집으로 가져가라고 말해야 하는 때가 올 수도 있다.

아무렇게나 하늘색 셔츠를 골라 그의 손에 쥐여 주고 떠나려는 순간, 그 두꺼운 팔이 내 허리를 휘감았다. 온기가 빠르게 몸을 감쌌고, 한쪽 뺨에 부드럽고 촉촉한 무언가 닿았다가 멀어졌다.

"땡큐."

그는 눈을 찡긋하고는 나를 놓아주었다.

나는 답답할 정도로 가슴이 심하게 떨려서 입술을 꽉 깨물었다.

"이런 거 하지 말라고 했잖아."

나는 두 번째로 내 볼 뽀뽀를 훔친 사람에게 차가운 목소리로 말했다.

킹은 이제야 깨달았다는 듯 눈썹을 치켜올렸다.

"아, 미안. 까먹었어."

내가 골라준 셔츠를 입으면서 가볍게 대답한 그는 거울 앞
으로 가서 머리를 빗었다.

나는 스트레스와 혼란으로 가득 찬 마음을 부여잡고 서둘
러 소파로 돌아갔다.

모든 것이 통제 불능 상태에 빠지기 전에 멈춰야 할까?

"드디어 왔구나, 나쁜 놈아. 너 기다리고 있었다고."

사무실에 도착해 컴퓨터를 켜는 동안 제이드가 이제 막 사
무실로 들어오는 킹에게 말했다. 오늘은 내가 먼저 사무실로
들어왔고, 킹은 커피를 사러 갔기 때문에 나보다 늦게 사무실
에 도착했다. 나는 시선을 돌려 옆에 앉은 제이드의 동그란 얼
굴이 평소에 비해 주름져 있는 것을 보았다.

"우리 꼬마, 나 보고 싶었어?"

제이드는 아침 식사로 먹고 있던 중국식 튀김빵을 재빨리
씹어 삼키며 킹을 노려보았다.

"꼬마 아니야. 나 172센티미터라고."

"어쨌든 나보다 작잖아. 하하하!"

그의 격한 웃음소리에 꼬마라고 불린 사람이 목베개를 집
어 던졌지만, 킹은 날렵하게 베개를 잡아채고는 도로 돌려주
며 그의 머리를 거칠게 헝클어뜨렸다.

"아침부터 왜 그렇게 울상인데? 남자 친구가 널 만족시켜
주지 않아?"

"이 개자식아, 그런 거 아니라고!"

"그럼, 뭔데?"

"어젯밤에 네 어머니가 나한테 전화하셨어."

그는 순간 굵은 눈썹을 치켜떴다. 킹은 제이드가 말을 잇는 동안 휴대폰을 꺼내 확인했다.

"9시쯤이었어. 너 휴대폰 꺼져 있다고 하시던데, 그 시간부터 휴대폰 꺼 놓고 도대체 뭘 하고 있었어?"

"나? 리드미컬한 액티비티를 하고 있었지."

그는 심드렁하게 대답했다.

커피를 마시고 있다가 사레에 들릴 뻔한 내가 숨죽여 목을 가다듬는 동안 제이드가 깜짝 놀라 되물었다.

"내가 생각하는 그거 아니지?"

"맞는데, 네가 생각하는 바로 그거."

킹은 웃으며 대꾸했다. 그리고 잠시 나를 쳐다보았다. 킥킥거리는 그를 보고 나는 치밀어오르는 짜증에 커피잔을 꽉 쥐었다.

그거 말고도 배터리가 나갔다거나, 무음이었다거나 다양한 핑곗거리가 있잖아. 왜 항상 진실만을 말하려 들어?!

부끄러운 줄도 모르는 놈.

"표정 좀 봐. 너도 남자 친구 있으면서 뭘 그렇게 충격을 받아? 그런 은밀한 시간에 전화를 꺼 놓는 건 당연하지. 몰라?"

그는 당황한 제이드의 머리를 가볍게 때렸다. 제이드는 의식을 되찾은 듯 그의 팔뚝을 세게 때렸다.

"그래서, 엄마한테 뭐라고 했는데?"

킹이 묻자 제이드는 헝클어진 머리를 정리하며 대답했다.

"아무 말도 안 했어. 다음에 다시 전화해 보시라고만 했지.
중요한 얘기가 있다고 하시던데."

"집에 오라고 하거나, 직장 관두고 회사로 들어오라는 말
이겠지, 뭐."

킹은 별로 궁금하지 않다는 듯 어깨를 으쓱이고 제이드의
튀김빵을 집어 깨물었다. 빵 주인은 제법 진지한 표정을 지었다.

"난 모르지. 근데 진짜 중요한 일이라고 하셨어. 그러니까
빨리 전화드려. 안 그럼 내가 너한테 말을 전하지 않았다고 생
각하실 거야."

"네, 네. 이따 저녁에 전화할게."

제이드는 조금 안도한 듯 보였다. 그는 작업을 하기 위해
컴퓨터 쪽으로 돌아서다가 다시 멈칫거렸다. 그리고 옆에서
빵을 먹고 있는 친구를 올려다보며 눈을 반짝였다.

"어젯밤에 누구랑 어디 있었는데?"

그 속삭임은 옆 책상에 앉아 있던 나에게도 들릴 만큼 컸
기 때문에 나도 모르게 그들을 쳐다보았다.

"넌 몰라도 돼."

킹이 그의 머리를 밀어냈지만 그렇다고 해서 제이드가 쉽
게 포기하지는 않았다.

"응, 몰라도 되는데 그래도 알고 싶어. 어떤 사람이야? 클

럽에서 만났어? 귀여워?"

나는 제이드가 무엇 때문에 새삼 이렇게까지 궁금해하는
지가 더 궁금해졌다. 조용히 앉아 작업해야 할 파일을 열고 대
화에 신경을 쓰지 않으려고 했지만, 도무지 그럴 수가 없었다.

"귀엽고, 굉장하지."

웃음이 가득 깃든 허스키한 목소리가 내 가슴을 뜨겁게 달
궜다. 제이드가 계속 캐묻는 동안 나는 무표정을 유지하려고
노력했다.

"여자야, 남자야?"

"남자."

"오, 그래서 어젯밤에 어디 있었는데?"

"그의 집. 이미 늦은 시간이어서 집으로 돌아가고 싶지 않
았어."

그들의 대화가 나라는 존재에 바싹 가까워지는 느낌에 불
안해졌다. 킹이 내 신원을 밝히지는 않겠지만, 제이드가 뭔가
를 알아챘다면…? 화제를 바꾸기 위해 달리 뱉을 말을 궁리하
던 찰나 제이드의 다음 질문이 내 사고를 완전히 마비시켰다.

"네 얼굴 보니까 이번에 만난 사람이 엄청 마음에 드나 본
데?"

"어. 완전 내 타입이야."

에어컨이 작동을 멈춘 것처럼 주위의 공기가 뜨거워졌고,
얼굴에서는 연기가 나는 것 같았다. 이미 불안으로 떨리던 심
장이 더욱 거세게 뛰어 그 소리가 귓가에 메아리쳤다. 그 두

사람을 보지 않고 있었지만 나를 바라보는 시선도 느껴졌다.

방금 내가 자기 타입이라고 말한 사람의 것이었다….

나는 방금 들은 말을 다시 해석해 보려고 노력했다. 킹은 제이드의 질문에 대한 대답을 빙자해 나를 놀리려고 했을 것이다. 그는 내 신경을 긁는 일을 좋아했고, 내가 불안해하리라는 것이라는 것을 알고 일부러 그런 말을 한 것이다. 정말로 그렇게 생각해서 그런 말을 한 것뿐이다.

"어떻게 하려고? 하룻밤 상대로 끝내게?"

"아니. 하룻밤에 그치지 않을 거야. 놓치지 않을 거거든."

그 말 이면에 너무 많은 의미가 숨겨져 있는 것 같아서 가슴이 답답했다. 위험한 대화를 끊어 내기 위해 제이드에게 작업 내용을 물으려 했지만, 방금 사무실로 들어온 매니저의 목소리가 모두의 주의를 산만하게 만들었다.

제이드가 매니저에게로 시선을 돌린 순간 킹을 노려보았다. 그는 평소처럼 얄밉게 입꼬리를 끌어올리거나 눈썹을 치켜올리는 제스처로 나를 놀리지 않았다. 그저 내 얼굴을 가만히 바라보며 엷게 미소 지었고, 오히려 그 미소에 당황한 나는 얼른 시선을 피해 버렸다.

그렇게 웃으니 차라리 장난을 치는 편이 나은데… 그랬다면 화만 냈을 뿐 이렇게 가슴이 떨리지는 않았을 것이다.

하루 종일 아무 말 없이 일만 했다. 다행히 평소에도 말을 많이 하는 편이 아니었기 때문에 내가 조용한 것을 아무도 이상하게 생각하지 않았다.

나는 멍하니 컴퓨터 화면을 바라보며 그동안 내가 겪었던 모든 일들을 떠올렸다. 이전까지는 이런 것들을 무시할 수 있었을지 모르지만, 킹의 달라진 행동과 오늘 아침 그가 한 말은 모든 것을 다시 생각하게 했다.

내내 부정하려고 노력했지만 결국 내 마음이 점점 더 깊어지고 있다는 사실을 부인할 수 없었다. 나는 그의 진중하지 않은 모습이 싫었다. 틈만 나면 나를 놀려 대는 것이 마음에 들지 않았고, 그가 다른 여자들에게 웃어 주는 것을 경멸했다. 하지만 이제는 우연히 그와 눈을 맞추는 것만으로도 내가 더 이상 내가 아닌 것 같은 느낌이 들었고, 한 번도 사랑을 경험해 본 적 없는 어리숙한 소년이 된 것 같은 느낌이 들었다.

정말 인정하고 싶지 않았지만… 나도 모르는 사이에 그에게 빠져 버린 거다.

1년도 채 되지 않아서 몇 년 동안이나 미워하던 사람을 좋아하게 되었다는 것을 나조차도 믿기 힘들었다. 어쨌든 그 일은 실제로 일어났다. 의외로 그렇게 불편한 것은 아니었다. 다만 킹이 나를 어떻게 생각하는지 알고 싶었다. 그 모든 배려와 세심한 보살핌이 그가 노상 파트너에게 베풀던 행동인지, 아니면 그도 나와 같은 생각을 하고 있는지를 말이다.

지잉.

'오늘은 내 콘도로 가자.'

그 메시지는 마치 완벽하게 혼란스럽고 불안한 심정을 정점에 올려놓기 위해 타이밍을 재고 있던 것처럼 나를 거세게 뒤흔들었다. 뒤를 돌아보니 대부분의 책상이 비어 있었다. 30분 전, 프로그래머들이 회의에 소집되었기 때문이다. 그 앞쪽에는 IT 지원 담당자들만 앉아 있었고, 우리 쪽에도 병가를 낸 몽콘 선배를 제외하고 제이드와 나만 있었다.

그가 회의 중에도 메시지를 보내 나를 건드린 것이다.

나는 애초에 내 본능을 믿지 못한 것을 자책하며 방금 내린 커피를 크게 한 모금 마시고 깊게 숨을 내쉬었다. 순간의 변덕스러운 감정에 휘둘리지 말았어야 했다. 처음부터 이런 관계를 맺어서는 안 되는 것이었다. 그러지 않았다면 이렇게까지 불안해할 일은 없었을 텐데….

"방금 포스트잇 가져왔는데, 좀 줄까?"

제이드가 책상에 앉으면서 나에게 물었다. 고개를 끄덕이자 그가 나에게 포스트잇 한 뭉치를 준 뒤 다시 작업을 계속했다. 나는 방금 막 작업을 끝낸 컴퓨터 화면을 바라보며 손에 든 포스트잇을 내려다보았다. 내 눈을 사로잡은 것은 화려한 색깔의 종이가 아니었다.

"제이드."

"응?"

"손톱깎이 있어?"

"응. 서랍 첫째 칸에."

그는 화면에서 시선을 떼지 않은 채 말했다.

나는 그의 책상 서랍을 열어 손톱깎이를 가지고 내 책상으로 돌아와 손톱을 다듬었다.

"갑자기 손톱은 왜? 지금도 충분히 짧은데."

제이드는 살짝 몸을 기울여 내 손을 보고 눈살을 찌푸렸다.

"좀 긴 것 같아서."

"이미 짧은 것 같은데… 잘못하다가 상처 날지도 몰라, 조심해."

제이드의 경고에 나는 고개를 살짝 끄덕이고 조심스럽게 손톱을 깎았다. 어젯밤 실수로 킹의 등을 할퀴어 상처를 남겼다. 오늘 밤에 또 할퀴면 상처가 깊어질 테니 아프게 하고 싶지 않았다.

"으아."

"아!"

그때 갑자기 들려온 허스키한 목소리에 나는 깜짝 놀라 손톱 주변 살점을 잘라 내 버렸다. 손가락 끝에서 붉은 피가 방울방울 솟아 나왔다.

"거봐, 조심하라니까. 피 나잖아."

제이드가 재빨리 휴지를 집어 지혈해 주었다.

서랍을 열고 상처에 붙일 밴드를 찾는데 누군가가 다가와 내 손을 잡고 살폈다.

"무슨 일이야?"

"손톱 자르다가 너무 깊이 잘랐어."

"바보 같기는."

"조용히 해."

나는 조금 속상한 마음에 입술을 꼭 물고 서랍에서 밴드를
꺼냈다. 그의 등에 상처를 내고 싶지 않았던 것인데 오히려 내
가 상처를 입은 데다가 그에게 조롱까지 당했다.

손톱 따위 그대로 둘걸. 등을 더 할퀴었어야 하는 건데.

"바스 선배가 너도 회의에 들어오래."

그는 내 손에서 밴드를 빼앗아 조심스럽게 상처에 붙여 주
며 말했다. 나는 가만히 앉아 상처를 살피는 그를 보며 좀처럼
진정할 생각이 없는 고집스러운 심장이 또다시 쿵쾅거리는 것
을 느꼈다.

"으아만?"

"제이드, 너도. 가자."

제이드가 일어나 노트와 펜을 집어 들었고, 나도 킹의 커다
란 손에서 재빨리 손을 빼내고 노트를 챙겼다. 킹이 회의실을
향해 앞서 걸었고, 나는 내 마음을 또 한 번 뒤흔든 그의 넓은
등을 바라보며 뒤따라갔다.

날 조롱하더니, 금방 또 이렇게 세심하게 보살펴 준다.

나쁜 놈.

날 동요하게 만드는 게 좋아?

"뭐 먹을까?"

저녁 식사를 하러 실롬의 한 백화점에 들어서는 길에 킹이
물었다.

월말이라 이제 막 월급을 받았을 직장인들이 많이 찾아와

빈자리가 거의 남지 않은 고급 식당 쪽을 둘러보았다.

"푸드코트 어때?"

"월급날인데, 푸드코트?"

옆에 있던 사람이 고개를 저으며 나를 이탈리아 요리를 파는 식당으로 끌고 갔다. 나는 체념하고 그가 끌어당기는 힘을 따라 걸었고, 직원이 우리를 빈 테이블로 안내했다.

내 월급은 프로그래머만큼 높지 않은데, 그는 항상 값비싼 식당에 가곤 했다.

"먹고 싶은 거 다 시켜. 내가 살게."

그는 마치 내 마음을 알고 있다는 듯 말했고, 나는 메뉴를 보다가 놀라서 고개를 들었다.

"왜?"

"나 돈 많아. 좀 쓰고 싶어서."

그가 나를 향해 눈을 찡긋거렸다.

나는 자신의 부를 과시하는 사람에게서 눈을 떼고 메뉴판에서 그리 비싸지 않은 스파게티를 가리켰다. 그러고는 휴대폰으로 인터넷 뱅킹 앱에 접속해 월별 정기 지출 항목들을 처리했다.

엄마에게도 돈을 보내고 나니 내 생일 이후로 엄마의 전화도, 메시지도 오지 않았다는 것을 깨달았다. 안도감 뒤에 안타까움을 느꼈지만 엄마는 원하는 목적을 달성했기 때문에 나라는 ATM에게는 더 이상 연락을 할 필요가 없었다는 것을 짐작할 수 있었다.

엄마는 돈이 필요할 때만 내게 전화를 걸었고, 그녀가 나에게 원하는 것은 오직 그것뿐이었다.

"으아, 잠시 다녀올게."

내가 인터넷 뱅킹 앱을 만지는 동안 킹은 통화를 하러 식당 밖으로 나갔고, 10분이 넘도록 돌아오지 않았다. 음식이 나왔는데도 돌아올 기미가 보이지 않아서 먼저 먹기 시작했다. 거의 절반 정도 먹었을 즈음 테이블로 돌아온 킹이 굳은 표정으로 자리에 앉았다.

우리는 지금까지 수없이 함께 식사했고, 보통 밥을 먹는 동안 먼저 이야기를 꺼내는 것은 그였다. 그런데 오늘은 이야기할 기분이 아닌 듯 아무 말도 하지 않았다. 그것이 내 호기심을 자극했다.

기분이 별로인 것 같은데⋯ 방금 통화한 사람은 누굴까?

"이 이상 쳐다보면 돈 내라고 할 거야."

킹이 고개를 들어 나와 눈을 마주쳤다.

나는 그를 훔쳐보다가 들킨 것이 조금 부끄러웠다.

"왜?"

"누구랑 통화했어? 네 여자 중 하나?"

나는 주인의 명령도 없이 먼저 움직여 버린 내 입이 너무 당황스러워서 입술을 꼭 깨물었다. 평소의 나는 이렇게 경솔한 말을 하는 사람이 아니었는데, 킹이 나를 이렇게나 흔들어놓았다.

"여자? 왜 그렇게 생각해?"

"여자한테 전화 올 때마다 항상 다른 곳으로 가서 통화하니까. 아니야?"

그가 휴대폰 화면에 여자 프로필 사진과 함께 뜬 연락처를 보고는 담배를 피우러 간다고 자리를 피했던 때를 기억하고 있다. 나는 거짓말을 좋아하지 않고, 왜 그런 거짓말을 하는지도 이해할 수 없다. 그가 얼마나 많은 여자와 연락하든, 그에게는 그럴 권리가 있으니 솔직하게 말해도 되는 일이었다.

우리는 그냥 섹스 파트너일 뿐이니 서로의 개인적인 일에는 간섭할 수 없다.

"맞아. 그런 적도 있긴 해."

그는 제 행동을 쉽게 인정함으로써 오히려 아무렇지 않은 척 계속 식사를 이어 가려던 나를 당황하게 했다.

객관적으로 생각하면 킹이 다른 사람과 이야기하는 것은 아주 평범한 일이었지만, 내 마음은 전혀 동의하지 않는 것 같았다.

"너한테 다시 돌아오래?"

포크로 스파게티를 말면서 일부러 더 무심한 말투로 물었다. 대답을 기다리는 동안 심장이 멎을 것만 같았다. 하지만 그에게 너무나 매료되어 버린 누군가가 FWB라도 되기 위해 다시 돌아오고 싶어 한다면, 그것은 별로 놀라운 일이 아니라는 것을 내 마음은 충분히 알고 있었다. 그는 자신의 파트너를 돌보는 데 아주 뛰어나니까, 나는 그 누군가의 마음을 이해할 수 있다.

"그런 적도 있긴 한데, 다 제대로 끝냈어. 그들 중 누구에게도 돌아가고 싶지 않아."

"왜?"

"너랑 헤어져야 하니까."

날렵하게 잘생긴 얼굴이 희미하게 웃으며 말했다.

나는 나도 모르게 튀어나올지도 모를 이상한 표정을 그에게 보여 주고 싶지 않아 황급히 고개를 떨구고 접시만 내려다봤다. 그의 말이 묘하게 가슴을 간지럽혔다. 그 말이 단순히 다른 사람과 사귀게 되면 FWB 관계를 끝내야 한다는 뜻이라는 걸 잘 알고 있다. 그런데 그렇게 '헤어져야 하니까'라고만 말하면 마치 우리가 이미 연인 관계인 것처럼 들린다.

"너랑 헤어지지 않을 거야. 넌 내가 가진 것 중에 최고거든."

이번엔 그의 미소에 불순한 의미가 담겼다.

나는 깊은숨을 내쉬며 내 감정을 감추기 위해 물잔을 들어 올렸다.

이 남자는 내 머릿속을 엉망으로 만드는 데 천부적인 재능이 있다.

"엄마였어."

내가 마지막 남은 스파게티를 입에 넣으려는 순간 킹이 말했다.

"집에 오라셔?"

"아니. 선보라고."

그 순간, 마치 시간이 멈춘 것 같았다.

내 주변의 모든 것이 흐릿해졌고, 마침내 사라졌다. 그리고 나만 남았다.

그가 여자를 만나야 한다고….

"그래?"

킹과 눈을 맞췄다. 그의 얼굴은 고요했고 목소리에는 농담하는 기색이 전혀 없다. 그는 진실을 말하고 있었다.

"어. 어떤 중매인이 '우연히' 우리 부모님 사업 파트너의 딸을 소개했다네. 이게 우연 같아?"

억지로 웃는 그의 눈에는 선명한 불만이 가득했다.

"엄마는 언제쯤 내 인생을 쥐고 흔드는 일을 그만두실까?"

"…만날 거야?"

"넌 어때? 만났으면 좋겠어?"

나에게 돌아온 질문이 너무 당황스러웠다. 킹의 무표정한 얼굴에는 그가 어떤 마음인지 알아낼 만한 단서가 전혀 없었다. 이기적인 잠재의식은 만나지 말라고 말하고 싶어 했지만, 그건 안될 일이다. 이런 상황에서 나는 아무 말도 할 수 없다.

"그건 너한테 달렸지."

짧게 대답하고 스파게티를 입에 넣었다. 아까는 분명 맛있었는데, 지금은 불쾌한 맛이 났다.

그의 눈은 여전히 공허했다. 킹은 접시에 담긴 음식을 마무리하며 들릴 듯 말듯 '흠' 소리를 내고 대화를 끝냈다.

조금 전의 대화는 나를 현실 세계로 완전히 끌어내렸다. 지난 모든 시간이 긴 꿈이었을지도 모른다. 우리가 한 일이 아무리 연인들의 일과 닮았지라도 결국 우리는 서로의 개인적인 일, 특히 가족과 관련된 일에는 간섭할 권리가 없는 FWB일 뿐이다.

그의 부모님이 그를 걱정하고 있고, 그래서 그가 정착할 수 있도록 도우려고 한다는 것을 알고 있다. 대부분의 부모는 자녀가 결혼하여 가정을 꾸리는 모습을 보고 싶어 했다. 또한 적합한 조건의 배우자와 만날 수 있는 중매결혼은 그들의 비즈니스에도 직접적으로 이득이 되는 것이기에 사업가들 사이에서는 흔한 일이었다.

하지만 중매결혼을 하는 당사자들에게도 그것이 과연 바람직한 일일까?

나는 그것에 전혀 동의하지 않지만, 그저 남일 뿐인 나에겐 함부로 의견을 말할 권리가 없다. 나 또한 가족과 충돌을 겪었고 그것이 불행한 일이라는 것을 잘 알기 때문에 킹이 그의 부모님과 문제를 겪을 만한 것이라면 어떤 말도 하고 싶지 않았다. 게다가 그 여자는 킹의 부모님 회사와 사업 파트너 관계인 집안의 자녀였다. 무슨 일이든 돈이 관련되면 모든 것이 더욱 복잡해진다. 그러니 이 문제와 관련해 어떤 판단을 내리는 데에 내 개인적인 감정을 개입시켜서는 더더욱 안 된다고 생각했다. 모든 것은 온전히 그에게 달려 있다.

결국 킹이 그녀를 만나러 가기로 결정한다면, 그가 그 모든 상황을 받아들이기로 했다는 의미다.

머리로는 그게 당연한 일이라고 생각했지만, 가슴이 너무 꽉 조여 숨을 쉬기가 어려웠다. 이것이 우리의 관계가 끝나가는 신호일지도 모른다는 생각에 마음 한구석에서 불안한 감정이 고개를 들었다.

그리고 나는, 그것을 전혀 원치 않았다.

"계산해 주세요."

낮고 허스키한 목소리에 정신을 차리고 보니 킹이 직원에게 신용카드를 건네고 있었다. 계산 후에는 식당을 나와 함께 킹의 콘도로 향했다.

식당에서 차까지 가는 동안에도, 차를 타고 그의 콘도로 가는 길에도, 그리고 그의 집으로 올라가는 중에도 그는 아무 말도 하지 않았다. 그가 감정을 억누르고 있는 것이 느껴졌다.

아니면 주체할 수 없을 정도의 절망에 빠져 있거나….

어쩌면 나도 내 콘도로 돌아가야 할지도….

"혼자 있고 싶어?"

나는 엘리베이터가 그의 집이 있는 층으로 올라가는 동안 그에게 물었다.

"아니."

곧바로 대답이 돌아왔지만 여전히 숨 막히는 침묵이 엘리베이터 안을 가득 채웠다. 정말로 숨통이 완전히 막혀 버리기 직전에야 문이 열렸다. 내가 할 수 있는 일은 나보다 먼저 걸음을 내디딘 키 큰 남자를 따라 익숙한 호화로운 집 안으로 들어가는 것뿐이었다.

"킹… 읏…!"

콘도의 문이 닫히자마자 그가 나를 끌어당겨 열정적으로 키스했다. 아찔한 키스를 겨우 받아 내는 동안 몸이 완전히 벽에 밀착됐다. 평소 킹은 섹스에 있어서 대단한 인내심을 발휘하곤 했지만, 지금 내 입술을 물어뜯을 것만 같은 그의 뜨거운 입술에서는 그동안 한 번도 경험해 보지 못한 맹렬한 기세가 느껴졌다.

"자…잠깐만. 샤워 안 했는데…."

그가 내 옷을 벗기기 위해 잠시 입술을 뗀 틈을 타 숨을 헐떡이며 그의 가슴을 밀어냈지만, 킹은 멈추지 않았다. 그의 커다란 손은 그대로 내 옷을 벗겨 바닥에 내던지고 나를 화장실로 데려갔다.

"같이 하자."

그는 쉰 목소리로 말하고는 고개를 숙여 다시 한번 내게 키스했다.

차가운 물줄기가 쏟아졌지만 오히려 타는 것 같은 열기가 온몸을 덮쳤다. 완고한 손길이 이끄는 대로 몸이 흔들렸고, 그가 주는 모든 것이 나를 미치게 할 정도의 황홀감을 선사했다.

내 헐떡임과 부끄러운 신음이 화장실 전체에 울려 퍼졌고 눈에는 자꾸만 눈물이 맺혔다. 쾌감에 신음할수록, 뒤에 있는 남자가 나를 그의 가슴에 완전히 묻고 싶기라도 한 것처럼 더욱 세게 안아 왔다.

내 몸이 그 모든 열기를 감당할 수 없게 되기 전에 그에게 좀 더 부드럽게 해 달라고 울부짖어야 했던 것은, 우리가 이런 관계를 맺은 이후로 이번이 처음이었다.

긴긴밤이었다. 격렬한 감정의 폭풍이 가라앉기까지는 몇 시간이 걸렸고, 모든 것이 끝난 뒤에도 그는 여전히 나를 단단한 팔 안에 가두어 두었다.

"너무 거칠게 굴어서 미안해."

킹이 내 어깨에 얼굴을 묻고 나직이 말했다.

"괜찮아…."

나는 너무 지쳐서 반쯤 감긴 눈으로 중얼거렸다. 킹이 스트레스를 많이 받고 있다는 걸 알기도 했고, 그가 거칠게 군 것이 의도한 바가 아니라는 것도 알고 있다. 내가 살살 해 달라고 부탁했을 때는 확실히 부드럽게 하려고 노력하는 것도 느껴졌다.

그는 언제나처럼 내 몸과 내 감정을 신경 썼다.

그런 사람이라서… 이 사람을 좋아하게 돼 버렸다.

"어디 가?"

나를 감싸안고 있던 팔이 멀어졌다.

"먼저 자. 담배 피우고 올게."

그가 침대에서 일어나면서 대답했다.

나는 눈살을 찌푸리고 곧장 그의 팔을 붙잡았다.

"담배… 안 피우면 안 돼?"

머뭇거리며 조심스럽게 물었다. 내가 그의 개인적인 일에 간섭하고 있다고 생각하지 않기를 바랐다. 나는 담배 냄새를 정말로 싫어했고, 그가 발코니에서 담배를 피우고 돌아와도 그 냄새는 몸에 스며 있었다. 그리고 무엇보다 건강에 해롭다.

킹은 회사에 있는 다른 흡연자들처럼 담배를 많이 피우는 사람은 아니었지만, 그래도 가능하다면 아예 담배를 피우지 않았으면 했다.

우리는 방 안을 비추는 램프의 희미한 불빛 속에서 조용히 눈을 맞췄다. 킹은 천천히 내 손을 떼어 냈고, 나는 그가 내 부탁을 거절했다는 생각에 입술을 꼭 물었다. 하지만 그는 다시 침대에 누워 나를 감싸안았다.

"알겠어. 자자, 그럼."

그는 내 어깨에 부끄러운 소리가 나는 입맞춤을 하고는 그대로 목덜미 근처에 얼굴을 묻었다. 예전이었다면 짜증스럽게 놓으라고 했을 테지만, 언제부터인가 이 따뜻한 포옹이 더 이상 나를 괴롭게 하지 않는다는 걸, 이제는 오히려 기다리고 있다는 걸 깨달았다.

혼란스러운 마음에 눈을 감고 베개에 얼굴을 묻었다. 그가 나를 영원히 이렇게 안아 주기를 바랐지만, 불가능한 일이라는 것을 잘 알고 있다. 모든 것에는 끝이 있고, 우리의 끝도 다가오고 있다.

의식을 놓기 전 마지막으로 생각한 것은 킹과 사랑에 빠지지 말았어야 했다는 것이다.

아침에 일어나 출근하는 것은 언제나 어려운 일이지만 나 같은 월급쟁이 직장인은 피할 수 없는 일이다. 어젯밤 정말 오랜 시간 동안 계속된 활동으로 몇 시간밖에 자지 못했기 때문에 오늘 아침엔 거의 반수면 상태로 회사에 도착했다. 씁쓸한 아메리카노가 없었다면 사무실에 앉아서 졸았을 정도다.

"안녕하세요, 여러분. 다들 좋아 보이네요."

사장님의 목소리에 IT 부서 모든 직원의 관심이 집중됐다.

나는 사무실 앞쪽을 바라보았다. 통통한 몸매의 사장님이 깔끔한 정장 차림의 키가 큰 남자를 사무실로 데려왔다. 한 번도 본 적이 없는 잘생긴 남자가 사무실 안을 둘러보며 엷게 미소 지었다.

"작년에 수치트라가 사임한 후에 우리 IT 부서에는 오랫동안 관리자가 없었어요. 그동안 힘들었죠, 수라삭 씨?"

"아닙니다."

임시 부서장 역을 맡고 있던 바스 선배가 정중하게 미소 지었다. 사장님은 가볍게 웃고는 그의 어깨를 두드렸다.

"괜찮아요, 수라삭 씨. 그동안 너무 많은 일을 하느라 가족들과 시간을 보내지 못했을까 싶어 새로운 매니저를 데려왔습니다. 제 조카예요. 지난달에 미국에서 막 돌아왔죠. 이름은 크릿입니다."

"반갑습니다."

방금 이름이 언급된 사람이 미소를 지으며 인사했다.

"오늘부터 IT 부서장을 맡게 된 크릿입니다. 모두 만나서 반가워요. 저도 이제 겨우 서른이니까, 굳이 어렵게 매니저님 이라는 호칭 말고 편하게 불러 주시면 좋겠습니다. 어떤 문제 가 생기든 망설이지 말고 말씀해 주세요. 앞으로 여러분 모두 와 더 친해질 수 있기를 바랍니다."

"그럼, 우선 부서장 회의 후에 더 인사를 나누도록 하고, 계 속 일들 하세요."

사장님은 그렇게 말하며 새 매니저를 데리고 밖으로 나갔 다. 그들이 부서를 떠나자마자 직원들이 웅성거렸다.

"정말 잘생겼어요, 언니. 서른 살밖에 안 됐는데 벌써 매니 저래요."

"사장님 조카잖아. 금방 부사장이 될지도 모르지."

"그럼 눈 밖에 나지 않게 조심해야겠네요. 새 직장을 찾아 야 할지도 모르니까."

"전 당연히 바스 선배가 매니저로 승진할 거라고 생각했는 데, 안타깝네요."

"인맥만으로 매니저 자리에 온 거잖아. 불합리해."

제이드가 고개를 기울여 나에게 속삭였고, 나도 조용히 그 의 말에 동의했다.

내 자리에서 그리 멀지 않은 곳에 앉아 있는 바스 선배의 얼굴은 조금 안타까워 보였다. 나였어도 이렇게 어느 날 갑자 기 나타난 사장님의 조카가 매니저 자리를 대체하는 것이 아 니라, 승진하기를 기대했을 것이다.

"몽콘 선배한테는 다시 좋은 뒷배가 생겼네요. 이제 1년

365일을 다 쉴지도."

건이 쉰 목소리로 진심이 섞인 농담을 했고, 그 말에 얼굴이 창백해진 제이드와 나를 제외한 부서의 모든 사람이 웃음을 터뜨렸다.

"으아 형, 제이드 형. 같은 월급으로 더 많이 일해 주세요."

"그런 말 하지 마!"

제이드는 자신의 머리카락을 쥐어뜯으며 건에게 소리쳤다.

나는 몽콘 선배의 빈 자리를 피곤한 표정으로 응시했다. 그는 오늘 또 병가를 냈다. 새로운 매니저 크릿도, 몽콘 선배도 사장의 친척이었다. 그는 이미 자주 결근했는데 이제부터는 더 할지도 모른다.

"잡담은 그만. 다들 일 해."

바스 선배의 경고에 IT 부서 사람들은 새 관리자를 둘러싼 이야기를 멈추고 다시 업무에 복귀했다.

나는 졸음이 가시질 않아서 커피를 한 잔 더 마시기로 했다. 그런데 커피를 타고 있는 동안 새 매니저라는 사람이 탕비실로 들어왔다.

"안녕하세요."

나는 그에게 두 손을 모아 공손하게 인사했다. 잠시 멈칫한 크릿 씨가 두 손을 모아 내 인사를 받았다.

"아, 안녕하세요. 그⋯."

"아논입니다."

"별명이 뭐죠?"

"'으아'예요."

그가 나를 향해 미소 지었다. 나는 그의 눈에서 무언가 꺼림칙한 느낌을 받았다. 나는 그런 종류의 눈빛을 읽을 수 있는 사람이고, 크릿 씨는 내가 싫어하는 그 눈빛으로 나를 보고 있었다.

클럽에서 마음에 드는 사람을 노리는 남자의 눈, 일방적으로 매력적이라 여긴 누군가를 탐내는 남자의 눈빛이었다.

"그렇군요. 으아 씨는 그래픽 디자이너죠? 몇 살이에요?"

"스물일곱입니다."

짧게 대답하고 살짝 묵례하며 자리를 떠나려고 했지만, 크릿 씨는 길을 내주지 않고 계속 말을 걸었다.

"전 프로그래머 출신이라 그래픽 작업은 잘 모릅니다. 제가 으아 씨와 상의할 게 많겠네요."

그는 손을 내밀면서 가까이 다가왔다. 나 같은 부하 직원은 그가 청한 악수를 가능한 한 정중하게 받는 수밖에 없었다.

그는 내 손을 가볍게 쥐며 만족스럽게 눈을 빛냈다.

"만나서 반가워요, 으아."

(2권에서 계속)

베드 프렌드 1

1쇄 발행 2024년 8월 23일

지은이 littlebbear96
옮긴이 오롯
펴낸이 배선아
펴낸곳 TaiBL(테이블)

출판등록 2017년 3월 13일 제2022-000078호
주소 서울특별시 마포구 성지1길 35, 4층
대표전화 02-6269-8166 **팩스** 02-6166-9199
이메일 taibl.novel@gmail.com
트위터 https://twitter.com/TaiBL_novel

ⓒ littlebbear96, 2024
ISBN 979-11-6316-552-1 04890
        979-11-6316-551-4 (세트)

일러스트 Shimotsuki04